다시
가족이라는 이름으로

다시
가족이라는 이름으로

아버지, 당신은 사랑이었습니다

최선겸 지음

P:AZIT

나는 아버지를 잃었다.

아버지와 유대감도 없는 내가 아버지를 이리도 그리워하는 이유
는 뭘까? 수간호사는 나를 보더니 "아버지를 정말 많이 닮았네요!"라
고 했다. 그런가? 융통성 없는 성질머리만 아버지를 닮았을 거라고
생각했는데 외모도 그랬구나. 닮은 점이 많은 걸 진작 알았더라면 살
면서 고민거리가 생겼을 때 아버지라면 어떻게 하시겠냐며 조언이라
도 구했을 텐데. 내겐 왜 조언자가 없냐며 쓸데없이 세상을 원망하지
도 않았을 텐데.

갑작스러운 아버지의 죽음 앞에 그를 대하는 우리들의 태도는 모
두 달랐다. 그래도 한때는 가족이라고 한 공간에서 살을 부대끼며 살
았는데 예상치 못한 시련들이 가족들을 갈기갈기 헤쳐 놓았고, 각자

살 만해지자 다시 한데 모여 우리는 가족이라고 했다. 영원히 행복할 것만 같던 다시 모인 가족은 아버지의 죽음으로 결국 본심을 드러냈다. 아주 충실한 인간의 본성을 말이다.

우리는 왜 서로를 원망해야 했을까? 가족들의 얼굴을 떠올릴 때마다 자동으로 나오는 짜증과 슬픔, 피해의식은 왜 생겨야 한단 말인가? 나는 갑자기 떠난 아버지를 생각하며 지난 시간 우리 가족의 삶을 돌이켜보지 않을 수 없었다. 무엇이 내 마음을 이렇게도 힘들게 하는지 아버지에 대한 특별한 정도 없었던 내가 왜 이렇게 절망스러운 시간을 가져야 하는지, 지난날을 돌아보며 꼭 이유를 찾아야만 했다.

꼭꼭 숨겨둔 딸의 심정을 알았을까? 요양병원에 계시면서 아버지는 처음이자 마지막으로 편지를 남기셨다.

<아버지가 딸에게 남긴 편지>

인생살이 칠순을 넘어가면서

나의 인생 뒷모습

정말 웃기는 장면이다.

얼마 전 푸르름을 안고 있던 어느 중년 한 사람이

이제 종말을 이야기하듯 나의 앞도 멀지 않으니

벌써 내일의 문을 닫아야 하나, 좀 더 열려 있어야 하나?

엄마 품에 안겨 젖 먹던 그 어린 시절이

이제 와 생각하니 아무 생각이 나지 않는다.

어느새 철들자 우연한 핑계로 연애도 하고

결혼도 하고 사랑의 열매를 맺었건만

아무 재미도 없는 한 편의 영화 제목처럼 왔다가 사라지니 어느새 나의 인생도 한 걸음 한 걸음 죽음의 문턱인가?

억지로 살아가려고 문턱을 부딪쳐보다가

욕심을 버리고 가는 날까지 열심히

착한 바보로 저 멀리 가고 싶건만

결코 그것만으로도 부족함이여.

서로 어울려 철없던 지난날의 모든 삶이 꼭 같은 일이었는데

하나하나 가고 오고 하니 가는 세월 잡지 못하고

병실 창문을 열고 넓은 하늘과 땅을 보면서 생각한다.

그래, 결국 많은 욕심은 모든 것을 탐낸다는 것을.

엎드려 있는 나의 뒷모습이 이제야 보니 참 외롭게 보인다.

나는 나의 법대로 앞을 보며 살아왔지만

이제는 철이 들어야 하는 나의 열매들!

언제나 착하게만 보이는 나의 보물들!

아무리 써 봐도 끝이 없을 말들

나의 보물들은 아빠, 엄마보다 아름다운 하루하루 따사로운

빛을 바라보며 살아가기를….

이 못난 아빠가 어제나 오늘이나 생을 마치는 그날까지

꿈속에서라도 항상 사랑하며 보살펴줄게.

아빠가 너희들에게 하고 싶은 말은

그저 사랑하고 사랑하고 미안하고

아빠라고 불러줘서 마지막까지 고마워.

갑자기 맺히는 두 눈의 눈물

더러운 마음과 어두운 마음을 버리고

편안한 길을 가고 싶다.

조금은 이른 나이지만

아빠, 엄마가 부르실 때 나도 가야지.

2020년 12월 14일

못난 아빠가

목차

살아가는 데 정답은 없었나요?

삶의 폭풍 속으로

홀로서기는 자기 몫

가족! 채워가는 삶 살아보기

6장

다른 가족도 이런가요?

1장

아빠, 어디 계세요

임종실이 뭔가요?

2021년 1월 18일 아침 출근 시간, 아이를 챙겨 발걸음을 재촉해 운전대를 잡았다.

"세이야! 할아버지께 전화해야지."

오늘도 한 손으로 운전대를 돌리고 다른 한 손으로는 바삐 휴대전화 화면을 터치해 아들에게 넘겼다. 요즘 아이들은 핵가족화된 지 오래여서 조부모의 경험과 추억이 부족하기에 스피커폰을 켜 항상 아이에게 먼저 건넸다. 아이는 기분에 따라 순순히 따르기도 했지만, 짜증을 내기도 했다. 아버지가 호스피스 요양병원에 입원한 지 벌써 2개월째. 한 달 전부터 급격히 안 좋아져 왠지 모를 두려움에 나는 매일 끼니마다 전화해 병세와 식사량을 체크하고 있다.

"할아버지!"

"응, 우리 세이가? 허허허…."

건너편에서 아버지의 흐뭇하면서도 힘이 빠진 웃음소리가 들린다.

"네, 이제 유치원 가요!"

"그래, 그래. 아침은 묵었고?"

"네, 먹었어요. 할아버지는 식사하셨어요?"

"응, 그래."

아버지 목소리에서 갑자기 거친 숨소리가 들려 전화기를 바꿔 들었다.

"아빠! 향이에요. 몸은 좀 어때요? 아프면 참지 말고 바로 진통제 달라고 해요! 돈 걱정하지 말고. 영양제도 아빠 몸에 맞는 걸로 맞고, 아빠 모아 놓은 돈으로도 충분하니까! 알겠죠?"

매일 아침 같은 대화지만 이 말밖에 해줄 말이 없었다. 전화를 끊고 나면 갈수록 힘이 빠지는 아버지 목소리가 내내 귓가에 맴돌아 눈물이 흘렀다. 이유를 모르는 아이는 갑자기 우는 엄마를 보며 불안해했다.

"엄마, 또 울어? 할아버지랑 전화하면 엄마 우니까 나 전화 안 할래."

"미안, 할아버지가 아프서서 슬퍼서 그래. 이젠 괜찮아, 병원에 계시니까 나으실 거야."

"병원에 계시면 낫는다고 하고선 왜 자꾸 울어?"

"그러게? 엄마는 울보인가 봐!"

아이를 유치원에 데려다주고 직장에 가서 휴직계를 내기로 결심했다. 이틀 전 춘천에 있는 동생 가족에게 주말에 시간을 내어 갈수록 병세가 악화되는 아버지를 뵙고 가라고 했다. 코로나 사태로 창문 밖에서 잠시 면회를 할 수밖에 없었지만, 매번 달라지는 아버지 상태와 하루 세끼를 확인해봤을 땐 아무래도 이상한 느낌이 들었다.

어릴 적 아버진 늘 강한 모습이었다. 유교적 교육관으로 '예禮'를 중시하셨고 훈육도 엄격히 하셨다. 평소 할머니를 공경하는 태도와 말씨로 우리에게 솔선수범의 모습을 보이셨고, 딸 셋과 놀아줄 때면 씨름과 바둑으로 바른 자세와 규칙을 가르치셨다. 벌을 줄 때도 손들고 서기나 엎드려뻗쳐로 군기를 잡으셨다. 경고 3번이 넘으면 아버지는 엄청 화를 냈기에 무서운 호랑이 같다는 이미지가 머릿속에 박혀 있다.

요양병원에 입원하게 된 것도 자꾸만 별거 아니라는 아버지 병세가 심상치 않음을 직감하고 진료가 있는 날 일부러 함께 가서 알게 되었기 때문이다. 대학병원이라 담당의사와 추가적인 면담이 어려워 퇴근 후 급히 내려가며 아버지 홀로 진료를 받지 않게 하려고 얼마나 가슴 졸였는지 모른다. 그러나 아버지는 시한부 선고와 호스피스 병동에 입원해야 함을 주치의에게 여러 번 권고받았음에도 불구하고 인정할 수 없다며 한사코 입원을 거부했었다. 결국 나는 어려운 결정을 감행하며 아버지를 겨우 설득해 입원하게 되었다. 자식이랍시고 뭐 그리 바쁘다고 직장과 육아를 핑계로 지방에 홀로 계신 아버지를, 목청 크다는 이유로 힘이 계속 남았다고 생각했던 걸까.

출근 후 원장님은 어렵게 꺼낸 휴직계를 받아줬다. 사실 지난번 요양병원에 입원하면서 아버지의 까다로운 입맛을 맞추기 위해 작년 말까지만 일을 하고 마무리하려고 했다. 당시 코로나19 사태로 임시 휴원이 길어졌고 아이들도 없는 어린이집에서 교사들만 북적댔다. 나는 허비되는 시간을 낭비하고 싶지 않았고, 아버지 병간호에만 집중하고 싶었다. 하지만 상황이 안 돼 바로 퇴직하지 못했다. 걱정과 달리 이번 휴직계는 가볍게 수리되었고, 기쁜 마음에 제일 먼저 아버지께 소식을 전하고 싶었다. 하지만 깜짝 놀라게 해드리고 싶은 마음에 수간호사에게 비밀로 부탁하고 예약해둔 병실만 확정했다.

퇴근 후 설레는 마음을 가라앉히며 컨디션을 여쭈려 아버지께 전화하면서도 특별히 내색하지 않았다. 그리고 미리 알아둔 종합병원에 들러 요양병원에 들어가기 위해 코로나19 검사와 필요한 준비를 하느라 갑자기 바빠졌다.

주말에 다녀간 동생은 병원 측의 배려로 방호복을 입고 아버지와 대면 면회를 할 수 있었고, 보호자와 함께 있을 수 있는 1인실도 바로

확보되어서 일이 술술 풀리는 기분이었다. 모든 게 기다렸다는 듯 일
사천리로 진행되는 것 같아 설레기도 했다. '드디어 아버지와 함께 지
낼 날이 왔구나!' 들뜬 마음으로 집에 도착해 가방을 꾸렸다. 며칠 동
안 집에 오지 못할 걸 생각하니 챙길 게 많았다. 그런데 오늘따라 병
원에서 전화가 자주 왔다.

"네, 검사하고 왔어요! 결과는 내일 아침에 문자로 온대요!"

그날, 내가 자신 있게 말한 것은 이거 하나였다. 그 뒤로 수시로
전화가 오면서 일정이 바뀌었다.

"네? 일반 1인실이 아니라 임종 1인실이라고요?"

"네? 코로나19 결과 문자는 오전 몇 시에 오냐고요?"

"네? 내일 아침에 병원 주차장에서 대기하다가 문자 메시지 오면
바로 들어오라고요?"

"네? 지금이라도 방호복 입고 들어오라고요?"

자꾸만 바뀌는 병원의 스케줄에 불안한 마음으로 저녁 식사를 차
리며 남편에게 매일 아침에 챙겨야 할 것들을 얘기하고 있었는데, 결
국 마지막 전화 내용은 당장 들어오라는 거였다. 부랴부랴 꾸려 놓은
가방을 챙겨 나오며 떨리는 손과 마음을 가다듬고 운전대를 돌리며
별일 없기를 빌고 또 빌었다.

아빠와 첫째 딸

'아침에 통화할 때는 괜찮은 것 같았는데, 무슨 일이지?' 요즘 들어 대답도 희미하게 겨우 하시던 아버지 목소리가 자꾸만 신경이 쓰였다. 문득 어제 아버지와 나눴던 이야기가 떠올랐다. 동생 가족이 올라가고 얼음을 찾는 아버지 전화로 필요한 것을 챙겨 다시 병원을 찾았을 때 그새 잠드셨는지 침대에 누워계셨다. 하는 수 없이 출입문 입구에서 당직 간호사에게 물건을 인계하며 이야기를 나누는데 요양보호사의 도움으로 휠체어를 타고 로비에 나온 아버지가 나를 불렀다.

"아빠! 안 잤어? 창문으로 보니 아빠 주무시는 것 같아 그냥 가려고 했지."

잦아진 통증으로 제대로 잠을 이루지 못하는 아버지를 생각해 일부러 깨우지 않고 간호사를 부른 거였다.

"향아, 아빠 더 이상 힘들어서 못 하겠다!"

"아빠, 그게 무슨 소리야! 새해도 맞이했잖아. 조금만 더 기운 내. 2월 1일, 아빠 생신까지라도…. 내가 멋지게 챙겨준다고! 따뜻한 봄이 올 때까지만…."

나는 그렇게 소리치듯 말했고, 갑자기 흐르는 눈물을 주체할 수 없었다. 그리고 다리에 힘이 풀려 주저앉고 말았다.

"됐다, 마. 가시나, 가라 마. 느그는 이 고통 모른다!"

"안 돼, 아빠. 그러지마! 아프면 참지 말고 진통제 맞으라고 했잖아."

아버지는 또다시 통증이 오는지 손으로 얼굴을 감싸며 표정을 숨겼고, 건너편 바닥에 주저앉은 나는 자동문 사이로 좀 더 뚜렷이 아버지를 보려고 흐르는 눈물을 닦아내며 애원했다. 본격적으로 통증이 진행되면서 아버지는 괴로워 일그러지는 모습을 보여주기 싫어 아침마다 기다리던 손자의 영상통화도 거부했고 음성통화도 점점 받지 않았다.

이후 알고 보니 '호스피스' 프로그램은 환자가 죽음을 자연스럽게 받아들여 삶의 한 부분임을 인지하고 과거를 돌아보며 스스로 마지막을 정리할 수 있도록 진통제는 소량만 사용한다고 했다. 독한 주사액으로 호흡이 끊어짐도 모르게 잠이 들어 운명하지 않도록 말이다. 여러 고민 끝에 호스피스 요양병원을 선택했던 건 죽음을 앞둔 아버지가 편안히 마음먹길 바란 거였는데, 마지막 순간은 찢어지는 고통을 감내해야 한다니. 과연 무엇이 정답일까?

말기 암의 고통을 줄이기 위해 먹는 약과 패치, 주사액까지. 세 가지 진통제를 사용하고도 전혀 잡히질 않는 통증. 아버지는 그렇게 나를 원망하고 있었는지도 모르겠다. 얼마나 고통스러웠을까. 그것도 모르고 딸자식은 무조건 참고 진통제만 맞으라 했으니…. 어제 본 아버지는 내게 마지막 부탁을 하는 거였는지도 모른다. 이제 그만 놓아 달라고. 여기까지 생각이 미치니 참았던 눈물이 꺼이꺼이 울음소리와 함께 터져 나왔다.

이런저런 생각을 하는 새 병원 주차장에 도착했다. 체온 체크와 방문일지를 적고 바쁘게 방호복으로 갈아입었다. 내일이면 들어올 걸 대체 왜 이렇게 호들갑스럽게 오라는 건가! 임종 1인실로 안내받으며 병실에 들어서는 순간, 내 몸은 얼어붙고 말았다. 어제 본 아버지가 아니었다. 너무나 낯설었다. 휠체어에 앉아 당당히 큰소리쳤던 아버지였는데…. 어떤 말을 해야 하나. 아무 생각이 떠오르지 않았다. 상황을 파악할수록 오히려 화가 났다. 누가 우리 아버지를 이 지경이 되도록 놔둔 거냐고. 왜 이제야 알린 거냐고! 그때 수간호사가 들어왔다.

"오셨어요. 오늘 아침부터 기력을 잃으시더니 계속 회복을 못 하시고 이렇게 누워만 계세요."

낯선 아버지 모습에 당황해 아무 말도 나오지 않았다. 머릿속이 뒤엉켜 그저 수간호사의 얼굴만 쳐다봤다.

"그래도 청각은 가장 늦게까지 남아 있으니 따님 말씀은 들으실 수 있을 겁니다. 아버지께 얘기하세요."

"어제 뵈었을 땐 괜찮았는데 갑자기 왜 이런 거예요? 오늘 아침부터 전화를 받지 않아 걱정되긴 했는데 눈을 제대로 감은 것도 아니고, 언제부터 이런 거예요?"

"아침엔 의식이 있으셨어요. 요양사분 질문에 힘없이 대답하긴 하셨는데, 이후로는 전혀 못 깨어나시고 계속 누워만 계십니다."

"그래요? 아침엔 괜찮았는데, 갑자기 이렇게 될 수도 있는 건가요?"

"네, 말기 암 환자분은 급작스럽게 다운되기도 해서 아무도 알 수가 없어요."

"네, 알겠습니다."

질문에 대답이 끝나자 수간호사는 병실을 나갔다. 낮에 통화할 때 귀띔해주시지 너무 놀란 마음에 섭섭함만 일었다.

"아빠, 저 왔어요! 어제까지 괜찮더니 오늘 갑자기 왜 이래, 응? 나이제 아빠랑 놀려고 오늘 휴직계 내고 짐 싸서 왔는데, 벌써 이러면 어떡해? 정신 차려봐!"

눈도 껌뻑하지 않고 조그만 미동도 없었다. 반쯤 뜬 눈에는 흰자

위만 보였고 입도 반쯤 열려 있었다. 창문 밖에서 잠시 봤던 모습과
는 달랐다. 어제는 눈도 완전히 감고 있었고 입술도 다물고 있었다.
그새 기력이 또 빠진 걸까?

"아빠, 듣고 있는 거 맞아? 들려? 자는 거야? 그런데 왜 울어? 갑자
기 눈물이 나?"

껌뻑하지도 않고 반쯤 뜬 눈에 눈물이 고였다. 반만 열린 입 안의
혀는 소리 없이 뭔가 얘기하려는지 조금씩 움직이고 있었다.

"아빠, 무슨 말 하고 싶어? 소리를 내야 알지. 그러게 맛없어도 밥
잘 챙겨 먹으라고 했잖아! 기력이 없어서 소리가 안 나와?"

괜히 아버지를 탓하며 조용히 고인 눈물을 닦아드리고 내 눈물은
들킬까 봐 소리를 죽였다.

"보호자분, 잠깐만요!"

감정을 추스르며 아버지와 얘기하는데 돌아온 수간호사가 나를
불렀다.

"주말에 다녀가신 동생분이 멀리 있다고 하셨죠? 말기 암 환자는
언제 어떻게 될지 몰라서요…. 지난번 말씀드렸다시피 저렇게 계시
다 일주일 이상 가시는 분도 있고, 몇 시간 안에 돌아가시는 분도 있
어요. 연락하면 다시 내려오실 수 있을까요? 말하기 힘드시면 저희가
할게요."

"네? 네, 무슨 말인지 알겠습니다. 지금 전화해야 하는 거죠?"

수간호사는 말없이 고개를 끄덕였다. 이럴 땐 침착하게 마음을 가다듬을 수밖에 없다. 어제 올라간 동생을 다시 내려오게 하려면 설득할 수 있는 이유가 있어야 했다. 몇 년 전 서울에 계신 할머니가 돌아가셨을 때 마지막 모습을 보지 못한 아버지의 안타까움이 떠올랐다. 장남을 보지 못한 할머니는 눈을 뜬 채 운명하셨고, 아버지가 도착해 눈을 감기니 신기하게 고이 감겼다고 했다. 문득 그런 불상사는 막아야 했다.

슬픈 감정에 휩쓸리면 안 된다. 아버지는 아직 살아계신다. 내가 지켜야 한다. 정신을 차려 수간호사에게 다시 물었다.

"제가 봤을 땐 이번 주는 넘기기 어려울 것 같은데, 간호사님도 같은 생각이신가요? 냉정하게 말씀해주세요."

"네…. 맞습니다. 뭐라 드릴 말씀이 없습니다. 저도 워낙 여러 경우를 봐서요."

결국 듣고 싶지 않은 말이 돌아오고 말았다. 혹시나 하는 기대로 물었고 내 생각을 부정해주길 바랐다. 하지만 기적을 바라는 마음은 조금도 주지 않았다. 작년 초부터 시한부 기한을 정했지만 몇 번씩 틀리지 않았는가!

"네, 알겠습니다. 감사합니다. 어제 올라갔어도 다시 내려와야죠. 제가 연락하겠습니다."

이젠 어쩔 수 없었다. 동생에겐 뭐라고 해야 할까? 병실에 들어와 시계를 보니 퇴근 후 한창 바빠질 저녁 시간이었다. 여러 상황을 한 꺼번에 받아들이기 힘들 막내를 생각해 어떤 말부터 해야 할지 잠시 고민하며 휴대전화만 만지작거렸다.

"아빠! 미정이 다시 내려와야 한대. 뭐라고 말할까? 응? 말 좀 해봐."

미동도 하지 않는 아버지에게 고민을 털어놓았다. 기대했던 답변이 돌아올 리는 없었다. 그동안의 무료한 일상에 조그만 희망이라도 품으며 미정이를 만날 때까지만 그렇게 버티신 걸까? 미정이가 가버리니 다시 마주해야 할 시간이 허망해져 갑자기 이렇게 누워버리신 걸까? 고요한 병실에서 이런저런 생각이 떠오르다 갑자기 너무 많은 짐을 진 것 같아 어깨가 무거워졌다.

아빠, 어서 일어나요!

수간호사의 임무는 끝났을 거다. 보호자가 도착하기를 기다렸던 수간호사는 늦어진 교대근무의 인수인계를 하느라 분주했다. 마음을 가다듬고 정신을 바짝 차려야 했다. 그리고 끌어올 수 있는 이성을 최대한 끌어모았다. 결국 올 것이 와버렸고 받아들여야 했다. 어차피 겪어야 하는 거라면 냉정하게 마음을 다독여 이성적으로 행동해야 한다.

초점 없이 누워 계신 아버지를 보니 다시 무너졌지만 참았다. 아버지께는 흐트러져 우는 모습을 보여드릴 수 없었다. 청각은 아직 남았다고 하지 않는가. 워낙 우는 모습을 싫어하셨으니 마음이라도 편하게 해드리고 싶었다. 그리고 한 명이라도 정신을 차려야 아버지의 마지막을 제대로 챙길 수 있다. 그렇게 몇 번을 되뇌며 복도에 나가 춘천에 있는 막냇동생에게 전화를 걸었다.

"응! 언니, 얘기해!"

"바쁘지? 애들은 왔어?"

"아직 학원에서 안 왔어. 후…. 저녁 준비하고 있지."

"그래, 제부는 퇴근했어?"

"아니, 요즘 바빠서 매일 늦어. 왜?"

"응, 그렇구나. 음, 아빠가 많이 안 좋대. 지금 다시 내려와야 한대. 그리고 도착하는 대로 방호복 입고 들어와서 아빠부터 만나."

"뭐? 갑자기? 왜?"

"그러게. 하… 처음 입원할 때부터 갑자기 안 좋아질지 모르니 준비하라 했는데…. 작년 여름부터 힘들 거라 했는데 지금까지 버틴 것 자체가 기적이라. 여기 와서도 한 달 정도 예상했는데, 두 달은 버티셨다고…. 어쨌든 제부 일 마치는 대로 조심히 서둘러서 와!"

나는 동생과 통화하면서도 도무지 실감이 나지 않았다. 내 앞에 누워계신 아버지가 지금 당장 소리치며 일어나실 것 같았다. 그리고 동생에게 다시 전화해 내려오지 않아도 된다고 해야 할 것만 같았다.

"아빠, 미정이 오라고 전화했어! 도착하면 새벽 2시쯤 될 거래. 제부가 퇴근이 늦나 봐. 일 끝나는 대로 애들하고 온대."

병실에 들어와 아버지께 미정이 소식을 알리니 가까이 있는 진주가 생각났다. 진주는 나와 10분 차이로 늦게 태어난 이란성 쌍둥이다. 진주라도 먼저 오면 되지 않을까? 혼자 있기 불안하기도 했고, 누군가 내게 지금 무엇을 하면 될지 알려줬으면 했다. 복도에 나가 진주에게 전화를 걸었다.

"진주야, 바빠?"

"아니, 저녁 먹고 있지. 왜?"

"아빠 어떻게 되실지 모른대."

"뭐? 갑자기 왜?"

"병원에 오니까 아빠 어제랑 완전히 달라. 눈에 초점이 없어. 미정이한테는 연락했으니 너 먼저 방호복 입고 들어와서 아빠 만나는 게 어때?"

"알았어. 바로 갈게!"

이럴 때면 우리 세 자매는 약속이나 한 듯 똘똘 뭉친다. 어릴 적 부모님 이혼으로 기댈 곳 없어 서로 외로워 많이 다투기도 했지만, 집안에 일이 생기면 언제 그랬냐는 듯 함께 의논해 해결했다.

아버지는 요양병원에 들어가기로 마음먹은 날, 이런 말씀을 하셨다.

"나는 절에 올려놓고, 너희들이 시간이 될 때 절에 와서 보면 된다."

그렇게 아버지는 미리 준비하셨는지도 모르겠다. 아버지의 죽음을 인정하고 싶지 않은 나는 사회복지사와 통화할 때마다 깜빡한 척하며 장례 준비를 미뤘다.

　적막감이 흐를 때 능인 스님이 들어왔다. 호스피스 프로그램으로 마음 돌봄을 해주는 분이다. 누구보다도 아버지의 고집을 짐작했을 거고 지나온 삶에 대한 자세를 상담하셨을 거다.
　"오셨어요, 아버지가 갑자기 많이 안 좋아지셨어요."
　"네, 안녕하세요."
　그때 아버지가 두 팔을 올려 허공에 허우적대며 알 수 없는 신음과 표정으로 얼굴이 다시 일그러지기 시작했다. 입 안의 혀는 바쁘게 움직이며 뭔가를 얘기하고 싶은 것 같았다.
　"아빠! 우리 아빠 왜 이러시는 거예요?"
　"최성태 님, 괜찮아요. 움직이지 마세요. 편히 마음먹으세요!"
　순간 냉정하게 다그치는 스님의 모습이 낯설었다. 아버지의 양팔을 붙잡아 침대 위에 눌러 움직이지 못하게 했고, 무서운 표정으로 아버지를 향해 자연스럽게 받아들이라고만 했다. 마치 저승사자라도 온 것처럼 아버지는 스님의 손을 뿌리치면서 괴로워했다. 너무나 당황스러웠고, 아버지가 불쌍해 보였다.
　그렇게 몇 분이 흘렀을까. 잠시 후 아버지는 포기한 듯 더 이상 움직이지 않았고 얼굴만 일그러뜨리고 있었다.
　"이제 아버지는 준비하시는 거예요. 자, 괜찮아요. 최성태 님! 우리는 이 세상을 살기 위해 몸을 잠시 빌린 것뿐입니다. 이제 이 몸이 다했으니 편히 놓고 가시면 됩니다."

스님은 익숙한 듯 의자를 당겨 앉아 아버지 손을 감쌌다. 그리고 소리 없이 울고 서 있는 내게 옆에 앉으라고 하셨다. 그렇게 곁에 앉아 아버지의 손을 붙잡았다. 스님은 아버지가 다시 몸을 움직이지 않게 어깨를 가만히 눌렀다.

"최성태 님, 우리는 여기 이 세상에 태어나 잠시 머물다 떠납니다. 마음을 편히 가지시고 받아들이세요. 무서워하지 마세요. 최성태 님을 기다리고 있는 건 무서운 사람들이 아니에요. 부처님이 길을 밝혀주시니 밝은 빛만 따라가면 됩니다. 두려워하지 말고 빛에 집중하세요. 최성태 님! 제가 노래를 불러드릴게요. 마음 편히 가지세요."

스님은 고요히 노래를 불렀다. 가냘프지만 단정하고 힘 있는 목소리에 정말 마지막인 것 같아 너무나 슬펐다. 하지만 이를 악물고 소리 없이 눈물만 흘렸다. 아버지의 혼란한 마음을 건드리고 싶지 않았다. 마침내 아버지는 조금씩 안정을 찾았는지 잠잠해졌다.

"동생분들에게는 연락했나요?"

"네, 춘천 동생은 새벽 한두 시쯤 도착할 거고요. 울산 동생은 지금 오고 있어요."

"네, 아버지가 또 이렇게 행동하실 거예요. 그때 제가 다시 올게요. 하지만 기도할 때 따님처럼 조용히 아버지가 집중할 수 있도록 해주셔야 해요. 다른 따님도 그렇게 할 수 있나요? 그게 안 되면 그때는 잠시라도 복도에 나가 있었으면 좋겠는데⋯."

"네, 알겠습니다. 제가 아버지 곁에 있고 동생들은 내보내겠습니다."

"그래요. 아버지 곁에서 우는 건 전혀 도움이 되지 않아요."

"네, 감사합니다."

서로 다른 3개의 사랑

시간이 얼마나 지났을까. 너무 울었더니 머리가 멍했다. 정신을 차리려 아버지의 서랍장을 뒤져 커피를 찾았다. 아버지가 좋아하던 커피믹스. 종이컵과 커피 양이 마지막으로 준 그대로다. 자세히 들여다보니 구석구석 또 처박혀 있다. 식사하시고 늘 즐겨 드시는 건데 언제부터인가 요양사분께 부탁하기 미안하다고 하시더니 나중엔 드시지도 않고 쌓아두기만 했던 것이다. 그러고선 필요한 것들을 물으면 커피믹스를 가져오라고 하셨다. 이제 와 생각하니 그렇게라도 한 번 더 딸을 보고 싶었던 건 아니었을까. 그러고 보니 일주일 전 드렸던 바나나는 한 개도 뜯지 않은 채 시커멓게 변해 있고, 먹기 좋게 잘라 소량으로 드렸던 과일 도시락도 그대로다.

항암 부작용으로 이가 빠져 물컹한 황도만 즐기셨던 아버지. 다시 보니 일주일 전부터 제대로 드신 게 아무것도 없었다. 컵 들기가 힘들다며 물 마실 빨대를 사달라고 하셨었는데 뜯지도 않은 채 그대로였다. 또다시 눈물이 왈칵 쏟아졌다. 자식이 이렇게 모르고 있었다니! 너무나 한심하고 죄송스러운 마음에 가슴이 아팠다. 그러다 갑자기 '왜 말하지 않았느냐!'라며 화가 나기도 했다. 다시 주저앉아 울기를 반복할 때, 휴대전화의 진동이 울렸다.

"언니야, 나 도착했다. 어떡하면 돼?"
"응, 1층 로비에서 아빠 이름 얘기하고 방호복 입고 들어와."
진주가 도착했다. 초점 없이 누워계신 아버지 모습을 보더니 깜짝 놀라 눈물을 터뜨렸다. 어떻게 된 거냐고 묻지만 나도 해줄 수 있는 말이 없었다.
"아빠, 우리 아빠 많이 아팠지? 어떡해! 우리 아빠 많이 아파서 어떡해! 진주가 왔어! 진주 온 거 알아? 아빠, 내 목소리 들려?"
아이 다루듯 진주가 서럽게 울며 말하자 아버지가 희미하게 고개를 끄덕였다. 정말 다 듣고 계셨던 걸까? 내가 그렇게 질문해도 묵묵부답이더니…. 내심 섭섭하기도 했지만 진주라도 저렇게 아버지 마음을 읽어주니 다행이라는 생각이 들었다.
"언니야, 니는 이제 쉬어라. 내가 아빠 볼게."
"응."

다시 종이컵과 커피를 챙겨 복도로 나와 정수기가 있는 쪽으로 걸어가다 보니 일반 병실들이 보였다. 아버지가 처음 입원했던 침대, 이벤트했던 장소, 크리스마스트리를 꾸몄던 곳. 잠깐이었지만 그래도 추억이 남았다. 창가 아버지 침대에 다른 분이 계신다. 어머니를 보살피겠다고 함께 들어온 보호자도 있다. 나도 미리 행동했더라면…. 후회만 남을 뿐이다. 그리고 1인실, 아버지와 함께 가려고 했던 병실이다. 하지만 며칠 전부터 임종실에 계셨던 분이 그곳에 있었다. 아버지가 갑자기 위독해져 자리를 바꿨다고 한다. 참 별난 일이다. 생명이란 정말 아무도 알 수 없는 건가.

임종실은 유별나게 넓다. 임종 시 증상으로 대부분 답답함을 호소하므로 일부러 큰 병실을 배정한다고 했다. 덩그러니 침대와 소파가 있는 병실에서 조그만 자리를 차지하고 앉으니 괜히 허전했다. 소파한편에는 아버지의 짐 가방이 산처럼 쌓여 있다. 외출할 날을 꿈꾸며 바리바리 쌌던 짐들이 이젠 초라하게 남아 있다. 소파에 앉아 커피 한 모금을 마시며 아버지와 진주를 바라본다.

"야! 아빠랑 너랑 진짜 많이 닮았다. 어찌 그리 똑같냐?"

"맞제! 나도 그래 생각한다."

"이마 넓은 거랑 코 펑퍼짐한 거는 완전 똑같다!"

"야! 그만해라, 가시나야. 그래도 내가 제일 예쁘거든!"

"그러시던지."

아버지가 누워계셔도 자매들의 티격태격은 어쩔 수 없나 보다.

"니 이제 뭐 할라꼬?"

"나? 책 보려고. 이번 주까지 읽고 반납해야 하거든. 니가 좀 갖다줘라. 이번 주 토요일 줌 강의도 있는데 여기서 와이파이 잡아서 들으면 될 것 같다."

"니도 대단하다. 여기까지 책을 가져왔나?"

"그럼 온종일 뭐 하냐? 계속 여기 있을 건데. 책 읽으면서 아빠 옆에서 푹 쉬려고. 휴가왔다 생각하고 있다."

나는 아버지가 입원하기 전 주말마다 부산에 내려가며 하룻밤 자고 오려고 마음먹은 적이 있다. 아버지와 어릴 적 얘기도 하며 기억하지 못하는 따뜻한 품도 느끼고 싶었기 때문이다. 하지만 아픈 몸을 이끌며 괜한 자존심과 고집을 부리는 모습에 짜증이 나 다시 돌아올 때가 많았다. 그래서 이번만은 아버지와 함께하는 시간을 만들 작정이었다.

새벽 1시 30분쯤 미정이가 도착했다.

"아빠! 언니야, 아빠 왜 이런데? 갑자기 왜 이렇게 됐는데! 아빠, 미정이 왔어요! 정신 차려봐요!"

또다시 곡소리가 울린다. 이틀 만에 변한 아버지의 모습을 보더니 미정이는 눈물을 쏟았다. 그렇게 세 자매가 또다시 울었다. 하지만 아버지는 묵묵부답이었다. 그동안 간호하며 그렇게도 울었는데 아직도 나올 눈물이 남은 건지.

"언니야, 아빠는 계속 이렇게 있는 거래? 언제 회복돼?"

"모르겠어, 말기 암 환자는 알 수가 없대. 이렇게 계시다 갑자기 잘 못되기도 하고 일주일 버티시기도 하고 그렇대."

또다시 아버지가 두 팔을 올려 허우적대며 초점 없는 눈으로 얼굴이 다시 일그러졌다. 벌어진 입 안의 혀는 바쁘게 움직였고 알 수 없는 신음도 가끔 흘러나왔다. 깜짝 놀란 동생들이 "아빠!"를 연신 외쳐댔고 눈물도 다시 터졌다. 흐르는 눈물을 닦으며 스님이 얘기해준 대로 나는 동생들에게 아버지 손을 잡으라고 한 후 어깨를 감싸 안으며 속삭이듯 말했다.

"아빠, 많이 힘들지. 괜찮아, 스님이 얘기했잖아. 밝은 빛만 보고 가래. 아빠, 밝은 빛 보여? 괜찮아! 아빠, 무서워하지 마."

몇 분 후 아버지는 다시 잠잠해졌다. 벌어진 입 안과 입술이 자꾸 마르니 간호사에게 받은 스프레이로 물을 뿌려 드렸고 흐트러진 침대도 정리했다.

"언니야, 아빠 왜 이래?"

"임종하시기 전에 보이는 현상이래."

"아빠! 많이 아팠지, 아빠 사랑해! 내가 많이 사랑해! 아빠 사랑해,

우리 아빠 많이 사랑해."

미정이가 그동안 하고 싶었던 말인 듯 연신 사랑한다는 말만 반복했다. 나는 아버지께 사랑한다는 말을 한 번도 못 했는데….

아버지가 갑자기 위독해진 이유가 뭘까? 미정이가 내려오겠다고 한 날을 기다리며 아버지는 매일 통화할 때마다 날짜를 확인했고, 항암 부작용으로 가물거리는 기억을 놓지 않으려고 안간힘을 썼다. 이럴 줄 알았다면 나도 아버지께 들어올 거라고 어제부터 얘기할걸. 괜히 확신할 수 없어 미뤘고 결정이 되어서도 이벤트할 거라며 비밀로 한 게 후회되었다. 그랬다면 하루라도 더 버티고 나와 얘기할 시간을 가질 수 있지 않았을까. 자식은 또 이렇게 불효자가 된다.

1월 19일

"이제 새벽이다! 어서 나가, 다른 직원들 오기 전에."

"그래, 언니야. 수고해. 전화할게. 그런데 밥은?"

"밥 생각도 없다. 아빠 이러고 있는데 밥이 넘어가겠나?"

"야! 그래도 먹어야지. 보호자식 있잖아. 챙겨 묵어라!"

"알았다, 가라."

1월 19일 한겨울. 눈이 잘 오지 않는 경남지역에 올해는 눈이 내렸다. 언양 신불산자락에만 내린 눈. 아이와 함께 면회온 날, 세이는 하얀 눈을 보며 신나 했고 눈을 뭉쳐 할아버지를 만나는 창문에 던지며 장난을 치기도 했다. 아버지는 아이의 장난을 받아주며 놀란 표정도 짓고 흐뭇한 미소도 보였다. 어릴 적 우리와 놀아주던 그 표정으로.

밖은 꽁꽁 얼었지만 밤새 입고 있던 방호복 때문에 세 자매는 땀이 한가득이다.

　오전 진료가 시작되면서 간호사들이 분주해졌고 요양보호사도 바쁘다. 기저귀와 물품을 실은 수레를 끌고 들어오더니 아버지 얼굴을 수건으로 닦아내고 로션을 바른다. 그리고 엉덩이와 허벅지에 생긴 욕창을 받친 거즈를 확인하고 나간다. 복도에는 담당의사가 회진하는 소리가 들렸다.

　소란이 끝나고 묵묵히 진료를 기다리는 아버지를 바라보니 일주일 전 엄청 화를 내며 전화한 기억이 떠올랐다. 잠을 잘 때 요양보호사가 불편하게 자꾸 베개를 허리에 넣는다며 병원을 옮겨달라고 하셨다. 간호사와 통화하니 욕창이 생길 수 있기 때문이라고 해서 아버지를 타일렀다. 그렇게 병세가 나빠지고 있음만 짐작했다. 어떤 날은 발과 종아리가 시리다고 해 미니 전기장판을 설치하기도 했다. 하지만 지금 와서 보니 그런 것들은 임종 전 증상이었다. 욕창은 이제 생기는 게 아니라 이미 심각했고, 발은 퉁퉁 부어 감각도 잃은 상태였다. 아버지의 괜찮다는 말과 간호사의 걱정하지 말라는 말만 믿고 우린 너무 태연했었다. 또다시 밀려오는 죄스러움을 어떻게 할까.

　담당의사와 수간호사가 들어왔다.

"따님, 잠은 좀 주무셨어요?"

"아, 네."

"동생분들은 아버님 보고 가셨어요?"

"네. 새벽에 와서 보고 갔어요."

"직장은 어떻게 하고 오셨어요? 아니면 동생분들과 교대하시나요?"

"아뇨, 며칠 쉰다고 했어요. 제가 계속 있을 거예요."

"네, 알겠습니다. 말씀드렸다시피 아버님 상황이 안 좋습니다. 말기 암은 갑작스러운 상황이 많아서요…."

"네, 알겠습니다."

잠시 후 오전 진료가 끝났는지 수간호사가 들어왔다.

"따님, 식사는 하셔야죠. 보호자식 신청해 놓을게요."

"괜찮을 것 같아요. 아버지가 안 드신 간식이 저렇게 많은데 저거 먹어도 충분하겠어요."

"그래도 하루만 있을 것도 아닌데 든든하게 챙겨 드셔야죠. 따님이 잘 챙겨 드셔야 아버지를 보살피죠."

"아, 그런가요? 네, 알겠습니다."

아버지를 잠시 잊었나 보다. 감정에 치우쳐 주저앉으려고만 했나 보다. 내 몸과 정신이 건강해야 아버지를 지킬 수 있음을 잠시 망각했나 보다. '그래, 일단은 절대 기운을 잃으면 안 돼! 동생들이 가고 난 빈

자리를 이제야 차지하며 아버지 손을 잡았다.

"아빠, 벌써 아침이야. 해가 밝았어요. 내가 요즘 아침마다 듣는 음악이 있는데 들려줄게."

밤새 들었던 불경 소리를 끄고 피아노 연주곡을 틀었다. 잔잔한 피아노 소리에 마음이 고요해졌다.

"향아…."

계속 주무시기만 했던 아버지가 희미하게 나를 불렀다.

"응! 아빠, 이제 깼어?"

다시 아무 말이 없다. 내가 잘못 들은 건가. 분명 아버지 목소리였다.

"아빠, 왜? 불렀으면 말을 해야지!"

하지만 대답이 없으셨다. 내가 너무 다그쳤나? 순간 후회되었다.

"아빠? 다시 자? 자는 거야? 배고파? 그냥 조용히 해?"

음악 소리가 마음에 들지 않는다는 건지, 어디가 불편하다는 건지 불러 놓고 대답 없는 아버지가 그저 답답하기만 했다. 벌어진 입과 초점 없는 눈은 천장만 가리키며 다시 조용하다. 목이 마른가 싶어 스프레이로 입 안에 물을 뿌려 드리고 다시 아버지를 살폈다. 여전히 고요한 시간. 그래도 물을 뿌릴 때마다 혀는 살짝 움직이니 입 안의 감각은 아직 남아 있는 것 같아서 다행이란 생각도 들었다.

"보호자분, 아침 식사 왔습니다."

"네, 감사합니다."

"아빠! 나 밥 먹고 올게. 빨리 다녀올게!"

평범한 일상이기를 원해 일부러 씩씩한 척 아버지를 대했다. 그러나 누워 있는 아버지를 두고 반찬 냄새를 풍기며 먹을 수는 없었다. 식판을 들고 비어 있는 병실을 찾아 앉았다. 아버지는 생사를 넘나드는데 자식은 배고프다고 끼니를 챙겨 먹는 모습이 죄스러워 또다시 눈물이 흘렀다. 정신 차리자! 슬픔에 젖을 시간이 없다. 아버지가 또 나를 찾을지 모른다. 아버지가 살아계시는 동안은 곁에서 최선을 다해야 한다.

정오 무렵, 또다시 희미하게 부르는 소리가 들렸다.

"향아…."

"응! 아빠, 얘기해!"

하지만 이번에도 다음 말은 나오지 않고 힘없는 혀만 살짝 움직일 뿐이다. 왜 자꾸 이름만 부르는 걸까? 언제 그랬냐는 듯 다시 일어나실 것 같은데 말이다.

"아빠, 불렀으면 말을 해야지. 힘 있게 말을 해봐."

"…."

분명 뭔가 말을 하고 싶은 것 같긴 한데 음성은 나오지 않았다. 이

름 말고 그다음 말도 듣고 싶은데 얼마나 기다려야 되는 걸까. 아버
지 눈에 다시 눈물이 고였다.

"울긴 왜 울어? 말은 안 하고 왜 울어?"

나는 아버지 눈물을 가만히 닦았다. 소리 없는 눈물을 보니 나도
따라서 눈물이 흘렀다. 하지만 들키지 않아야 한다. 평소처럼 아무렇
지 않게 말이다.

미안해요, 아빠!

저녁 무렵이 되었다. 간호사들은 몇 번을 오가며 아버지의 상태를 체크했고 해가 기울어지니 더욱 분주해졌다. 결국 산소포화도 측정 스티커를 아버지 가슴에 붙였다. 기기를 끌어와 전원을 켜니 82~85 였다. 산소와 혈압을 수시로 체크하며 혹시 '삐' 소리가 나면 바로 알려달라 하고는 다시 나갔다.

"아빠! 이것저것 달아 놓으니 불편하지? 숨을 크게 쉬어봐."

대답 없는 아버지를 바라보며 부디 아무 일 없기를, 별일 없을 거라 믿고 싶었다.

시간을 확인하고 복도에 나가 미정에게 전화를 걸었다. 아직 엄마와 떨어져 지낸 적 없는 아이가 며칠 동안 이모 집에 있을 생각을 하니 걱정되었다.

"애들은 잘 놀고 있어?"

"응! 세이 잘 있어, 걱정하지 마. 그런데 아빠 좀 어때? 우린 또 새벽에 가면 돼? 간호사가 낮에 전화왔었는데 다들 퇴근한 후 어제처럼 살짝 들어오면 된다던데?"

"아니, 그냥⋯. 내가 봤을 땐 이렇게 일주일, 열흘도 버티는 분도 있다고 하니 오늘은 쉬어. 어제 잠도 못 잤잖아."

"언니야, 그런데 오빠는 어떻게 해? 회사에 일이 많아서 계속 쉴 수는 없는데, 나도 일단 회사에 상황을 얘기해야 하고."

"아, 그래? 제부한테 무작정 기다리라고 하기는 좀 그렇고. 제부는 일단 올라가는 게 맞는 것 같다. 그런데 넌 있었으면 좋겠는데⋯."

병실에 들어와 아버지를 바라보았다. 이젠 힘이 다해 쓰러져 있는 아버지. 죽음을 앞에 두고 공포에 떨며 희미한 숨결도 놓치고 싶지 않아 치열하게 싸우고 있다. 그러나 자식들은 당장의 출근과 자녀들의 학교, 학원이 걱정이란다. 현실은 참 비극이다. 돌아가시고 나면 며칠 울고 또 언제 그랬냐는 듯 아무 일 없이 모두 일상으로 돌아가겠지. 생각이 여기까지 미치니 눈물이 쏟아졌다. 울지 않으려 해도, 소리 내지 않으려 해도 자꾸만 흐느끼는 소리가 새어 나왔다. '미쳤나? 와 이라노! 아빠 아직 안 죽었는데 돌았나? 정신 차려라!'

그렇게 스스로 몇 번을 되뇌며 다시 입술을 깨물었다. 아직 해야 할 일이 많다. 아무것도 한 게 없었다. 그래서 더욱 정신을 차려야 한다.

"향아…."

"응, 아빠!"

시간이 얼마나 흘렀을까. 아버지가 힘없이 부르는 소리가 다시 들렸다.

"아빠! 얘기해. 너무 힘들어서 말이 잘 안 나와? 우리 아빠, 많이 아파서 어떡해…. 왜 미련을 못 버리고 이 아픈 몸을 붙들고 있어, 응? 이제 아픈 몸은 버려두고 편히 쉬어, 응?"

병원에 와서 아버지의 갑작스런 발작과 마주하며 나는 더 이상 괴로워하는 아버지를 붙잡을 수 없었다. 평소 아버지도 죽음을 수용하지 않았기에 나 또한 아버지의 죽음을 인정하고 싶지 않았다. 호스피스 입원 절차였던 연명치료 포기 각서에 절대 서명하지 않겠다고 했던 아버지, 이젠 정말 보내드려야 되는 건가. 나도 모르게 아버지의 고통스러운 육체에 더 이상 아무것도 해줄 수 없음을 받아들였고, 이로 인한 고통을 호소하는 아버지가 안쓰러워 편히 가시라는 말을 내뱉고 말았다.

흐르는 눈물을 주체할 수가 없었다. 아버지 얼굴 옆으로 내 얼굴을 들이밀었고 그다음 말이라도, 아니 가냘픈 숨결이라도 조금 더 듣고 싶었다. 그때 아버지의 산소포화도 측정기가 소리를 냈다.

"삐! 삐! 삐! 삐- 68, 56, 43….."

자동적으로 화면의 숫자를 확인했다. 갑자기 떨어졌다. 어떻게 된 거지? 아무것도 건드린 게 없는데 뭐가 문제일까. 너무도 혼란스러웠다. 아버지께 괜한 소리를 한 건가? 아버지가 섭섭해서 그런 건가? 소리를 들은 간호사가 급하게 뛰어와 호흡과 맥박을 체크한 후 다시 나갔다. 순간 시계를 봤다. 7시 10분이 채 되지 않은 시간. 그사이 발작 증세가 또 나올지 모르기에 나는 무의식적으로 시간을 체크하고 대비했다.

"어떡해요? 우리 아빠 어떻게 되는 거예요? 뭐라도 해야 하는 거 아니에요?"

담당의사가 병실을 찾았다. 이윽고 다른 의사도 함께 들어왔다. 간단히 맥박을 확인한 후 시계를 보고는 서로 눈빛만 교환하며 고개를 끄덕였다. 아무 조치도 하지 않고 그냥 그렇게 말이다. 순간, '그래, 여기는 호스피스 병원이었지.' 죽음을 거스르지 않는 곳. 죽어가는 사람에게 아무것도 해줄 수 없는 곳. 아니, 어차피 살 수 없는 사람에겐 아무것도 하지 않는 곳. 순간 내 이성이 숨어버렸나 보다.

"아빠, 아빠! 정신 차려. 아빠!"

다른 이는 방관하더라도 나마저 그러면 안 된다. 무슨 일일까? 아버지 심박동이 다시 치솟더니 오락가락 가늘게 잡혔다.

"아빠가 다시 깨어나는 것 같아요!"

하지만 의사도 간호사도 반응이 없다. 정신 차리자! 지금이라도 뭘 해야 하나. 그래, 동생들 얼굴이라도, 아니 목소리라도 듣고 가셔야 한다. 떨리는 손을 가다듬고 미정에게 영상통화를 했다.

"야! 아빠가 이상해! 빨리 애들 없는 방으로 가, 어서! 아빠 깨워! 아빠 불러. 너희 목소리 들리게, 크게!"

나는 아버지의 마지막 모습을 동생들에게 보여줬다. 그렇게 세 딸들이 아버지를 불러댔지만 잠시 올라갔던 심박동은 힘없이 꺼지며 다시 돌아오지 않았다. 이제 아픈 몸을 벗어나 정말 편히 쉬시기로 한 건가. 갑작스러운 소란에 의사와 간호사는 조용히 자리를 떠났고, 나와 아버지만 남았다. 혹시나 하는 마음에 측정기를 건드려 보고 아버지 손가락도 만져 보았지만 기척이 없었다. 조금씩 움직임을 보였던 혀도 고요하다.

"어떡해요. 아빠가 저를 불렀는데, 제가 이제 편히 쉬라고 했거든요…. 혹시 저 때문에 돌아가신 건 아닐까요?"

잠시 후 기계들을 정리하러 온 간호사에게 돌아가시기 직전 상황을 말했다. '말이 씨가 된다'고, 나 때문이었을까? 죄책감에 불안했다. 이러지도 저러지도 못하는 상황에 갑자기 힘이 빠졌다. 그냥 어디론가 숨어버리고 싶었다. 답답한 내 심정은 아는지 간호사는 아무 말이 없었다. 그리고 조용히 듣기만 한 후 동생들을 부르라는 말만 남기고 나가버렸다.

2장

살아가는 데
정답은 없었나요?

누구를 위한 장례식인가

"아빠! 이제 편안해? 아픈 몸에서 나오니까 좀 편안해졌어요? 이제 우리 걱정하지 마요. 할머니, 할아버지 만나서 귀여움 독차지하고 있어요. 우리도 곧 갈 거니까 내 자리도 만들어 봐요. 길 잃어버리지 말고 부처님 빛 따라서 잘 찾아가요. 알겠죠?"

아버지를 향한 슬픔도 이젠 정리해야 한다. 그동안 지나온 일들이 사진의 한 장면처럼 머릿속을 스쳤다. 호랑이처럼 그리도 무섭고 어려웠는데 어느 날 이 빠진 호랑이가 되더니 갑자기 힘없이 사라져버렸다. 인생의 허무함을 증명이라도 하듯 모래 위 바람처럼 흔적을 지웠다.

"이제 아빠 장례 준비해야 하니까 지난번 정리했던 거 가지고 있지? 그거 챙겨. 아빤 여기서 5시간은 머물다 가야 하니, 밤 12시 30분 쯤 되겠네. 하… 그땐 너무 늦으니 지금 장례식장 가서 음식이랑 조화랑 필요한 것 정해 놓고. 미정이 넌 여기 아빠 짐이 많으니 차를 가져와."

간신히 정신을 차리고 미정에게 전화해 장례 준비를 일렀다. 돌아가신 게 끝이 아니다. 이제부터 해야 할 일이 많다.

"언니야, 그런데 나 저녁 먹으면서 술 마셨는데."

"뭐? 야! 넌 술이 넘어가냐?"

"아니, 언니가 새벽에 들어오지 말라며? 그래서 푹 자려고 마셨지!"

"그래도! 아빠가 어떻게 될지 모르는데 대기는 하고 있어야지! 당장 대리운전 불러서라도 들어와!"

나름 이유는 있었다. 그래도 평소처럼 며칠 쉬러 온 것 마냥 한가한 동생들의 모습에 화가 머리끝까지 치솟았다. 아무리 생각이 없어도 그렇지! 더 이상 이해하기도 싫었다.

다시 정신을 가다듬었다. 또 어디에 연락해야 하나. 머릿속으로 해야 할 일을 떠올렸다. 우선 당장 등원할 수 없는 아이 유치원과 학원이 있다. 그리고 직장엔 아버지 임종을 알리는 문자를 보내야 한다. 원장님께는 임종을 지킬 수 있었음에 대한 감사 인사도 할 생각이다. 잠시 후 동료들로부터 위로의 문자가 단체 카톡방에 올라왔다.

또 무엇을 해야 하나? 아버지가 미리 일러둔 연락처를 찾아 차례로 문자를 보냈다. 코로나 상황이라 직접 만나기를 꺼리는 요즘, 장례식을 하려니 솔직히 걱정되었다. 하지만 내가 기억하는 아버지는 친구들의 우정을 끔찍이 생각하던 분이었기에 마지막 가시는 길은 꼭 보셨으면 하는 바람도 간절했다.

아버지의 장례 절차는 이틀 전 미정이가 왔을 때 제부들과 함께 모인 자리에서 대략적으로 의논한 상태였다. 호스피스 병원에 입원한 이후로 사회복지사와 통화할 때마다 장례 준비를 했냐고 물어왔기에 한 번은 해야 할 것 같아서였다. 요즘은 코로나로 인한 사회적 변화로 가족장을 치르고 운구가 있는 관에 다양한 꽃으로 장식하는 게 유행인 듯했다. 하지만 나는 병원에 갇히시다시피 격리돼 외출도 못 하신 아버지를 생각하니 마지막은 친구 한 분이라도 더 뵙고 가셨으면 했다. 그리고 축하할 일도 아닌데 요란하게 화관 장식을 하는 건 내 정서로는 받아들여지지 않았다. 더욱이 아버지는 비염과 천식이 심했기에 꽃을 멀리했었다. 자식들 모두 직장에 다니니 이 부분이 가장 예민하기도 했지만 다행히 그동안 아버지를 밀착해 돌봐드린 내 마음을 헤아렸는지 아무도 이의를 제기하지 않았다.

그렇게 미리 상담했던 장례식장에 전화해 응급차 출발 시간을 알렸고 납골당에는 날짜에 맞춰 납골함을 가져올 수 있도록 했다. 이제 마무리된 건가. 빠진 게 없나 다시 점검하는데 도감스님이 금빛이 새겨진 승복을 차려입고 들어오셨다. 그리고 아버지가 부처님 품으로 가기 위한 절차를 진행한다고 했다.

이제 아버지는 '염습' 과정으로 새 옷을 입었다. 그러고 보니 이미 임종실로 이동하며 하얀 옷을 말끔히 입은 상태였다. 그게 수의란 걸 왜 몰랐을까. 요양보호사가 몸에서 나온 무언가를 거즈로 교체하고 있었다. 그러는 동안 스님은 어떤 액체를 아버지 주위로 조금씩 뿌리며 염불을 했다. 추가된 게 있다면 머리에 씌울 하얀 모자와 몸 전체를 덮을 금박 글씨가 박힌 홑이불이었다.

절차가 끝났는지 스님이 곁에 앉아 함께 기도를 올리자고 했다. 멀찍이 서 있던 나는 스님 곁에 앉아 눈을 감았다. 아버지가 정말 길을 잃지 않고 잘 가실 수 있도록 차분히 바른 자세로 온 정신을 집중해 기를 모았다.

기도가 끝나고 스님은 남은 장례 절차를 물으신 후 병실을 나갔다. 이제 아버지의 혼백이 여기서 머물며 자연히 떠나길 기다리는 과정이 남았다고 한다. 정말 그럴까? 무심히 넓은 병실을 둘러보고 천장을 올려다보았다. 깨끗한 옷으로 갈아입은 아버지. 이제 아버지 모습을 볼 수 없을 것 같아 단정히 차려입은 모습을 사진으로라도 남기고 싶었지만 예의가 아닌 것 같았다. 매주 창문으로만 봐야 했던 아버지. 드디어 직접 만날 수 있게 되었는데…. 이제 아버지가 보고 싶어도 볼 수 없게 되었다. 보고 싶은 우리 아버지….

이제 어떻게 하면 되는 거지? 내가 무엇을 하면 되는 건지 알려주는 사람이 아무도 없다. 홀로 방법을 찾아야 한다. 늘 그랬던 것처럼. 누워 있는 아버지를 바라보며 다시 눈물이 흐르기 시작했다.

"아빠, 미안해. 내가 자꾸 아빠한테 참으라 했지. 이렇게 아픈지도 모르고 미안해."

크게 울고 싶었지만, 떠나가라 통곡하고 싶었지만 여기서 울면 아버지 혼백이 미련이 남아 떠날 수 없다며 미리 당부한 스님의 말이 떠올랐다. 그렇게 고요히 흘러나오는 불경 소리에 차오르는 눈물만 닦아내며 떨리는 입술을 깨문 채 아버지를 바라보았다. 오랫동안 기억에 담고 싶어서 그동안 자세히 보지 못한 아버지 얼굴을 이곳저곳 살폈다. 눈은 내가 닮았고, 코는 진주를, 입술은 미정이가 닮았구나. 문득 각자 사이좋게 나눈 사실에 실없는 미소가 나왔다.

눈물이 흐르고 닦기를 반복할 때 남편에게 전화가 왔다. 아직 아버지 곁에서는 말조심하고 싶어 전화기를 들고 복도로 나갔다. 남편과 진주가 장례식장에서 필요한 것을 준비하며 의견을 묻는 내용이었다.

"우리가 의논했던 대로 꽃장식이랑 상차림은 모두 맞췄는데 여기서는 아버님이 새벽에 오니 지금은 모두 퇴근한 상태라 내일 준비할 수 있다고 운구만 냉동실에 보관하고 아침에 다시 오라는데 어떻게 해? 내일 아침에 시작하면 3일장을 정상적으로 할 수 있고 오늘 밤부터면 하루를 먼저 묵는 거니 조문객은 이틀만 받을 수 있는 거고. 어떡할까?"

"뭐? 안 돼! 아빠 혼이 머물 곳이 있어야 된대! 영구靈柩는 냉동고에 들어가도 영정사진이 있으면 거기 혼백이 머물 수 있는 거라고. 장식 같은 건 필요 없고 아빠 영정사진만이라도 올려놔! 아빠 냉동실에 두고 다들 따뜻한 방에서 잠이 오냐? 난 싫어! 나 혼자라도 있을 거니까, 아빠 도착하기 전까지 올려놔!"

또다시 눈물이 났다. 내가 억지를 부리는 건지 모르겠지만 아무렇지 않은 듯 집에 들어가 편히 자고 출근하듯 장례식장에 온다는 게 도무지 이해되지 않았다. 정신 차리자! 육체는 제 기능을 다했어도 아직 우리 곁에 아버지가 계신다. 혼미해지는 틈에 아버지를 소홀히 하면 절대 안 된다. 무사히 쉴 곳으로 안착할 때까지 오로지 아버지에게만 집중해야 한다.

아빠의 흔적

 밤 11시. 모두가 잠든 조용한 시간이다. 온전한 정신을 갖기 위해 정수기를 찾아 커피 한잔을 타고 돌아오는데 복도의 게시판이 눈에 띄었다. 요양병원의 프로그램 소개와 소식들. 다양한 프로그램을 운영하며 환자를 돌보는 그들의 정성이 보인다. 그러고 보니 얼마 전 찍은 아버지 사진도 몇 장 보였다. 그동안 바깥 공기도 쐬지 못하셨나 보다. 휠체어에 탄 모습을 '오랜만의 외출'이라 소개하고 있었다. 두꺼운 점퍼를 입고 무릎엔 회색 담요를, 얼마 전 발이 자꾸 시리다 해서 사드렸던 무릎까지 덮는 두꺼운 양말도 신으셨다. 기분이 좋은지 손을 흔들며 미소를 짓고 계셨다. 하지만 평소의 편안하고 부드러운 미소가 아닌 고통 속에서 겨우 펴낸 억지 미소인 듯했다. 요즘 들어 사회복지사로부터 아버지의 프로그램 활동사진이 더디게 왔었다. 가끔 보내는 사진에는 아버지의 여위어가는 모습만 담겼고, 텅 빈 로비 소파에 홀로 앉아 창밖을 바라보는 아버지의 뒷모습을 찍은 흑백사진은 더욱 가슴을 아프게 했다.

나는 아버지 사진이 주인 없이 남겨질 것 같아 당직 간호사에게 얘기하고 챙겼다. 지금부터는 병원에 남겨둔 아버지의 흔적이 여기서 걸림돌이 되지 않게 정리하는 일만 남았다. 아버지의 소중한 흔적이 주인 잃은 물건이 되어 아무렇게나 뒹굴어 천덕꾸러기가 된다는 것은 용납할 수 없었다. 하지만 전쟁터라도 가듯 갑자기 생겨난 결심은 일주일 전 드렸던 냉장고의 뜯지 않은 간식과 반찬통을 보자 무너져내렸다. 어제 사다 드린 얼음도 그대로였다. 임종 기미가 보일 때 갑자기 더움을 느끼고 차가운 것을 찾는다고 했었다. 그래서 예상은 했었지만, 그래서 아버지 곁에 있으려 급히 들어왔지만, 이렇게 하루 만에 떠나실지 몰랐다. 그렇게 되돌릴 수 없는 시간은 후회와 눈물을 쌓이게 한다.

짐 정리가 어느 정도 끝나니 도감 스님이 옷을 갈아입고 오셨다. 화장하기 전 관에 함께 넣을 종이를 챙겨주시며 아버지 영정사진은 빈소에 올려놓았느냐고 확인하셨다. 마지막까지 아버지를 챙기는 스님에 따뜻한 마음이 느껴졌다. 우리 아버지, 나 이외에 다른 사람의

배려를 받으니 마음이 편안해지고 여기 오기를 잘한 것 같다는 생각
도 들었다.

　응급차가 도착했다. 기사는 뒷문으로 들어와 아버지를 확인했고
바퀴가 달린 침대를 가져와 옮겼다. 그리고 아버지를 하얀 천으로 덮
고는 뒷문에 정차시킨 응급차 뒤로 밀고 갔다. 문을 열고 아버지를
모시는 줄 알았는데, 밧줄을 꺼내 아버지와 침대 매트를 함께 둘렀
다. 마치 무거운 짐을 움직이지 않게 말이다. 익숙하게 작업을 끝낸
기사가 침대를 밀어 올렸다. 안쓰러운 아버지를 안아드리고 싶었다.
아버지를 따라 오르려는데 갑자기 내겐 조수석에 앉으라고 했다.
　"원래 응급차 탈 때 환자 옆에 보호자가 타는 거 아니에요?"
　"아니요. 조수석에 타셔야 합니다."
　단호한 어조에 순간 반감이 생겼다.
　"왜요? 전 아빠 옆에 있을 건데요!"
　"앞에 타셔야 합니다!"
　"아니, 왜요?"
　잠시 스님이 눈치를 살피더니 따님은 앞으로 타라며 뒤에서 껴안
듯 감싸 조수석으로 부축했다. 다른 응급차를 부를 생각이었는데 스
님이 이러시니 어떻게 할 수가 없었다. 이유가 있는 걸까? 그럼 설명
해줘야 할 거 아닌가? 그 순간은 그렇게 마무리되었지만 이해할 수

없는 일이 이게 끝이 아니란 걸 그땐 알지 못했다.

조수석에서 뒤를 보니 덜컹거림에 아버지가 흔들렸다. 곁에서 잡아줘야 하는데 너무나 초라해 보였다. 시신이라고 함부로 하는 건가? 이런 상황이 너무 화가 났다. 만약 아버지가 살아계셨다면 그냥 순리대로 따르라고 하셨을 것이다. 타인과 부딪히는 걸 싫어하셔서 불편해도 들어주는 편이었다. 순간, 아버지의 행동이 떠오르며 나도 잠잠해졌다. 아직도 난 왜 아버지와 함께 탈 수 없었는지 이유를 알지 못한다. 그렇게 언양에서 울산까지 몇 번을 뒤돌아보며 울었을까. 아무것도 할 수 없는 현실이 그저 야속하기만 했다.

얼마 전 상담했던 장례식장, 이렇게 빨리 오게 될지 몰랐다. 건물이 보이고 영안실 입구에 도착하니 제부와 동생들이 나와 있었다. 마침 서울에 사는 사촌 동생 규현도 도착했는지 동생들과 함께 서 있었다.

"누나, 힘들었지! 고생했어."

"갑자기 내려온다고 네가 고생했지 뭐. 저녁 못 먹었겠네. 뭐라도 먹자."

규현이는 아버지가 병원에 계실 때도 안부전화를 자주 했었다. 가끔 큰고모가 아프거나 고민이 생길 때면 내게 상담을 요청하기도 했다. 그러고 보니 우리 집에 아들은 없지만 그만한 노릇을 할 수 있는 든든한 사촌 동생이 있었다. 규현인 아버지가 숨이 멎고 겨우 정신을 차려 문자 메시지를 보내고 있을 때 전화가 왔었다.

"누나! 잘 지내지?"

"응, 그렇지 뭐. 그래, 너도 별일 없고?"

"응, 나도 그렇지 뭐. 누나도 별일 없지?"

"응, 그런데 규현아…. 방금 아버지 돌아가셨다."

"그래, 알겠어. 누나, 바로 내려갈게!"

"괜찮겠어? 출근은 어떡하고…."

"괜찮아! 당연히 내려가야지. 걱정하지 마, 지금 갈게!"

갑작스러운 전화였지만 평소처럼 안부를 물었고 자연스레 아버지 죽음을 알렸다. 규현인 고민 없이 대답했고, 그렇게 옆집에 사는 이 마냥 담담히 내려왔다. 사실 이미 소식을 전해 듣고 전화한 줄 알았다. 그러나 규현인 문득 생각이 났다고 했다. 멀리서 한걸음에 달려온 규현이가 기특하기도 해 고마움을 표현하자 이렇게 말했다.

"누나! 누나가 어떻게 생각할지는 모르겠지만 큰삼촌은 어릴 적부터 나와 정말 잘 놀아주셨고 아직도 좋았던 기억이 많아. 예전부터 그냥 내 아버지라 생각하고 있었어. 그러니 미안해하거나 고마워할 필요 없어."

그렇게 나는 규현의 말에 힘이 났고 사위가 아닌 핏줄이 아버지 영정사진을 들 수 있겠다는 생각에 내심 든든해졌다.

한 공간 다른 사람들

영안실을 뒤로하고 복도를 걸으니 편의점이 보였다. 간단하게 김밥을 사려고 했는데 마실 것만 사고 야식을 시켜 먹자며 뒤따르는 진주가 얘기했다. 음료를 사는 건 동생들에게 맡기고 빈소로 왔다. 병원에서 먼저 짐을 싣고 떠나는 미정에게 준 시디에서 불경이 흘러나왔다. 소리를 따라 방으로 들어서니 선반 위 아버지 영정사진이 보였다. 그리고 그 아래, 아버지를 그리는 향 한 개비. 어쨌든 아버지가 도착하기 전 동생들이 해야 할 것을 갖춰 놓아 다행이다. 미리 준비해둔 동생들 덕에 안도감과 함께 긴장이 풀렸는지 눈물이 흘렀다. 이제는 울 수 있다. 너무도 울고 싶었다. 소리도 내고 싶었다. 그렇게 마음 놓고 아버지 영정사진 앞에서 울고 또 울었다.

가족들과 홀에 있는 진주는 야식 메뉴를 고르느라 분주했다.

"형부! 뭐 드실래요? 규현아, 뭐 먹을래? 배고프제? 우리도 아무것도 안 먹어서 배고프다!"

"뭐, 아무거나 시키면 되죠."

"그래도 근처에 맛있는 거 없나? 형부! 일단 제가 검색해볼게요!"

진주가 묻고 막내 제부가 답하자 평소 음식에 의견이 잘 맞는 진주와 남편이 메뉴를 정했다. 얼마나 울었을까? 주문한 야식이 도착해 비닐 묶음을 풀던 진주가 이제 그만 울고 나오라고 했다. 멀리서 온 규현과 막내 제부도 있으니 너무 흐트러져 부담을 줘서는 안 된다. 그렇게 방에서 나와 테이블 빈자리에 자리를 잡고 앉았다.

"막내 제부도 힘들었죠? 주말에 다녀갔는데 어제도 내려왔다가 오늘 또다시 내려오고…. 시간이 어떻게 됐어요?

"아! 네, 춘천 거의 도착했을 때 연락받아서 일단 집에 들러 검은 양복만 챙기고 다시 나왔죠."

"고생했어요, 제부! 울산에서 춘천까지 가까운 거리가 아닌데 힘들겠어요!"

"아니에요! 제가 뭘. 처형이 고생 많았죠."

"별로 한 것도 없어요. 병원 들어가자마자 그렇게 됐으니…."

진주는 평소 이런 인사말을 듣기 싫어했다. 분위기가 딱딱해져서 그런 건지, 복잡한 상황이 싫어서 그런 건지 내게 고리타분하다고 했다.

"야! 됐다. 이제 빨리 묵어라. 음식 다 식는다!"

얼떨결에 이야기가 마무리되고 젓가락을 드는데 진주가 직원과 상담한 후 계약한 문서를 건넸다.

"언니야! 우리가 의논한 대로 주문 다 해 놨으니 걱정할 것 없다! 일단 주문한 음식은 아침에 올 거고! 냉장고는 직원이 출근해서 열어 주면 사용되니까 지금은 편의점에서 물만 사 먹으면 된다. 아! 그리고 저기 향은 꺼지면 안 된단다. 우리가 돌아가면서 안 꺼지게 신경 쓰면서 피워야 한다. 이제 다 됐제!"

진주가 건네준 계약서를 훑어보는데 여기저기 설명하는 내용과 함께 글씨가 지저분하게 쓰여 무슨 내용인지 도통 알 수가 없었다. 그리고 계획했던 화장터가 울산이 아닌 부산으로 바뀐 터라 진주에 게 몇 가지를 물으니 대뜸 짜증을 냈다.

"아! 진짜 마. 다 알아서 했다. 지금은 그냥 밥 묵어라! 낼 아침에 얘기해줄게."

이제 마음 놓고 반주를 하며 담화라도 나눌 작정이니 더 이상 물을 수도 없었다. 다들 피곤한 상태니 나 또한 분위기를 망치고 싶지 않아 입을 닫았다.

진주는 어릴 적부터 사람들과 어울리는 것을 좋아했다. 오랜만에 규현이도 왔으니 안부를 물으며 시간을 보낼 작정인가 보다. 결혼 후에도 서로 가까이 살며 부대끼니 이 정도는 파악이 되었다. 결국 향이 꺼지지 않게 봐야 하는 건 내 몫인 것.

아침에 계약서도 다시 확인해야 하고 미리 준비하긴 했지만 생각보다 시간이 빠듯할 것 같아 한숨이 나왔다. 진주와 나의 상반되는 성격을 잘 아는 남편과 미정이 갑자기 불안한지 분위기를 살폈다. 하는 수 없이 스케줄을 눈으로 대충 훑으며 챙겨야 할 일들을 떠올렸다.

그중 가장 중요한 날은 발인일. 아버지가 생전에 자주 다녔던 부산 서면의 조방 앞에 들러야 한다. 택시기사들의 식당이 모여 있는 곳. 아버지가 즐겨 가시는 식당은 운행 후 동료들과 만나 점심을 드시고 잠깐 휴식을 취하며 삶의 고충을 나누는 사랑방 같은 곳이다. 시민극장 뒷골목인데 예전부터 그곳을 '조방 앞'이라 불렀다. 길이 좁은 데다 차량이 많은 곳이라 교통편이 걱정돼 화장 후 버스만 갈 생각이었다. 그런데 아버지 운구차가 가는 게 중요하다고 해서 이것 또한 계획과 달라진 상황이었다. 리무진과 버스가 잠시 정차할 공간이 있을지 벌써 걱정되었다.

나흘 전 미정이가 내려와 장례 준비를 할 때, 부산을 거쳐 납골당으로 가는 것에 동생들과 의견이 갈렸었다. 코로나로 친구들도 제대로 만나지 못했고 외박과 면회도 되지 않은 상황에 홀로 병실에서 돌아가신 아버지를 생각하면 큰돈이 들더라도 돌아야 한다는 나와 그렇게까지 하지 말자는 진주. 다행히 막내 제부가 내 의견에 동의해 노제 금액을 따져 진행하기로 했는데 진주가 알고 있는 것만큼 비싸지 않았다.

"누나! 이제 내가 가볼게. 밥 좀 먹고 앉아서 쉬어."
"어, 그럴래? 규현아! 삼촌 향 절대 꺼뜨리면 안 돼."
계약서를 대충 훑어보며 식사를 하던 내게 규현이 말했다. 규현이가 자리를 뜨니 소란스럽던 진주가 갑자기 조용해졌다. 뭘까? 이 불편한 분위기. 나는 얼른 식사를 마무리한 후 진주와 당장 내일 아침 준비할 것만 얘기하고 아버지가 계신 방으로 갔다.

아버지가 기력이 약해지면서 샀던 염주. 아버지 집에 갔을 때 혹시나 해서 챙겼던 염주가 내 양손에 나뉘어 쥐어졌다. 그리고 눈을 감고 흘러나오는 불경을 따라 소리 내본다.

'우리 아버지! 밝은 빛만 보게 하소서. 우리 아버지! 두려워하지 않게 이끌어주소서.' 마음속으로 간절히 기도하며 불경을 따랐다. 흐트러졌던 마음이 고요해졌다. 그리고 눈을 떴다. 가만히 있는 영정사진. 아버지의 증명사진으로 만든 영정사진이다. 사진관에서 다 되었다는 연락을 받고도 빨리 찾고 싶지 않아 미루고 미루다 일주일 전에 찾아왔었다. 쓰게 될 일이 생길 것 같아 찾는 일을 미뤘고 갑자기 필요할 때 없으면 안 될 것 같아 찾은 게 일주일 전이다. 보고 싶은 아버지. 이제는 볼 수도 없는 아버지. 정신없이 운전해서 갈 필요도 없어졌고, 사진으로만 보게 될 아버지. 갑자기 너무 간단해져 버린 현실에 다시 눈물이 났다.

"불 끄지 마! 아빠가 너무 깜깜하잖아! 향 꺼지는 것도 봐야 해!"

누군가 불을 끄려 했다. 아버지 영정사진 앞에서 깜빡 잠이 들었나 보다. 그래도 향은 꺼뜨리지 않았다. 밖에서는 이야기가 끝이 났는지 전등이 모두 꺼져 있었다. 다시 아버지 사진을 바라보았다. 이틀가량 잠을 제대로 못 자서 그런지 몸이 무거워 일어날 수가 없었다.

"아빠! 나 좀 누워 있을게. 우리 아빠 춥겠다…. 추위도 많이 타는데…."

누워서도 또 눈물이 흘렀다. 아버지 영정사진 앞에서 흘러나오는 불경을 마음속으로 읊조리며 쪽잠 자기와 향 피우기를 그렇게 반복했다.

얼마나 흘렀을까, 부스럭거리는 소리에 정신이 들었다. 직원이 와 음료 냉장고를 열어주고 상주가 먹을 아침 식사를 놓으며 아버지께 올릴 음식은 7시에 온다고 했다.

인기척에 진주와 둘째 제부가 일어났다. 테이블을 세팅해야 한다며 빨리 아침을 먹자고 분주하다. 나는 드시는 거 좋아하는 아버지가 며칠째 아무것도 못 드시고 가셨는데 도저히 음식이 넘어갈 것 같지 않아 어제 받은 계약서를 꺼내 다시 살펴보았다. 다들 식사가 끝나고 테이블 위 비닐을 깔며 세팅을 시작했다. 하지만 어제 체크해둔 부분을 알아야 했기에 몇 가지를 진주에게 물었다. 술기운에 기억도 가물하고 피곤한지 그게 중요한 게 아니라며 또 짜증을 냈다. 멍하니 곁에 앉은 미정에게 설명을 부탁했지만 묵묵부답이었다. 순간 화가 치밀었지만 아버지 앞이라 꾹 참고 진주에게 서류부터 마무리한 후 함께하자고 했다. 서로의 의견이 팽팽해지니 둘째 제부도 짜증이 나는지 "그만해!"라고 소리쳤다. 진짜 한바탕해야 하나? 진주와 나는 성향은 다르지만 지지 않으려는 성격은 비슷해 언성이 높아지면 다른 가족들은 눈치부터 살폈다. 생전에 아버지가 싸우지 말고 항상 사이좋게 지내라고 당부하셨는데. 어디선가 아버지 목소리가 들리는 것 같아 더 말하지 않았다.

오전 8시도 되지 않은 시각. 결국 서류에 대해선 아무것도 듣지 못하고 덮었다. 대충 일이 진행될까 봐 미리 의논하고 준비한 건데 또 다시 기분대로 흐지부지될까 불안했다. 상황이 이러니 어쩔 수 없었다. 그렇게 아무도 믿지 못하고 의지하지 못한 채 나는 아버지를 납골당까지 무사히 모시기 위해 다시 긴장해야 했다.

오전 11시, 아직 아무런 기척도 없다. 직원들이 출근해 조화를 선반에 올리며 아버지 영정사진이 자꾸만 삐뚤어져 마음이 불편했던 것 말고는 조용했다.

아빠가 남겨준 인연

아버지는 서울에 계신 친구는 꼭 오실 줄 알았나 보다. 생전에 차비를 잘 챙겨주라며 미리 이십만 원을 봉투에 넣어두라고 하셨다.

"아빠가 좋아하시는 친구분인데 더 드려요! 서울에서 오시는데."

"아이다! 갸는 돈 잘 번다, 괜찮다."

내 말에 잠시 주춤하던 아버지는 이렇게 말씀하셨다. 가끔 눈이 커지며 눈동자를 이리저리 굴려 심각하게 고민하는 아버지를 보면 귀엽기도 했다.

조문객 없이 벌써 오후가 되었다. 빈소를 괜히 차렸나 싶은 생각도 들었다. 마지막 가시는 길엔 아버지가 쓸쓸하지 않길 바랐는데 여기저기 오지 못한다는 소식만 들렸다. 코로나가 일상에 무섭게 관여

하고 있는 것 같았다. 아버지의 마지막이 더욱 쓸쓸해 보여 마음이 아팠다.

오후 2시쯤, 드디어 조문객 한 분이 오셨다. 남편의 거래처 사장이었다.

"아빠, 다행이야. 손님이 왔어! 울 아빠 좋은 데 가시라고 오셨네. 정 서방 거래처야, 좋지?"

몇 년 전 상갓집에선 밥을 남기지 말고 잘 먹어야 한다는 얘길 들은 적이 있다. 너무 슬퍼 넘어가지 않을 것 같아 사양했는데 조문객이 잘 먹어줘야 망자가 좋은 데 가는 거라며 그게 예의라고 했다. 정말인지는 알 수 없지만 막상 사람이 없으니 분위기가 적막했다. 이어서 남편의 지인들이 줄지어 찾아왔고 진주와 미정의 지인들도 찾아왔다. 정말 감사했다. 새로운 조문객이 올 때마다 나는 아버지가 궁금하실까 소개를 하며 이런저런 이야기도 해드렸다.

그런데 아버지 친구분들은 언제 오실까. 시간이 흐를수록 자식들의 손님들로 차고 상주들은 조문객 접대로 나가 빈소에는 다시 나만 남았다. 부모님의 상은 부모 손님이 아니라 자식 손님을 봐야 한다고 하던데 정말 그런 걸까? 아버지 친구분이나 동료들은 정말 한 분도 오시지 않을 건가…. 정말 그렇다면 우리 아버지 불쌍해서 어떡하나….

"아이고, 우리 아빠! 자식들 손님만 오고 아직 아빠 친구분은 안 오시네…. 울 아빠 친구 엄청 좋아했는데…. 아이고 진짜! 친구가 좋아서 그리 밖으로 다니며 엄마랑 많이도 싸웠는데, 그치!"

분위기를 전환하려 아무렇지 않은 듯 말했지만, 말을 할수록 눈물이 흐르는 건 왜일까. 조문객이 오지 않을 땐 없다고 걱정이더니 많아져도 마음 한구석 섭섭함이 남는 건 어쩔 수 없는 사람의 간사함인가 보다. 그렇게 시끌벅적한 분위기 속으로 직원이 들어왔다.

"저, 아버님 사망진단서를 주셔야 하는데요."

"아, 네. 알겠습니다. 제가 지금 병원에 다녀올게요."

"네, 오시는 대로 바로 사무실에 부탁드립니다."

"네, 알겠습니다."

홀을 둘러보니 다들 조문객을 맞느라 바쁘기만 하다. 병원엔 직계 가족이 가야 하니 하는 수 없이 규현을 찾았다.

"규현아! 누나 언양에 다녀와야 하니 향 절대 꺼뜨리지 말고 신경쓰고 있어."

"응! 알았어, 누나!"

어젯밤 늦게 병원을 나온 터라 남은 병원비도 결제해야 하고 사망진단서도 떼야 한다. 병원비야 발인 후에 가도 이해하겠지만 사망진단서는 발인 전까지 장례식장에 제출해야 한다고 했다. 사람이 죽었는데도 그놈의 서류는 중요한가 보다. 미리 알려줬다면 어제 처리하고 왔을 텐데.

아버지가 없는 요양병원에 다시 가야 한다. 용기가 나질 않았다. 마음이 진정되면 가고 싶은 장소였다. 많이 슬플 것 같다. 하지만 어떡하나, 가야 하는걸. 이제 마지막 언덕을 오르면 아버지가 계셨던 병실의 창문이 있을 거다. 그렇게 언덕을 오르며 아버지가 없다는 걸 알면서도 무의식적으로 아버지 방 창문을 또 찾는다. 그냥 보고 싶다. 아버지가 계실 거라는 미련한 상상을 버려야 하지만 그래도 찾고 싶다. 아버지의 그림자도 지난 추억이 돼버린 현실. 창문을 통해 쌓인 추억들이 주마등처럼 지나간다.

"안녕하세요, 최성태 님 사망진단서를 떼야 해서요."
"아, 네. 힘드시죠….'
"네…. 그리고 병원비도 온 김에 모두 결제해주세요."
아무렇지 않은 듯 원무과 직원들과 인사를 나누고 필요한 서류를 떼고 나오는데 수간호사와 사회복지사가 뛰어나왔다. 참 고마운 분들이다. 아버지로 인해 고민이 많을 때 여러 가지를 상담했고 위로와 조언도 많이 해줬다. 비록 아버지는 우리 곁을 떠났지만 함께 추억할 새로운 인연을 만들어줬다. 이제 나는 아버지가 맺어준 인연을 소중히 간직할 거다. 아버지를 기억해주는 분이 있기에 그리울 땐 언제든 아버지 이야기를 하며 따뜻하게 마음속 깊이 아버지를 묻어둘 수 있을 것 같기 때문이다.

차를 돌려 내려오는 길. 앞으로 특별한 일 외엔 아버지를 보러 올 일이 없을 거란 생각이 드니 또다시 눈물이 났다. 매주 아이와 함께 오던 길. 드라이브 삼아 가로수를 보며 계절의 변화를 느껴왔던 이 길을 이젠 오고 싶어도 핑곗거리가 없다.

불쌍한 우리 아버지. 통증이 극히 심해질 무렵, 집으로 가고 싶다고 내게 부탁하던 모습이 떠올랐다. 그 누구도 진통주사를 놓을 수 없기에, 코로나가 다시 심각해졌기에 나갈 수 없다며 따뜻한 봄날까지 참아보자고 아버지를 달랬었다. 내 고집을 꺾을 수 없자 아버지는 남편과 동생들에게 전화해 집에 가게 해달라고 했다. 끝내 외출 한 번 하지 못한 아버지. 이런저런 생각에 눈물이 북받쳤다. 차를 세웠다. 눈물로 앞이 자꾸만 흐려져 더 이상 운전할 수가 없었다. 그리고 소리 내 울었다. "아… 악!" 크게 울어도 이제 내 눈물을 막을 사람은 없었다. 소리도 질렀다. 그래. 크게, 더 크게! 실컷 울다 갈 거다!

다시 돌아오지 못할 아버지를 생각하며 한참 우는 데 갑자기 미정이에게서 전화가 왔다.

"언니야, 어디야? 왜 안 와? 지금 형부 지인들 왔는데 다들 언니 찾는데, 언제 와?"

"야! 너넨 아빠가 돌아가셨는데 안 슬프냐? 난 이렇게 슬픈데, 너무도 슬픈데! 너희는 앉아서 웃음이 나오나? 내가 울고 싶어서 우는데 왜! 거기서 울면 울지 말라 하고! 스님이 병원에선 울지 말라 해서 꾹 참았는데! 장례식장에선 크게 울어도 된다고 했는데! 다들 일부러 곡도 하는데! 왜 진주는 못 울게 하는데! 지가 뭔데! 여기서 실컷 울다 갈 거다, 왜! 기다리든지 말든지 알아서 해! 끊어라!"

그렇게 이제껏 억눌렀던 감정을 미정에게 퍼부었다. 미정이도 당황했을 거다. 한편은 진주가 전화하지 않은 게 다행이었다. 할 일도 없겠지만 또 싸웠을 것이니.

"언니야, 그래. 실컷 울고 와라. 우리도 슬프지. 그렇지만 사람마다 슬픔을 이겨내는 방법이 다르지 않겠나? 일단 알겠다. 형부한테는 알아서 얘기할게."

그래, 그 말이 맞는지도 모르겠다. 아버지의 병간호로 도움이 될수 있는 방법을 문의하려 사회복지사에게 전화했을 때 들었던 말이 떠올랐다.

"큰따님, 다른 따님들도 아버지를 사랑하지만 표현하는 방법이 다를 거예요. 해줄 수 있는 시간과 한계도 다를 거고요. 동생들의 무뚝뚝함에 큰따님이 섭섭할 수도 있겠지만 그래도 큰따님의 표현 방법으로 아버지를 챙겨드리면 어떨까요? 딸 한 명쯤은 세심히 아버지를 챙겨 돌봐드린다면 아버지도 힘이 나실 거예요."

암 치료 과정을 지켜봐 온 나는 아버지의 잘못된 습관과 투정을 채근하면서도 불편하다면 들어주는 편이었다. 한 번씩 아버지 짜증과 투정이 힘들어 가까이 있는 진주에게 얘기하면 스스로 고생을 자처해 힘든 거라며 핀잔을 주기도 했었다.

얼마나 울었을까. 정신을 가다듬고 다시 울산으로 차를 몰았다. 빈소에 도착하니 아버지와 함께 택시 운전을 하셨던 분들이 오셨다. 감사한 마음에 얼른 인사를 하고 자리에 앉아 아버지의 추억을 나누었다. 그리고 친구분은 아버지가 대여해주고 있는 개인택시 처리 문제를 알려주며 도움이 필요할 때 걱정하지 말고 언제든 연락하라고 덧붙였다. 코로나 시국에 장례식장에 온다는 게 쉽지 않았을 텐데 잠시 일을 미루고 부산에서 온 아버지의 동료들. 그래도 세상엔 아직 고마운 분이 많아 다행이다. 아버지 지인들께 인사를 드리고 다시 영정사진 앞에 앉았다. 세상의 따뜻함이 남았음을 아버지와 이야기하고 있는데 미정이가 들어왔다.

"언니야, 언니 지인들 같은데? 어서 나가봐."

홀이 있는 곳으로 나오니 테이블 앞에 결혼 전 유치원에서 함께 일했던 동료들이 보였다.

"어, 왔어?"

"응! 언니야. 오빠가 얘기해줘서 알았어. 언니 성격에 아무에게도 연락 안 할 거 알았고, 와도 되는지 물어보려 해도 오지 말라고 할 것 같아 일부러 전화 안 하고 왔어."

"그래, 고마워. 마스크 내리기가 그렇지? 밥도 못 먹고 어떡하나. 음료는 그냥 갖고 가서 마셔."

"언니야! 우리 걱정하지 말고 언니나 신경 써! 밥도 좀 챙겨 먹고."

"흐… 그러게."

남편들끼리 연락처를 알고 있으니 얘기했나 보다. 지인이 오니 슬픔에 젖지도 못하겠고 그저 감사한 마음에 미소도 나오니 이래서 조문객이 힘이 되나 보다. 뒤로는 아버지 지인, 앞에는 내 지인. 이제 올 사람은 다 온 건가. 동생들이 일상의 이야기로 옮겨가자 나는 조용히 일어나 영정사진이 있는 방으로 들어왔다. 그리고 아버지께 누가 또 왔는지 알리며 바르게 앉아 눈을 감고 마음을 가다듬었다. 흘러나오는 불경을 따라 헝클어졌던 정신과 육체가 다시 고요해지니 마음이 차분해지고 편안해졌다.

그들은 아빠의 형제다

늦은 저녁이 되자 다행히 꽉 찼던 테이블에 빈자리도 생겼다. 진주는 술에 얼굴이 붉어진 지 오래고, 남편도 일을 마치고 찾은 친구들과 편히 담화를 나누느라 정신이 없었다. 부산에 있는 작은고모는 아들 현식과 이제 막 도착해 식사를 하면서 진주와 이야기 중이다.

작은고모는 아버지의 4형제 중 막냇동생이다. 아버지가 호스피스 병원에 계실 때 작은고모에게 전화 한 통 드리라고 부탁했는데, 여러 번 얘기 끝에 마지못해서 했었다. 같은 부산에 살면서 처음 위암 수술로 병원에 입원했을 때도 병문안 한번 오지 않았다. 이유는 어릴 적 아버지 훈계에 질려 겁이 나 보기 싫다는 것이었다. 장남인 아버지는 열두 살 무렵, 할아버지가 교통사고로 돌아가시자 동생들의 용모를 검사하며 엄격히 행동을 점검했다고 한다.

생전에 아버지는 현식이가 공부도 열심히 하고 걱정을 끼치지 않는 바른 아이라며 늘 칭찬을 했었다. 고등학교 졸업 땐 백화점에 데려가 정장 한 벌은 물론, 신발을 비롯해 필요한 액세서리까지 모두 맞춰주었다. 딸들에겐 옷 한 벌 사주기 꺼리며 절약했던 아버지가 말이다. 그땐 우리도 내심 섭섭했지만 10년 터울 동생이고 명절에 딱히 갈 곳 없었던 우리도 작은고모 집을 방문하면 기특하다고 함께 용돈을 줬던 입장이니 이해하기로 했다. 그런 현식이도 그동안 아버지께 전화 한 통 없다가 이제야 온 거니 별로 반갑지 않았다.

그래서 작은고모와 현식이가 들어와 아버지께 훌쩍이며 절을 해도 모른 체했다. 그리고 잠시 울고 일어난 작은고모를 굳이 따르지 않고 등을 돌린 채 자리만 지켰다. 의아한 작은고모가 나를 부르려 했으나 규현이 "누나 기도 중이니 건들지 말고 나가자"라는 말에 작은고모도 내 눈치만 살피며 말없이 나간 상황. 사실 그땐 기도보다 화난 감정을 추스르려 움직이지 않았던 것인지도 모르겠다.

조금 있으니 서울에 있는 작은아버지도 아들 둘을 데리고 도착했다. 밖이 다시 한번 시끌벅적했다. 다들 왜 왔을까? 살아계실 땐 이웃보다 못하더니 진짜 죽었는지 확인하러 온 걸까? 그러고 보니 작은어머니는 오지 않으셨다. 화가 나 보기도 싫었다. 아버지 형제간이지만 외롭게 간 우리 아버지가 더욱 불쌍해져 모두 내쫓고 싶었다. 그때

다시 또 아버지 울림이 들렸다.

"향아, 그러지 마라. 착하게 마음묵어야지!"

이런 내면의 울림은 대체 어디서 나오는 걸까.

작은아버지는 돈 많은 처와 결혼해 처가에는 아주 친절한 사위다. 불우한 형제들을 불편하게 대했고 아버지가 개인택시를 구입하며 모자란 돈을 빌려달라 부탁했을 땐 단호히 거절했다. 불쌍한 우리 할머니는 몸져눕기 전까지 그 집 부엌일을 하며 손자 둘을 키워냈지만 병이 나자 근처에 살고 있는 큰고모에게 보내져 마지막을 보내게 했다. 조카들에게 고기 한번 사주는 것도 아내의 눈치를 보던 작은아버지가 결코 좋아 보일 리 없었다. 그의 두 아들도 우리와 나이 터울이 많다는 이유로 일찍이 사회생활을 하며 수입이 생겼을 땐 아버지가 명절 때마다 동생들에게 용돈을 주라 했기에 이미 베푼 상황이다. 그렇게 나는 사촌 누나로서 할 도리는 했다고 생각했다. 아버지도 안 계신 마당에 더 이상 관계를 지속할 이유가 없었다. 아니, 필요성도 느끼지 않았다.

도착한 작은아버지와 두 아들이 아버지 영정사진 앞에서 절을 했다. 아버지를 앞에 두고 특별히 나눌 이야기는 없었다. 나는 눈도 뜨지 않고 자리를 지켜 기도만 했다. 테이블로 이동한 작은아버지와 두 아들은 밖에 있던 진주와 작은고모의 호들갑으로 잠깐의 불편했던 분위기를 접어두고 여유를 찾았다.

"오빠야! 와 이래 늙었노! 아이고 우리 오빠 흰머리 봐라. 이제 할아버지가 다 됐네! 우리 잘생긴 오빠야, 와 이래 됐노! 그래, 언니는 잘 지내나?"

작은고모 목소리가 들렸다. 수용인원 100명인 홀에 이 방 반대편 끝자리에 앉았는데도 목소리가 쩌렁쩌렁했다. 진주와 합세해 호들갑이 하늘을 찔렀다. 그리고는 미뤄둔 이야깃거리를 꺼내 한참을 웃고 떠들었다. 기가 막혔다. 작은아버지만 오빠고, 우리 아빠는 오빠가 아닌가? 오빠라며 엉겨 붙어 애교떠는 작은고모의 행동이 너무도 거슬렸다. 여기가 자기네 모임 장소인가? 다른 조문객들도 있는데 크게 떠들며 시선을 집중시키니 민망함에 귀를 막고 싶었다. 슬픈 모습이 아니라 욕도 섞어가며 시끄럽게 웃고 떠드는 모습. 이 순간만큼은 한 핏줄이라는 게 너무나 부끄러웠다.

진주와 미정이가 아버지 빈소만 지키는 내게 번갈아 들어와 어른들께 나가 인사하라고 했다. 작은아버지 또한 아버지 생전에 자주 전화하지 못한 게 마음에는 걸렸는지 내 눈치를 살피는 듯했다. 하지만 아버지를 빈방에 홀로 두기 싫었다. 진주는 진주대로 테이블을 옮겨 다니며 조문객을 받느라 바빴고, 미정인 결혼 전 울산에서 함께 일했던 선배들과 서로의 안부를 묻느라 정신이 없었다. 그들의 조문객이 온 이후부터 아버지 존재는 사라져 아무도 이 방에 들어오지 않았다. 그런데 내가 왜? 반갑지도 않은 사람에게 인사까지 하며 아버지를 홀로 두어야 하나. 이 상황에 굳이 인사치레를 할 여유는 없었다. 내가 지인에게 연락하지 않은 것도 그들을 챙기느라 아버지를 홀로 두는 게 싫었고, 더욱이 아버지가 죽었다는 게 아직 실감 나지도 않기 때문이었다.

그렇게 우리 가족은 같은 죽음을 앞에 두고 몹시 슬퍼하는 사람과 자기 실속을 차리는 사람으로 갈렸다. 한밤을 넘겨 새벽녘엔 진주가 작은아버지와 고모의 잠자리를 4층 VIP실로 따로 안내하면서 자리의 흥을 더욱 돋워 장례 분위기가 마치 잔칫집을 연상케 했다.

아버지의 신체가 온전히 있을 수 있는 마지막 날 아침. 홀의 부스럭거리는 소리와 대화 소리에 깜짝 놀라 잠이 깼다. 오늘 아침엔 빈소와 홀의 불도 모두 꺼져 적막한 어둠뿐이었다. 언제 꺼진 건지 향은 회색 재만 남았다. 오전 7시 10분, 내가 깊은 잠에 빠졌던 게 화근이었다. 발인제는 8시, 그전에 모든 짐을 정리해 나가야 했다.

"불이 왜 꺼졌어? 누가 끈 거야? 아, 진짜! 너무 정신없이 잔 것 같은데, 향도 꺼졌잖아!"

"어, 언니가 한숨도 못 자서 어제는 좀 자라고 빌었는데…. 그래도 다행이네…."

방 안에서 잠이 깬 미정이가 조용히 눈을 피하며 열린 문틈으로 대답하니 더 이상 불을 끈 사람을 찾아 잘못을 따질 수가 없었다. 새벽에 작은아버지의 둘째아들 현욱이가 영정사진 앞에 쪼그리고 누워 있는 내게 조용히 점퍼를 덮어주고 간 기억은 있다. 하지만 거기까지. 잠시 눈만 붙이려 했는데 시간을 보니 마음이 바빠졌다. 이건 내가 예상한 게 아닌데 갑자기 불안해졌다. 시계를 보고 해야 할 일의 목록을 확인했다.

평소에 완벽주의라는 소리를 자주 듣는 나는 만약 급하게 일이 처리돼 실수하게 되면 걷잡을 수 없이 화가 났다. 젊은 시절, 삶의 고충으로 인해 내세운 게 '절대 후회하지 말자'였기에 그 결심을 항상 지키려고 지금까지 노력하며 살고 있다. 아, 그런데 또 후회할 것 같다. 뭐부터 챙겨야 하나. 빨리 머리를 굴려야 했다.

발인 날은 챙겨야 할 게 많았다. 망인에 대해 생각해도 모자랄 판에 결제해야 할 영수증도 산더미고, 풀었던 짐도 다시 챙겨 들고 발인제를 하는 장소로 이동해야 했다. 그러고 보니 어제 납골당에서 가져다준다던 납골함도 오지 않았다. 불을 켜고 모두 깨웠다. 홀에 나오니 아버지 관을 들어줄 남편의 친구들이 자고 있었다. 무거운 관을 들어야 하니 아침을 먹여야 했다. 직원의 인기척에 먼저 잠이 깼던 남편 친구가 어둠 속에서 밥은 언제 주느냐고 물었다.

"어! 오빠 일어났어? 여기 국이랑 밥 있으니 바로 먹으면 되겠다. 잠깐만 기다려!"

급히 국을 데우고 반찬과 밥을 담았다. 남편의 고마운 친구들이니 최대한 챙겨야 한다. 더구나 우리 아버지 관을 들어주지 않는가. 어릴 적 남편의 학교와 동네 친구들로 모임에서 자주 만나 나와도 편하게 지냈다. 호들갑스러운 친척들 때문에 퇴근 후 와서 저녁을 먹고도 다들 새벽에서야 잠이 들었으니 많이 피곤할 거다.

"오빠들, 어서 먹어! 8시까지 정리하고 나가야 합니다. 일어들 나세요!"

주섬주섬 한 명씩 일어나기 시작했다. 차려진 식사 옆으로 직원이 잠그려고 하는 냉장고에서 음료수도 얼른 빼 하나씩 놓았다. 방에 들어서니 진주는 이 상황에 상쾌하게 샤워를 해야 한다며 일회용 목욕 용품을 찾느라 챙겨 놓은 가방을 뒤졌고, 미정인 챙길 것이 뭔지 몰라 혼란에 빠져 멍하니 앉아 있었다. 나는 세수도 하지 못하고 사무실로 올라가 결제를 했고, 대략 알고 있었던 오늘 '노제'의 일정을 버스 기사님과 다시 정비하느라 총총댔다.

북새통을 이루며 마무리된 빈소에 문이 잠겼다. 이제 아버지를 정말 보내드려야 한다. 함께할 장소가 없어짐에 괜히 허망했다. 그렇게 발인 시간에 맞춰 발인제를 올렸고, 아버지 영정사진은 규현이가 들었다. 상주인 남편이 들어야 하지만 평소 아버지처럼 생각했던 규현의 마음을 생각해 들도록 했다.

"저, 상주님! 뒤를 자꾸 보시면 안 됩니다. 앞만 보고 가셔야 합니다."

직원이 주의사항을 알렸다.

"규현아! 자꾸 뒤를 보면 아빠가 미련이 남아서 못 떠난대. 그러니까 절대 뒤돌아보지 마! 정신 똑바로 차려!"

"응!"

나는 이제껏 한 기도가 허투루 되지 않길 바랐다. 그렇게 절대 뒤를 돌아보지 않아야 하는 이유를 단호히 다시 설명했다. 내 뜻을 아는지 규현도 정신이 드는 듯했다. 주차장과 연결되어 있는 문이 열리고 이제 영정사진 뒤를 따라 아버지 관이 따랐다. 그런데 이 시간 외손자들을 보고 있을 어머니가 문 앞에 서 계셨다. 아이들은 어디 있을까? 어머니와 함께 지내는 분께 맡기고 왔나 보다. 아버지 관이 옆을 지나니 어머니는 관 위에 손을 올리고 눈물을 터뜨렸다. 직원이 의아해 잠시 머뭇거리다 이내 아버지 관을 리무진에 싣도록 안내했다. 그리고 남은 가족은 말없이 버스에 올랐다. 직원이 곁에 서 있는 어머니께 함께 가시느냐고 묻자 주춤거렸다. 여기서 답을 말할 사람은 나밖에 없었다.

"아니요, 그분은 안 가실 거예요! 다 탔으니까 출발하시면 됩니다."

버스가 출발하면서 그 자리 서 계신 어머니 모습도 멀어져 갔지만 아쉬움은 없었다. 어차피 우리와는 어릴 적 이미 헤어졌던 분이고, 각자 잘 살았으니 말이다.

아빠의 노제

아버지를 모시고 내려간 길은 왜 그렇게 짧았을까. 부산 조방 앞에 도착하자 모두 한숨 잘 잤는지 차에서 내려 화장실부터 찾았고, 나와 규현인 기사님의 안내에 따라 이동을 시작했다.

"따님, 어디로 걸으실 건가요?"

기사님이 아버지가 생전에 자주 갔던 장소를 물었고 즉시 이동 동선을 만들어 앞장섰다. 규현이 영정사진을 들었고 내가 옆을 따르며 조용히 아버지가 다닌 곳 문 앞에서 고개를 숙였다. 까다로운 아버지 식성에 맞게 내 집같이 요리해주신 한식당 이모님, 매연 많은 이곳에 오지 말고 공기 좋은 요양병원에 가서 쉬라고 했던 갈치찌개 식당 사장님, 자식들이 오면 밥만 먹고 보내기 아쉬워 손자들과 디저트를 즐겼던 베이커리, 전국에서 유명하다는 로또 명당, 급히 설사가 왔을 때 들렀던 주유소 화장실 등 아버지의 체취가 남은 곳이라면 한 곳도 빠뜨리지 않고 묵묵히 고개를 숙여 편히 머물게 해주셨음에 감사한 마음을 담았다.

조용한 오전 시간이지만 로또방 앞 트럭에서 물건을 파시는 분은 이제 막 물건 정리가 끝난 듯했다. 친분이 두텁진 않았지만 아버지와 가끔 말을 건넨 분이란 걸 알고 있었다. 옆을 지나며 우리와 마주치자 기사님이 설명해주셨다.

"따님이 생전에 아버지가 자주 다녔던 곳이라 들렀다 가신다고 합니다. 택시운전을 하셨는데 여기서 자주 식사를 하셨다고 합니다."

"네, 네. 좋은 데 가시길 빕니다."

"감사합니다."

기사님의 설명에 명복을 빌어주셨고 나와 규현이가 천천히 고개를 숙여 답례했다. 정말 감사했다. 아버지를 알아보신 듯했지만 티를 내진 않았다. 그래도 아버지 가시는 길, 아는 분을 한 명이라도 더 만나 다행이었다.

버스에 올라타 잠시 음료를 마시며 목을 축였다.

"아빠, 모두 잘 계시지? 이제 우리도 출발할 거야. 여기도 마지막이네. 아빠는 이제 편히 쉬면 돼."

아버지의 영정사진을 바라보며 이런저런 얘기를 하고 나니 내 임무가 끝난 것 같아 그동안 무거웠던 마음이 조금은 홀가분해졌다. 이제부턴 기사님의 안내에 따라 화장터에 들러 납골당으로 가기만 하면 된다.

버스에 시동이 걸리고 기사님의 배려로 운구차와 버스도 아버지가 남긴 발자취대로 좁은 차도를 한 바퀴 돌았다. 아버지의 여정을 뒤로 하고 나오는데 멀찍이 뒤에 앉은 작은아버지가 물으셨다.

"향아, 그런데 왜 아빠가 살았던 곳은 안 가냐?"

"거긴 안 가요! 아빠가 고생하면서 혼자 살았던 곳인데 내가 싫어요!"

아버지가 계셨던 집은 들르지 않았다. 지금 생각하면 후회되기도 한다. 그땐 아버지가 이사도 가지 않고 엘리베이터도 없는 5층 집을 매일 오르내리며 외출을 감행하는 게 무척 보기 싫었기 때문이다. 기력이 없어 몸이 흔들거리는데도 그놈의 '가오'가 뭔지 지팡이도 내팽개치고 절뚝이며 다니셨다. 사위와 딸들이 불편한 집에서 이사하기를 여러 번 권유했지만 그 누구도 아버지 고집을 꺾을 수 없었던 슬픈 기억만 남은 집이다.

얼마나 달렸을까. 처음 가보는 화장터에 도착해 우왕좌왕하면 어떡하나, 불안감으로 머리가 다시 복잡해졌다. 더구나 사람들은 왜 이리 많은 걸까? 출발하며 차 안에서 인터넷으로 검색해 절차를 확인하긴 했지만 저 많은 인파 속에서 접수처를 어떻게 찾아야 하나. 출구가 여러 개인 건물, 코로나 시국에 아랑곳하지 않고 빽빽이 서 있는 사람들. 깜짝 놀라 눈을 휘둥그레 굴리는데 다행히 기사님이 앞장서 순서에 맞게 진행해주셨다. 준비하지 못한 납골함도 어느새 구해와 내 품에 안겨주었다. 정말 감사한 일이다.

시간에 맞춰 아버지 관이 들어가니 전광판에 이름이 떴다. 그리고 앞으로 남은 시간을 알렸다. 어수선한 분위기와 많은 인파로 직원들은 무표정에 바쁘기만 했다. 그렇다. 내겐 청천벽력 같은 슬픔이지만 그들에겐 대수롭지 않은 일상이었다. 남편은 관을 들어준 친구들을 챙겨 구내식당으로 갔다. 각자 점심 식사는 알아서 해결하기로 하고 나와 미정인 막내 제부가 사다 준 편의점 김밥과 우유로 버스에서 끼니를 때웠다. 화장하는 데 시간이 지체됐다. 우리 일행은 밖에서 커피를 마시기도 하고 버스 안에서 휴식을 취하기도 했다. 빨리 식사를 끝내고 돌아온 기사님이 버스 안에서 대기하며 건물 안 진행 상황을 안내해주니 마음이 편안해졌다.

아버지 장례를 치르며 느낀 건 어디를 가든 절차가 참 많다는 거였다. 정신을 차리지 않으면 물건 한두 개 분실하는 것쯤은 예사였다. 나 또한 잠깐 틈에 신분증 챙기는 걸 놓쳤는데 기사님이 빠뜨린 신분증을 대신 챙겨주었고, 납골당에 도착했을 때에는 먼저 접수한 후 이젠 쓸 일이 없다며 잘 챙겨두라고 조언하기도 했다.

그리고 또 하나, 씁쓸한 일. 아들이 아닌 딸이기에 하고 싶어도 하지 못하는 게 많다는 거였다. 내 아버지인데 내겐 기회를 주지 않고 무조건 상주인 남편을 기다려야 했다. 납골당에서도 아버지와 남은 가족, 직원들은 절차를 매끄럽게 진행하지 못한 채 화장실에 간 남편을 기다려야 했다. 남편을 기다리는 상황은 언제나 꼭 일어났다. 답답한 마음에 내가 하겠다고 해도 상주를 기다려야 한다며 묵묵히 답변했던 직원들. 그놈의 상주가 뭔지! 얼어 죽을 유교 사상! 막내인 남편과 장녀인 나는 살아온 환경에 기본적으로 마음가짐이 다름을 이번에도 절실히 깨닫게 했다.

아빠의 새 보금자리

버스에서 각자 휴식을 취할 때 기사님이 일어나 인원을 확인하며 남은 일정을 안내했다.

"가족분들 모두 계신가요? 화장이 끝났다고 합니다. 이제 1층 로비 전광판 안내에 따라 유골함을 받으러 모두 입장하시면 됩니다. 자, 그럼 지금 일어나 이동하겠습니다."

마음을 가다듬었다. 기사님은 아무 말 없이 하얀 장갑과 납골함을 내게 주었다. 순간 기사님 뒤에 앉아서 그런가라고 생각했다. 상주인 된 남편은 뒷좌석에 있으니 건네주라는 건가? 하지만 장례식장에서 느꼈던 분위기와는 사뭇 달랐다. 기사님은 장갑을 껴야 하는 시점과 납골함을 받아서 안는 방법까지 내게 자세히 설명했다. 장례를 치르며 딸이라고 아버지를 제대로 보필하지도 못했는데 이것만이라도 기회를 줘 기쁜 마음에 가슴이 벅찼다. 혹시 발인제를 올리며 내가 직원이 나물 접시에만 젓가락을 놓는 게 못마땅해 생선 접시로 옮겨달라고 했던 모습이 기억에 남았던 걸까. 직원이 당황해 나중에 전체로 훑으니 상관없다 했지만 그냥 옮겨달라고 단호히 얘기했었다. 사실 그 형식이 뭐 그리 중요하겠느냐만 생선을 좋아하는 아버지의 마지막 밥상이니 내 마음은 그렇지 않았다.

규현이 영정사진을, 나는 빈 납골함을 들고 차에서 내렸다. 아버지가 계신 곳으로 남은 가족들도 줄지어 향했다. 아버지 이름이 있었던 화면은 이제 '화장 중'이 아니라 '완료'로 바뀌었다. 한 사람의 소중했던 생명이 '완료'라는 한 단어로 마무리되니 허탈감이 들었다. 안내에 따라 우리 가족은 전광판을 지나 로비 한쪽 끝에 있는 고요한 방으로 들어섰다.

어두운 방, 건너편에 매달린 노란 형광등 하나만 희뿌옇다. 중간을 가로지른 선반 위 투명한 플라스틱 판이 마치 교도소 면회실 마냥 분위기가 썰렁했다. 기사님은 내가 들고 있는 납골함을 받아 투명판 아래 뚫린 구멍으로 건너편 직원에게 건넸다. 그러자 벽의 철문이 열리더니 아버지를 모셨던 관과 수의들은 모두 사라지고 앙상한 뼈만 남아 있는 것이 보였다. 정말 우리 아버지인가? 어떻게 내 아버지라 증명할 수 있단 말인가? 직원은 큰 뼈들을 주워 철통에 넣었고 담담히 빗자루와 쓰레받기로 남은 재를 쓸어 담았다.

아, 그래. 그런 거였다. 죽음이란 다른 사람에겐 그저 평범한 업무일 뿐이었다. 그렇지만 아무런 의례도 없이 찌그러진 철통에 담아내는 건 너무나 큰 비극이었다. 소중한 내 아버지를 대하는 충격적인 모습에 바로 항의하고 싶었지만, 바쁘게 비질하는 직원을 보니 한편으로는 남은 재 한 톨이라도 다른 곳으로 떨어뜨리지 않게 조심히 다루어달라며 부탁하고 싶었다. 그렇게 나는 아무 말도 하지 않은 채 기도했다. '우리 아버지 낯선 곳에 홀로 남지 않게 티끌 하나라도 꼼꼼히 모아주세요.'

이후 직원은 철통을 들어 우리를 갈라놓은 선반 아래로 향했다. 전체는 가려져 있었지만 믹서 같은 뚜껑이 보였다. 설마? 아버지의 납골함을 들기까지는 기뻤으나 그 장면을 지켜봐야 한다는 건 상상도 못 했다. 뼈가 분쇄되면서 나는 둔탁한 소리와 함께 기계의 찢어지는 소음에 가족들 앞에서 평정을 유지하려 했던 내 마음도 순식간에 갈기갈기 찢겨 울음을 토하고 말았다. 그렇게 나온 하얀 뼛가루. 직원이 납골함에 털어 넣었고 하얀 보자기로 싼 아버지를 기사님이 받아 내게 안겨주었다. 호랑이같이 무서웠던 내 아버지가 보잘것없는 물건처럼 치부되어 돌아왔다. 너무나 슬펐다. 현실은 영화보다 더

잔인하고 비극적인 것뿐이었다. 과연 누구에게 묻고 따질 수 있을까. 그저 목 놓아 우는 것밖에 할 수 있는 게 없었다.

건네받은 유골함을 안고 아버지가 계실 납골당으로 가는 차 안, 나는 통곡하다가도 멀쩡히 유골함에 말을 걸기도 하고 다시 미친 듯 통곡하기도 하며 이상한 행동을 반복했다.

"우리 아빠, 불쌍해서 어떻게! 추운 냉동고에 넣더니 이제 뜨거운 불에 넣고! 우리 아빠, 너무 힘들어서 어떻게!"

불에 달궈진 유골함은 따뜻했고 문득 아버지의 온기가 남은 것 같아 납골당이 아닌 집으로 가야 될 것 같았다. 알을 품으면 새끼가 나오듯 따뜻하게 품으면 다시 생명을 얻을 수 있지 않을까? 그런 말도 안 되는 생각이 자꾸만 이성을 혼란스럽게 했다. 그건 아버지를 놓고 싶지 않은 마지막 투정이 아니었을까. 한동안 차 안의 분위기가 숙연해졌고 기사님이 훌쩍거리는 소리가 들렸다. 내가 너무 울었나? 갑자기 운전에 방해가 되면 안 되겠다는 생각이 들었다.

이젠 그만 울자! 정신 차리자! 스스로를 다독이며 입술을 깨물었다. 하지만 주체 없이 흘러내리는 눈물은 못 들은 체했다. '왜 그래야하는가? 내가 누굴 걱정해야 하는가? 오늘은 아버지의 장례가 아닌가? 마지막 날만큼은 슬픔을 표현하는 방법이 제아무리 달라도 모두

가 진지해야 하지 않는가? 그리고 마지막 아버지 가시는 길, 또 크게 울어주면 어떠한가? 드라마에선 목 놓아 우는 사람도 많던데, 왜 우리는 가족이랍시고 자리를 차지하고 앉아 쥐 죽은 듯 조용하단 말인가? 그래, 그랬다. 지금은 내가 지키려 했던 이성과 의지가 모두 흩어져 남은 가족들처럼 내 일이 아닌 양 책임을 회피하고 있었다.

사회복지사가 했던 말이 다시 떠올랐다. '사람들이 슬픔을 표현하는 방법은 다르다'는 말. 아니다! 애초에 우리에겐 슬픔 따윈 존재하지 않았다. 그들은 무관심뿐이었다. 한 부모 아래 형제였던 큰형님이 죽었고, 한때 집안의 기둥이었던 아버지가 생을 달리했다. 그런데 어째서 이리도 조용하단 말인가! 장례식장에서는 민망할 정도로 크게 웃고 떠들던 그 모습들은 다 어디로 갔느냐는 말이다! 생각이 꼬리를 물고 예전에 들은 얘기가 또 떠올랐다. 집안의 큰 행사를 몇 번 치르고 나면 인간관계가 자연히 정리되니 그때 이어가고 싶지 않은 관계를 정리하면 된다고. 알고 보니 그 인간관계란 타인뿐 아니라 피를 나눈 혈연집단에게도 해당하는 거였다. 이제 나는 그 누구도 의지해선 안 되고 더욱 단단히 정신을 차려야 했다. 순간 답답함에 창밖에 멀리 있는 하늘을 바라보니 문득 그것이 유일하게 나를 보호하고 지킬 수 있는 수단임을 깨달았다.

보자기에 싸인 유골함을 품에 안고 쓰다듬기를 얼마나 했을까. 덩치 큰 호랑이 같던 아버지는 이제 작은 유골함에 담겨 품에 안을 수 있으니 마치 아기가 된 것 같았다. 나 또한 무의식적으로 갓난아기 다루듯 행동도 조심스러워졌다.

납골당 주차장에 들어서니 사무장과 스님이 입구에 나와 있었다. 차에서 내리니 품에 안긴 아버지 유해를 사무장이 건네받았고, 1층 중앙 로비에서 간단히 제를 올린 후 이동한다고 안내했다. 선반 위에는 간단한 음식과 과일이 올려져 있었고, 한쪽에선 유해를 진공 유골함으로 옮기기 위한 작업이 기다리고 있었다. 준비하는 동안 누군가 다시 유해를 들어야 하기에 사무장이 상주를 찾았다.

"형부 어디 갔어?"

"형부? 화장실 가는 것 같던데."

고개를 돌려 뒤에 서 있는 가족들을 향해 물으니 진주가 대답했다. 짜증이 났다. 하는 수 없이 두리번거리는 사무장에게 얘기했다.

"저, 상주가 화장실 갔는데 제가 하면 안 될까요? 제 아버지예요. 여기 올 때도 제가 유골함 안고 왔어요!"

"허! 아니요. 상주분 기다리겠습니다."

뚜껑이 열린 채 비닐에 담긴 아버지 유해와 덩그러니 놓인 빈 유골함. 우리 가족은 그렇게 멍하니 화장실 간 남편을 또 기다렸다. 마침 작은고모의 사위와 딸이 도착했는지 작은고모가 전화를 받으며 슬쩍 밖으로 나갔다. 고요한 긴장감이 흐르는데 갑자기 시끌벅적하게 떠드는 소리가 들렸다.

"아이고! 우리 손녀 왔나? 아이고! 그래, 김 서방 왔는가? 그사이 애들 많이 컸네. 할머니 알아보나? 우리 똥강아지들! 어서 이리 와봐라, 한번 안아보자!"

여기까지 20분이면 오는 거리에 있으면서 지금 와서 뭘 보겠다고 어려운 걸음을 했다며 호들갑인지 마치 이산가족 상봉이라도 하는 듯했다. 욱하는 마음에 뛰쳐나가 소리치려다 자리를 지켜야 한다는 생각에 간신히 마음을 다독였다. 그리고 뒤에 서 있던 규현에게 나직이 얘기했다.

"야, 박규현! 나가서 시끄럽다고 조용히 하라 해!"

"어?"

"안 들려? 웃고 떠들고 난리잖아! 빨리 나가봐."

규현도 난감한 표정이었지만 한껏 찌푸린 내 미간을 보며 거절하지 못했다. 잠시 후 조용해졌고, 남편도 화장실에서 나왔다. 그렇게 마지막까지 옥신각신하는 분위기 속에서 아버지 유해는 무사히 안장되었다.

지금 와서 드는 생각이지만 아버지도 철없는 동생들과 성미가 제각기인 딸들을 이미 알고 계셨을 거다. 그래서일까? 화가 치밀 때면 신기하게도 아버지 음성이 귓가에 맴돌았다.

'향아, 마 그만해라. 사이좋게 지내야지. 항상 그래야 한다. 그래도 니가 맏이 아이가.'

그놈의 맏이가 뭔지 반하는 마음이 올라오지만 어릴 적부터 당부했던 아버지의 말이기에 자연히 행동을 멈추게 했다. 그리고 자동적으로 눈을 감고 깊은 숨을 한번 몰아쉬면 어느새 마음도 가다듬어졌다. 두 어깨가 무거운 집안의 맏이니까.

3장

삶의 폭풍 속으로

당감동 고무공장의 아이들

"엄마! 아빠랑 어떻게 결혼했어?"

한창 '남자와 여자, 결혼'이란 단어에 호기심이 생길 무렵, 동생들과 놀이하다 옆에 있는 어머니께 물은 적이 있다.

"음, 글쎄? 엄마랑 아빠는 공장에서 만났지! 엄마는 늘 스카프하고 다니며 엄청 예뻤고, 아빠도 인기가 많았지. 둘 다 눈에 띄어서 만났어!"

어머니는 어렴풋한 과거를 떠올리며 입가에 미소를 지었다. 어릴적 살았던 동네엔 신발 고무공장이 많았다. 당감동 다세대 주택이 모인 곳. 저녁 무렵이면 고무 태우는 매캐한 냄새와 함께 잘린 고무 조각들이 동산 마냥 동네 곳곳에 쌓여 있었다. 가끔 꼬맹이들은 가장 긴 고무 조각을 찾겠다며 휘젓고 다녔고 지나가던 어른들이 혼을 내면 도망가기도 했다. 덩달아 짓궂은 아이들은 그 행동이 재미있어 놀이처럼 즐기기도 했다.

어머니는 아버지와 연애 후 자취방에서 시작해 이란성 쌍둥이인 나와 진주를 낳았고, 2년 후 미정을 낳아 세 자매를 만들어주었다. 3대 독자 군인의 장남으로 태어난 아버지는 퇴근 후 딸만 누워 있는 장면을 볼 때마다 한숨을 내쉬었다고 한다. 할머니는 독자 집안의 장손이니 끝까지 아들을 낳아야 한다고 했지만 워낙 시골에서 아들, 딸 차별을 받고 자란 어머니는 혼자 산부인과를 찾아 피임수술을 했다. 아버지와 함께 살며 결혼하지 않은 시동생 셋과 시어머니까지. 방 한 칸과 다락방 한 칸에 의지한 채 어머니는 없는 살림이지만 성공에 대한 열망으로 억척같이 고생을 감내하며 매일을 버텼다.

아버지는 조용하고 말이 없었다. 아침에 일어나 식사를 하고 일터에 다녀오고 저녁상을 물린 후 묵묵히 텔레비전만 봤다. 딸들에겐 그날 지냈던 일과만 확인한 후 잠시 부드러운 미소만 지을 뿐이었다.

유아 시절 추억을 회상하면 몇 가지가 떠오르는 게 있다. 그중 가장 크고 오래도록 잊히지 않는 건 부모님의 싸움이다. 그 기억은 지긋하게 남아 한때 유아 시절을 회피하기도 했었다.

아버지는 6·25전쟁으로 한반도가 황폐했던 시기. 1951년 할머니가 피난 내려와 있던 경북 경산에서 태어났다고 한다. 그리고 휴전협정이 이루어지고 드디어 안정을 찾을 무렵 미군 부대 기자였던 할아버지는 출근길에 교통사고가 나 현장에서 돌아가셨다고 했다. 그때 아버지 나이는 열두 살. 그래도 유복한 집안이라 소시지와 빵은 물론 초콜릿과 비스킷도 즐겨 먹었다고 했다.

반면 경남 의령 시골에서 자란 어머니는 논밭을 일구는 살림에 8남매의 다섯째 딸로 태어나 유일하게 아들로 태어난 막내와 매번 성차별을 받았고, 먹는 것도 넉넉하지 못했다. 그래서일까. 장아찌와 자린고비를 경험하며 살았던 어머니는 풍족함이 밴 아버지를 이해하지 못했다. 끼니마다 새 밥을 지어야 했고, 밥상에는 찌개와 국을 따로 만들어 올려야 했다. 더구나 한번 드신 반찬은 입에 대지 않으니 결코 맞을 리 없었다. 이렇게 반찬투정을 하는 아버지와 돈을 많이 벌어와 보라는 어머니는 밥상머리에서 틈날 때마다 서로를 탓하며 싸웠다.

아버지 또한 가부장적이어서 여자가 큰소리 내는 걸 몹시 못마땅해했고, 더구나 이웃 남편들과 비교하며 본인의 화가 풀릴 때까지 바가지를 긁는 어머니를 절대 이해하지 못했다. 아버지가 소리를 낮춰 얘기하자면 어머니는 더욱 힘이 나는 양 큰소리로 창밖을 향해 떠들어댔다. 결국 부부싸움의 마지막은 밥상을 뒤엎으며 몸싸움이 되었지만 아랑곳하지 않는 어머니였다. 외할머니의 시대적 교육관으로 남녀 차별 속에 자라 어릴 적부터 쌓인 감정으로 피해의식에 사로잡힌 어머니. 여자라는 이유로 왜 힘듦을 감수해야 하느냐며 사회적 불만과 형제간 쌓인 열등감을 틈만 나면 아버지께 폭발시키고 있었다. 그 덕분에 우리는 삶의 긴장감에서 어른들의 눈치를 살피는 방법을 일찍이 터득했는지도 모른다.

1951년생 아버지와 1959년생인 어머니는 6·25전쟁 후 폐허가 된 땅에서 1960년대의 경제 개발 속에서 자라며 굶주림의 역사를 경험했다. 그저 삼시 세끼 배불리 먹고 따뜻한 방에 누울 수 있는 것을 행복이라 여겼던 시절이었다. 가난했던 살림은 결혼 후 자녀를 낳으면서 더욱 궁색해져 경쟁적으로 살아야 하는 삶의 무게와 팽팽함에 한편으론 지쳤을지도 모른다. 그렇게 어머니는 외할머니가 그랬던 것처럼 한정된 살림에 늘어나는 식구로 매 끼니를 걱정해야 했고, 우리가 뱃속에 있을 땐 수제비로 끼니를 때우기도 했다. 값싸게 먹을 수 있는 밀가루 음식. 그래서인지 나와 동생들은 어릴 적부터 어머니와 수제비를 빚은 추억이 많다. 우리에겐 재미있는 밀가루 놀이로 기억되어 히죽거렸던 추억이 어머니에겐 배곯았던 시기였던 것.

또한 어머니는 새벽시장을 다니며 손질하고 남은 야채를 주워와 밑반찬을 만들었고, 아버지의 적은 수입을 쪼개 절약을 실천했다. 어쩌면 아버지도 어머니의 강한 생활력은 인정했기에 신경질적인 잔소리에도 그저 묵묵히 버텼을지도 모른다.

나와 진주는 이란성 쌍둥이로 동성 관계다. 일란성 쌍둥이와 달리 이란성인 우린 어머니 뱃속에서부터 독립된 세포로 자랐으니 진주와 나의 성향은 완전 달랐다. 조용하고 내성적인 나와 다르게 진주는 어릴 적부터 골목을 누비며 대장 노릇을 했다. 하지만 나는 10분 먼저 태어났다는 이유로 언니가 되었고, 차분하다는 이유로 부모님이 일을 나가시면 막내를 돌봐야 하는 임무를 떠맡게 되었다. 또한 첫째가 성공해야 동생이 그 뒤를 따른다는 어른들의 증명되지 않는 말 때문에 항상 모범적인 행동을 보이라는 세뇌도 받았다.

가난했던 시절을 회상할 때면 아직도 생생히 떠오르는 기억이 있다. 대여섯 살이던 무렵, 매일 밖에서 놀던 진주가 느닷없이 친구들 한 무리를 집으로 끌고 왔다.

"야! 느그 집에서 뭐 하노? 나는 애들이랑 쪽자 해 먹으러 갈긴데."

어린 미정이랑 놀아주며 집을 지키던 나는 진주 말에 깜짝 놀라 물었다.

"뭐라고? 니 돈 있나?"

"당연히 없지! 저금통 잘라야지."

진주는 무덤하게 대답했다. 그건 부모님이 동전이 생길 때마다 모아둔 빨간 돼지저금통. 아버지는 저금통이 무거워질 때면 우리에게 한 번씩 들어보라 했고, 저금통을 채워가는 재미로 행복해했다.

"야! 니 미쳤나? 엄마 알면 어쩔라고? 아빠 알면 맞아 죽을 낀데!"

"괜찮다! 먹고 싶은데 뭐! 같이 안 갈래? 아님 느그는 집 지키고 있던가!"

진주는 친구들과 합세해 찬장 위에 놓인 돼지저금통을 내려 부엌칼과 과일칼을 번갈아가며 배 가르기를 시도했다. '손이 다치지 않을까' 하는 무서움도 없이 거침없는 손놀림으로 결국 성공했다. 우르르 쏟아지는 동전들. 순간 멍하니 미정과 나는 서로를 쳐다보았고, 재빨리 동전을 품에 안고 나가는 진주를 바라보았다. 그리고 우리도 뭔가에 홀린 듯 아무 말 없이 진주를 따랐다.

어머니 몰래 한 쪽자. 쪽자는 달고나의 사투리로 경남지방에서는 작은 국자를 쪽자라고 했다. 쪽자에 듬뿍 올린 설탕을 녹여 소다를 넣는 재미는 아이들에게 항상 인기 만점이었다. 처음엔 쭈뼛거리며 진주 곁을 배회했지만 이내 빈자리를 차지하고 앉아 공범이 되었다. 쪽자 하는 친구들을 부러워하기만 했는데 내가 그 자리에 앉아 있다니 정말 신나고 맛도 좋았다.

한참 쪽자 하는 재미에 푹 빠져 집중하는데, 멀리서 어머니 목소리가 들렸다.

"야, 이 가시나들아! 이리 안 오나!"

어머니의 앙칼진 목소리와 함께 손에 쥔 들쑥날쑥 잘린 긴 고무 조각이 하늘에 휘날렸다. 그렇게 화를 내며 뛰어오던 어머니 모습은 평생 잊지 못할 공포 사진으로 머릿속에 박혀버렸다. 가끔 지금도 그때를 떠올리면 자동적으로 "어휴!" 하는 한숨과 함께 고개가 절레절레 흔들어진다. 사건이 터질 때면 장녀라는 이유로 가장 많이 꾸중을 들어야 하는 나. 동생들을 잘 가르쳐야 하는데 돼지저금통을 갈라 쪽자를 하고 있으니 이후 아버지께도 심하게 혼났을 것이다. 하지만 그건 이상하게 기억이 없다. 어머니로 인한 순간의 공포심이 꽤 컸던 것 같다.

　대부분 부모의 교육관이 그렇듯 아버지도 본인이 살아온 삶을 바탕으로 자녀들을 훈육했다. 큰고모 말에 의하면 할아버지가 돌아가시자 할머니는 충격에 빠져 소위 유명한 점집을 다니며 의지하다 결국엔 신내림까지 받았다고 했다. 잦은 굿으로 하루아침에 많은 돈을 탕진해 주위의 눈총과 손가락질을 받으며 자란 아버지. 갑작스러운 가난과 어수선한 분위기에 아버지는 스스로 살기 위한 신념을 만든 건 아니었을까. 예의를 갖춘 행동과 말씨를 바르게 하는 것이 올바로 사는 거라고 말이다. 그래서 동생 셋의 용모를 매주 검사했고 행동거지를 점검해 애비 없는 자식이란 소릴 듣지 않기 위해 노력했을 것이다. 결국 그 권위와 제재가 작은고모에겐 아버지를 무섭고 불편한 존재로 기억하게 된 이유가 돼버려 씁쓸하지만 말이다.

불쌍한 우리 아버지! 세상의 고난과 핍박 속에서 살고자 했던 본능은 장남이라는 무거운 책임감을 얹어주었다. 그리고 이를 홀로 지고 성장할 수밖에 없었던 건 과거 아들이 가문을 이어야 한다는 남아 선호 사상과 하필 3대 독자 장남이란 운명 때문이 아니었을까?

아버지의 선물보따리

어머닌 1년에 한두 번은 시골 외할머니댁에 우리를 데리고 가 며칠을 묵었다. 버스를 여러 번 갈아타며 생기는 어머니의 짜증과 차멀미로 인한 고통은 오롯이 각자가 감내해야 했다. 외할머니는 자식들을 모두 출가시키고도 가냘픈 몸으로 홀로 커다란 기와집을 지키며 논밭을 일구는 삶을 고집했다. 마당에는 황소 두 마리가 있었고 바깥의 커다란 밭도 모자라 마당에도 작은 텃밭을 만들었다. 가끔 조용한 시골집에 "음매!" 하는 소리가 울리고 텃밭에 심은 상추 사이로 메뚜기와 개구리가 한적히 뛰놀았다. 한편에 우뚝 선 오래된 감나무는 어머니의 어릴 적 추억을 간직한 채 듬직하게 노란 감을 익히고 있었다. 어느 땐 바람이 불어 우리가 호기심에 뚫어 놓은 방문 창호지 구멍 사이로 싱그러운 풀 내음이 들어와 어디서든 자연을 느끼게 했다.

논에선 벼 이삭이 누렇게 익어가는 풍경이 드리운 시골집은 내 기억 속 포근한 추억으로 자리를 잡았다.

붉은 노을이 지는 저녁이면 약속이라도 한 듯 넓은 도로 주변에 동네 꼬마들이 모였다. 외할머니 집은 도로변에 있어 아이들의 와자지껄한 소리가 고스란히 들렸다. 마을과 논 사이 왕복 4차선 도로에서 아이들은 운동장이라도 발견한 것 마냥 도로 위에서 신나게 달리기 시합을 했다. 선을 그어 출발점과 도착점을 정해 미친 듯이 달리고 나면 어느새 땀방울이 이마에 맺혀 그 모습이 우습다고 서로를 가리키며 한바탕 폭소를 즐겼다. 지금 생각하면 정말 아찔한 위험이지만 1980년대 초반 시골길엔 자동차가 그리 많지 않았다. 가뭄에 콩나듯 멀리서 차가 보이면 누군가의 "차 온다!"라는 소리에 아이들은 부리나케 비켜서며 또 다른 즐거움을 가졌다. 이렇게 외할머니댁은 잔잔한 영화처럼 황금빛 추억을 만들어줬다.

농촌에서는 절기마다 해야 할 일이 있다. 어머니도 농촌 일이 많은 시기엔 어김없이 우리를 데리고 외할머니댁에 가서 일을 거들었다. 모를 심는 시기면 동네 꼬마들은 방울 소리에 맞춰 줄을 잡았고, 어른들은 줄에 맞춰 논에 모를 심었다. 아이들이 잡고 있는 막대의 줄이 기준이다 보니 모의 위치가 간혹 비뚤어지기도 했다. 그러나 정

많은 시골 어른들은 아이들의 그런 행동을 오히려 귀여워했다. 나는 다리가 저리면서도 쪼그리고 앉아 막대를 잡았고, 함께한 진주는 친구들과 장난치며 놀다 갑자기 사라지기도 했다.

여름이면 초록 내음이 가득한 밭에서 고구마 줄기가 무성히 자라 밭이랑을 가렸고, 고구마가 통통해질 가을이 되면 땅속에서 뿌리마다 매달린 커다랗고 울퉁불퉁한 고구마가 솟구쳐 나왔다. 어머니가 시키는 일을 묵묵히 따르며 날이 어두워질 때까지 계속하는 밭일은 지겹고 힘들었다. 그러나 흙 속에서 감자와 고구마가 호미에 찍혀 행여 상처가 날까 어머니 눈치에 긴장감이 생기기도 했다. 그래도 농사일에 빠질 수 없는 외할머니가 준비한 새참은 우리에게 재미있고 맛있는 먹거리가 되었다. 외할머니가 머리에 이고 온 빨간 고무 대야에 담긴 녹두전과 꽁보리밥, 된장에 무친 나물은 고추장만 넣고 쓱쓱 비벼도 정말 꿀맛이었다.

시간의 흐름도 알 수 없는 적막한 시골 생활이 지겨워질 무렵, 아버지는 산타할아버지처럼 불쑥 나타났다. 한낮 농사일을 하고 선선한 바람이 부는 저녁쯤, 시원한 바람을 맞기 위해 고개를 들었을 때 저 멀리서 희미하게 다가오는 아버지의 모습. 스케치북과 크레파스, 간식거리가 가득 담긴 커다란 비닐봉투를 양손에 들고 금빛 물결이 출렁이는 벼 사이로 논고랑을 걷고 있는 아버지를 발견할 때면 우리는 "아빠다!" 소리치며 하던 일을 내팽개치고 아버지 품으로 냅다 뛰어들었다. 짐이 무거워 몇 번을 주춤거리면서도 아버지 얼굴엔 환한 미소와 설렘이 묻어났고, 나는 아버지가 준 선물이 좋아 앉은 자리에서 스케치북의 하얀 면이 없어질 때까지 그림을 그렸다. 어머니는 또 쓸데없는 것을 사 왔다고 습관적 잔소리를 했지만 잠시뿐이었다. 그렇게 우리는 밭일의 해방과 함께 아버지의 말없는 사랑을 느끼며 그 날 하루는 마음 놓고 응석을 부렸다.

일곱 살이 될 무렵, 어머니의 억척스러움과 아버지의 성실함으로 우리 가족은 단칸방에서 이사를 했다. 아파트를 분양받아 방이 세 개인 집으로 가게 된 것이다. 그동안 절약과 함께 자주 이사를 하며 방 한 칸씩을 불리기도 했지만 그 방은 하숙을 내어 어머니가 생활비에 보탰기에 단칸방 생활은 여전했다.

"엄마! 이제 우리도 방이 생기는 거야? 진짜?"

다세대 주택에서만 살았던 우리는 아파트로 이사한다는 말에 가슴이 설렜고 우리 가족만의 독립된 공간이 생긴다는 것도 신기했다. 그건 아마도 어머니의 잔소리가 이제 바깥으로 새지 않을 거니 아버지가 불같이 화를 내는 일도 없을 거란 기대가 담겼을지 모른다. 하지만 새로 이사한 집에서도 방 한 칸은 하숙이나 전세를 내는 건 여전했다. 그 방은 청년들이 오기도 하고 아이가 한 명인 부부가 들어오기도 했다.

새로 이사한 집에 짐 정리가 마무리될 무렵, 아버지는 세 자매를 앉혀 놓고 물었다.

"어때, 집 좋아?"

"네!"

"향이는 어때?"

"좋아요!"

"진주는?"

"좋아요!"

"미정이도 좋아?"

"네!"

아버지도 이사한 집이 마음에 들었는지 참새 마냥 대답하는 세 자매에게 같은 질문을 여러 번 했다.

"여기는 5층이니까 계단 오르내릴 때 조심하고, 항상 문단속해야 한다. 이건 특수키고 이건 손잡이 열쇠야. 절대 이걸로 장난치면 안 돼."

"네!"

아버지는 쪼르르 세 자매를 데리고 방마다 창문을 잠그는 방법을 알려주셨고 전기 콘센트를 빼는 방법도 가르쳐주셨다. 그리고 안전에 대해 특별히 강조하셨다. 반면 어머니는 거기에 별 관심이 없었다. 기계를 사용하고 나면 콘센트가 끼워진 채 마무리가 되지 않았고 문단속도 신경 쓰지 않았다. 가스 불도 매번 냄비 국물을 넘치게 해 꺼뜨렸다. 하지만 아버진 어머니에겐 별로 말이 없었고, 본인이 남은 뒷정리를 했다. 집안의 콘센트며 창문, 대문까지 모두 점검 후 잠자리에 드는 아버지. 마치 잠들기 전 하나의 의식 같았다.

어느 날 아버지가 시장에서 장롱 손잡이를 장식할 꽃 수술을 몇 개 사 오셨다. 그 시절 안방 가구는 아주 비싼 거라 했고 잘못해 흠집이 나기라도 하면 우린 범인을 찾기 위한 아버지 훈육 시간에 집합해야 했다.

"아빠, 이거 예뻐요! 어디에 쓰는 거예요?"

"예쁘지? 요건 장롱 손잡이에 걸어놓을 거야. 함부로 만지고 당기면 안 된다. 알겠나!"

"네!"

"특히 최진주, 알았나?"

"네!"

진주는 대답은 잘했다. 그리고는 금세 잊었다. 결국 동생을 감시하는 것도 내 몫이었다. 아버지는 가끔 퇴근하면서 사 온 것들을 검은 봉지에서 주섬주섬 꺼내 집안을 장식했다. 우리는 아버지가 사 온 물건이 예쁘고 좋았지만 어머니는 핀잔이 일쑤였다. 이모들이 놀러와 알록달록 꾸며진 집을 칭찬할 때면 "느그 형부가 저걸 그래 돈 주고 사 왔단다! 참 쓸데없는 짓 하제!"라고 말했다. 아버지의 소소한 취미는 갈수록 커지는 어머니의 잔소리와 동생들의 호기심으로 장식이 몇 번 망가지면서 그만두게 되었다. 덕분에 나는 그 장식을 지키기 위한 책임감으로 더 이상 동생들에게 예민하게 반응하지 않아도 돼 홀가분하기도 했다.

새해를 맞은 우리는 어머니가 끓여준 떡국을 먹었다. 아버지는 진주와 내게 한 살을 더 먹었다며 손가락 한 개를 더 펴 일곱을 알려주셨다. 진주와 나는 이제 유아원이 아닌 유치원을 다니기 시작했고, 어머니는 주변 아주머니들과 친분을 쌓아갔다. 우리 집 아래층에는 병원사무장과 간호사가 살았고 개인 사업을 하는 분도 있었다. 옆 라인에는 경찰관과 교사도 있었다. 어머니는 주변 사람들과 친분이 두터워질수록 아버지를 이웃 남편들과 비교하는 일이 잦아졌다. 부모님의 부부싸움은 이사를 와서도 변한 게 없었고 차츰 그 분위기에도 익숙해졌다.

1년 후, 아버지가 입학선물이라며 퇴근 후 점퍼 안주머니에서 무언가를 꺼내셨다. 며칠 전부터 갖고 싶은 입학선물이 뭐냐고 물었지만, 어머니 눈치를 살펴 말하지 못했다. 그런데 그토록 갖고 싶었던 손목시계가 아버지 손에 들려 있었다. 그래서일까. 초등학교 입학선물은 뭔가 뭉클한 기억으로 남았다. 아마도 아버지는 그 선물을 크게 마음먹고 준비한 것이리라.

"우리 쌍디들, 입학 축하해! 이제 1학년이네."

"뭐, 시계? 무슨 돈이 있다고 시계를 사 왔노! 진짜!"

이제 초등학생이 되면 시간을 볼 줄 알아야 한다며 어머니의 큰소리에도 이번만큼은 아버지도 지지 않을 기세였다. 밝은 표정으로 미키와 미니마우스의 그림도 보여주고 노란색과 초록색 줄의 두 가지 중 각자 마음에 드는 것을 골라보라고 하셨다. 주춤하는 사이 진주가 초록색을 집었다. 나도 초록색이 좋았지만 남은 건 노란색. 그래도 좋았다. 그렇게 아버지는 활짝 웃으며 나와 진주에게 시계 줄 끼우는 방법을 자세히 가르쳐주셨다. 또한 아버지는 월급날이면 어김없이 사 왔던 시장통닭도 있었다. "짜잔!" 하며 품에 안은 나머지 하나가 뭔지 맞춰보라고 하셨지만, 이미 누런 종이에 기름이 묻은 걸 보며 우리는 즐겁게 "통닭!" 하고 외쳐댔다. 그렇게 과묵했던 아버지의 잔잔한 정은 화려하진 않았지만 소중한 사랑으로 남았다.

지병은 지병이다

아버지는 아침저녁으로 찬바람이 불 때면 어김없이 깊은 기침을 했다. 그 기침은 상황에 따라 가볍기도 했지만 어느 땐 폐병 환자처럼 숨이 곧 멎을 것 같기도 했다. 아버지는 감기몸살을 자주 앓았고 유전적으로 나 또한 동생들에 비해 힘들고 피곤할 때면 목이 붓고 감기를 달고 살았다. 그래서인지 우리 가족은 겨울마다 갈아주는 어머니의 민간요법인 생무 주스를 먹었다. 쓰고 떫은 무즙을 한 모금 마시면 구토가 올라왔지만 다시 삼키기를 반복했고, 아버지와 우리는 먹을 때마다 어머니 눈치를 살폈다. 어머니는 항상 본인이 옳다고 생각해 다른 사람의 의견은 듣지 않았다. 쓴 무즙에 꿀이라도 섞어주면 좋으련만 꿀은 너무 비싸 어림도 없는 일이었다. 사실 우리 가족은 이런 어머니의 가치관으로 억지로 해야 하는 것들이 대부분이었다.

물론 가족을 사랑하는 마음이긴 하지만, 글쎄 뭐가 정답인지는 알 수 없다.

　이런 일도 있었다. 등교하는 아침, 밥이 넘어가지 않아 다 먹지 못하고 있을 때 아버지는 그만 먹으라고 하셨고, 어머니는 지각을 하더라도 밥공기를 비우라고 하셨다. 결국 이 일로 부부싸움이 일어났고 눈치를 보며 꾸역꾸역 다 먹으니 "봐, 먹을 수 있잖아! 마, 모르면 가만 있어라!"며 어머니가 승리한 듯 아버지께 더욱 큰소리를 치기도 했다. 그럴 때면 아버지는 우리에게 안쓰러운 눈빛을 보냈다.
　내가 고열이 나던 날, 어머니는 개근상을 받아야 한다며 등교를 감행했다. 2교시를 마치고 보다 못한 담임선생님이 어머니께 조퇴해야 한다고 전화해 집으로 돌아오게 되었다. 어머니 잔소리에 가고 싶진 않았지만 통화가 되었다는 말에 마음을 놓았다. 하지만 나는 그때 어머니가 한 말을 잊을 수가 없다.
　"아프나? 많이 아프나? 6년 개근상은 어떡할 건데? 어휴, 진짜!"
　또한 시대적 교육관으로 기회의 차별을 받고 자란 어머니는 교육열이 높았다. 주변에서 아이들의 교육과 훈육법을 알려주면 의심 없이 따랐다. 진주는 어머니가 체벌을 할 때면 묵묵히 손바닥을 맞고 있는 나와 달리 도망부터 다녔다. 진주를 붙잡으러 다니다 힘이 다 빠지자 이웃이 해준 조언은 "팬티만 입혀 놓고 때려! 그럼 아무 데도 못 가!"였다. 그 시절 부모의 체벌이 흔했기에 내 친구는 전 과목에서 2개나 틀렸다고 어머니께 맞아 며칠을 업혀서 등교하기도 했다. 그럼 어머니는 놓치지 않고 우리에게 경고했다. "너희도 저렇게 안 되려면 공부 잘해!" 그렇게 이사한 아파트는 엄마들의 치맛바람에 친구들 간의 경쟁을 부추겼다. 이러한 점은 아이러니하게도 좋은 방향으로 흘러가긴커녕 집집마다 부부싸움 거리가 되었다.

학교를 다녀온 오후, 어머니가 저녁 준비를 하는 동안 나는 미정과 함께 진주가 놀고 있는 놀이터로 갔다. 얼마나 놀았을까. 멀리서 어머니 목소리가 들렸다.

"진주야, 향아! 어서 들어온나!"

"네!"

어머니는 베란다 창문으로 얼굴을 내밀고 손을 흔들었다. 우리도 어머니가 들을 수 있도록 크게 대답했다. 그런데 갑자기 진주는 더 놀겠다고 했다.

"야! 안 된다. 엄마가 들어오라 했잖아!"

"싫다! 좀 더 놀다 갈기다. 니 혼자 들어가라!"

그러고는 진주는 친구들이 모인 곳으로 뛰어가 버렸다.

어머니는 우리가 집에 들어오지 않으면 직접 내려와 찾지 않고 아파트 단지가 떠나가라 외쳐대기만 했다. 그래서 이웃 주민에게 조용히 하라는 소리를 듣기도 했다. 1980년대 동네 풍경은 시끌벅적함이 있었다. 해질 무렵이면 어김없이 여기저기서 아이들 부르는 소리가 들렸다. 그러면 보통 누구 집 아이가 가장 늦게까지 밖에 있는지도 알게 되었다.

"쟤는 엄마 아빠가 이혼해서 할머니가 키우니 저렇게 늦게까지 있네! 쯧쯧쯧."

어머니는 아이들의 집안 사정을 훤히 알고 있었다. 이제 이런 사건들은 다음 날 동네 아주머니들의 가십거리가 될 것이다.

집으로 들어선 나는 어머니의 눈치를 살폈다.

"진주는 같이 안 오고 와 또 니만 왔노?"

"들어가자고 했는데 친구들하고 더 놀겠다고 도망갔는데…."

"이 가시나 누굴 닮아서 저 모양이고, 빨리 가서 안 데꼬 오나!"

하는 수 없이 진주를 찾으러 나섰다. "콜록콜록!" 쌀쌀해진 바람에 기침이 났다. 아버지도 감기에 걸린 지 며칠 된 상태라 어머니는 기침 소리에 민감해져 있었다. 놀이터 두 군데를 돌고 아파트를 동마다 다녀도 진주는 없었다. 아버지가 퇴근하기 전에 집에 도착해야 한다는 부담감에 가슴을 졸였다. 드디어 학원 상가 뒤에서 친구들과 놀던 진주를 발견했다. 내가 흥을 깨자 "아씨, 저 가시나 진짜!"라고 했지만 등쌀에 못 이겨 집으로 향했다.

늦게 들어온 진주로 인해 집안 분위기가 심상치 않았다. 어머니는 퇴근하신 아버지를 향해 누굴 닮아서 아이들이 말을 안 듣는지 모르 겠다며 잔소리를 퍼부어댔다.

험난한 저녁상을 치르고 잠자리를 준비할 시간, 이불을 깔아 각자 자리를 찾았다. 하지만 어머니의 투덜거림은 아직 끝나지 않았다. 설 거지를 하는 동안 이웃의 기쁜 소식에 신세 한탄을 하며 짜증이 최고 조에 달했다. 그러자 방에서 함께 이부자리를 펴던 아버지가 내게 불 쑥 말씀하셨다.

"니는 왜 동생 안 보고 혼자 댕기노!"

아버지도 어머니 잔소리에 지쳤나 보다. 그리고 내 얼굴을 후려쳤 다. 순간 벼락이 친 걸까. 뭔가 번쩍였다. 그때까지 아버지는 우리를 한 번도 때린 적이 없었다. 보통은 손들고 서 있기, 엎드려뻗치기, 엎 드려뻗친 후 다리 하나 들기 등 벌을 준 게 다였다. 그런데 처음 아버 지 손에 맞은 날, 너무나 당황스럽고 억울한 마음에 눈물이 났다. 하 지만 소리를 낼 순 없었다. 어머니와 아버지가 또 싸울 거니까. 나는 몸을 일으켜 세워 눈물을 닦았다. 이게 꿈인지 생시인지 분간도 되 지 않았다. 묵묵히 일어난 내가 괘씸했는지 아버지는 다시 또 후려 쳤다. 아버지와 나의 긴장감으로 두 동생은 조용히 자리에 누웠다. 뒤늦게 우는 나를 발견한 어머니는 "니는 와 지 짜고 있노!"라고 물었지만 아무 말도 할 수 없었다. 그리고 자꾸만 나오려는 기침을 이불로 틀어막고 빨리 잠들기만을 바랐다. 그렇게 방 안의 불이 꺼지고 깜깜한 밤. 우리 가족은 각자의 응어리를 가슴에 품고 잠이 들었다.

88코리안 나이트클럽

새 보금자리로 이사한 지도 3년이 되었다. 행복하지도 즐겁지도 않은 생활에서 우린 그럭저럭 적응했고 진주와 나는 초등학교 3학년이 되었다. 천식과 만성기관지염이 있던 아버지는 공장의 작업 환경으로 결국 지병이 악화되어 일을 그만두었다. 그렇게 어머니는 감전동에서 술 장사를 하는 이모와 몇 번 만나더니 사상에 나이트클럽을 개업한다고 했다.

하교 후 부모님은 우리를 기다렸다는 듯이 가방만 벗어 놓은 채 세 자매를 이끌고 사상으로 갔다. "어때? 여기가 이제 엄마랑 아빠랑 장사할 곳이야! 멋져?" 간판을 가리키며 이름이 마음에 드냐고 물었다. 하얀 간판에 까만 글씨로 쓰인 '88코리안 나이트.' 88올림픽이 서울에서 열려서 붙인 건가? 어릴 적, 작은고모네 집에 갈 때면 도로에서 시위를 하는 단체와 자주 부딪혀 최루탄 등을 던지는 통에 더운 날씨에 버스 창문을 닫고 몇 시간을 길에서 고생한 적이 있었다. 작년에는 올림픽 개최를 추진하던 중 비행기 폭파 사건이 일어나고 우리나라도 한동안 어수선했지만 무사히 올림픽이 진행되기로 해서 그런지 여기저기서 '88'이란 숫자가 유행처럼 간판으로 내걸렸다.

잠시 후 약속이나 한 듯 부모님의 지인들이 모였다. 그렇게 일행들은 어두운 지하 계단을 내려갔다. 깜깜했던 실내에 불이 켜지고 천장에는 조화로 된 수박 덩굴과 깜빡이는 전구마다 새어 나오는 불빛들은 알록달록했다. "우와 예쁘다!" 우리는 테이블마다 다니며 소파의 쿠션감을 확인했다. "와! 이게 소파다, 소파! 진짜 푹신푹신하다!" 아버지와 어머니는 함께 온 지인들과 무대의 커다란 조명 아래서 노래를 부르기 시작했다. 미로 같은 테이블을 돌아다니며 술래잡기를 하는데 어머니의 제지로 자리에 앉았다. "아빠 노래 부르는 거 잘 봐! 노래 엄청 잘한다!" 어머니의 눈빛이 반짝였다. 아버지의 다른 모습에 설레인 듯했다. 우리는 얌전히 어른들을 바라보았다. 술을 마시지 않는 아버지는 노래와 춤을 추었고 어머니는 가게의 종업원 이모들과 맥주를 마셨다. 휘황찬란한 분위기 속에 어리둥절한 세 자매는 그렇게 아버지와 어머니의 특별한 모습을 목격했다.

이후 부모님은 밤에 함께 출근해서 일했고, 우리는 하숙방 삼촌들의 보호 아래 밤을 보냈다. 가끔 학교를 다녀오면 어머니와 아버지는 주변 사람들을 집으로 데려와 가게 이모들과 블루스를 추며 낄낄거리기도 했고, 방 안 테이블에는 맥주와 마른안주들이 즐비했다. 한번씩 열리는 방문 사이로 찌든 담배 냄새와 자욱한 연기가 뿜어져 나와 숙제를 다 한 자매들이 거실에 있을 때면 어른들은 황급히 문을 닫기도 했다. 한낮 시끄러운 음악 소리와 웃음소리가 궁금해 우리는 조용히 방문에 귀를 대고 엿듣기도 했다. 그러나 어머니가 담배를 피우는 모습을 우연히 목격한 이후부터 나는 동생들을 데리고 작은 방에서 조용히 어른들이 나가기만을 기다렸다. 그동안 어머니는 억척스럽게 살림 장만과 자매들의 교육에 집중했지만 이젠 모든 걸 내팽개치고 아버지와 유흥을 즐기고 있었다.

학교에서 친구들과 캠프를 갈 수 있다는 말에 나와 진주는 걸스카우트 신청서를 받아왔다. 어머니께 어떻게 얘기할지 몰라 주저하고 있는데 진주가 신청서를 꺼냈다.

"엄마, 나 이거 하고 싶어! 해줘."

"그래? 반장이니까 해야지. 해! 그런데 향이 너도 하려고?"

초조한 마음으로 말없이 고개를 끄덕이자 어머니가 웬일로 흔쾌히 허락하셨다. 진주는 더펄이지만 어릴 적부터 발표와 노래를 잘해 주변의 시선과 칭찬을 받으며 자랐다. 반면 내성적이고 수줍음이 많은 나는 쌍둥이란 이유로 진주와 비교 대상이기만 했다.

　얼마 전 반장선거가 있는 날, 내 차례가 되어 교탁 앞으로 나가 수
줍어 머뭇거리다 선생님의 도움으로 겨우 몇 마디만 했다. 이제 끝냈
다는 후련함에 고개를 들었을 때, 교실 복도 창문에서 누군가 바라보
는 느낌, 바로 어머니였다. 실망 가득한 눈빛으로 미간은 잔뜩 찌푸
려졌고 입술도 깨물고 있었다. 그리고는 황급히 모른 채 지나갔다.
그리고 그날 밤, 어머니는 아버지께 이야기했다.

　"오늘 애들 반장선거해서 선생님을 좀 보러 갔더니만 글쎄 진주는
또박또박 말도 잘하던데 향이는 바보처럼 서 있어서 내가 괘씸해서
향이 담임은 안 보고 왔다! 쟤는 누굴 닮아서 저런지 모르겠다니까!"

　"그래도, 향이 담임도 보고 오지."

　"뭐 하러? 쓸데없는 짓이지!"

　나는 그때의 어머니 모습을 잊을 수 없다. 그건 처음으로 느낀 모
멸감이었다. 어머니의 냉랭함은 진주와 함께할 때 더욱 심해 항상 눈
치를 보게 했다. 어쨌든 어머니는 가게 일로 바빠져 우리에게 소홀해
진 미안함과 학교운영위원이란 자존심으로 각종 행사와 걸스카우트
신청도 무난히 허락했다. 크게 기대하지 않았던 진주와 나는 기분이
최고가 되었다.

　드디어 제복을 입고 걸스카우트 임원 배지를 받는 날이 되었다.

당시 초등학교 저학년은 대부분 수업이 오전과 오후반으로 나뉘었다. 아버지는 제복을 사기 위해 아침부터 서면에 나가 약도가 그려진 종이를 들고 헤매고 어머니는 오후 등교 시간 안에 도착하라며 재촉하는 중이었다. 겨우 가게를 찾긴 했지만 영업 시작을 기다려야 해 학교에서 아버지를 만나 갈아입기로 했다. 다시 어머니의 짜증이 시작됐다. 갑자기 오만 가지의 불만을 우리에게 토해내셨다.

"아 진짜, 아직까지 안 사고 뭐 하고 있단 말이고! 문도 빨리 안 열고! 느그는 와 그걸 한다 해서 사람을 이렇게 힘들게 만드노! 빨리 옷 안 입나? 제복은 학교 가서 갈아입자! 여기서 기다리다간 더 늦겠다. 벌써 시작했을 건데 우짜노! 빨리 가자! 빨리빨리 안 움직이나!"

어머니의 다그침에 진주와 나는 부랴부랴 옷을 갈아입고 초조한 마음으로 집을 나섰다. 개회식이 시작되고 잠시 후 아버지도 도착했다. 선생님의 안내로 빈 교실을 찾아 급히 옷을 갈아입었고 임원배지도 늦지 않게 받았다. 이제 여유로워진 어머니는 환한 미소로 우리를 중간에 세우고 선생님들과 사진을 찍었다. 언제 화가 났느냐는 듯 주위 사람들과 즐겁게 이야기를 나누었고, 우리 모습이 정말 멋지다며 연신 자랑하셨다. 전쟁터 같은 삶의 찌든 시간을 보내고 찾은 오후의 부드러움과 평온함은 마치 가면무도회에 참석한 것 같았다. 아버지는 쌀쌀한 날씨에도 이마엔 송골송골 땀이 맺혔다. 초라하게 한편에 서 있는 아버지 모습이 자꾸 마음에 걸렸지만 우리를 이끌고 이리저리 사진 한 장이라도 더 찍으려는 어머니의 호들갑에 아버지와의 거리는 더 멀어질 뿐이었다.

가끔 사진첩을 열면 그때의 사진엔 어머니의 밝은 표정과 대비되는 내 표정이 고스란히 묻어 있다. 어머니는 사진을 찍을 때마다 제대로 웃으라고 몇 번을 충고했지만 나는 끝내 그러지 못했다. 다시 그 시절로 돌아간다 해도 그때 겪었던 소란을 떠올리면 제대로 된 미소는 나오지 않을 것 같다. 가식적 웃음과 미소를 지을 수 없는 건 아마도 어머니가 입버릇처럼 얘기한 융통성 없는 아버지 성격을 닮아서 그런가 보다.

쪽지와 부모님의 비밀

농사일이 쉬는 기간, 당뇨가 있던 외할머니가 병원에 가기 위해 우리 집으로 오셨다. 어머니는 외할머니가 가져온 짐을 정리하느라 분주하고 이제껏 딸 집에 한 번도 방문하지 않은 외할머니는 아파트가 신기했는지 여기저기를 살펴보셨다. 아버지는 외할머니를 따라 방문과 화장실 사용하는 방법 등을 차근히 설명해드렸다.

늦게 시작한 아침 밥상으로 이른 저녁이 준비되는 휴일, 베란다 창문 틈으로 해가 하늘을 노랗게 물들이며 빛을 보냈다. 외할머니도 어머니의 저녁 상차림을 돕겠다며 옆에서 계란프라이를 하셨다. 외할머니의 계란프라이는 특징이 있다. 프라이를 먹을 때마다 껍질도 함께 씹어야 한다는 것.

"으, 엄마 뭐가 씹혀!"

보통 어머니는 할머니가 눈이 어두워 그런 거라며 껍질을 발라 다시 주셨다. 그런데 오늘은 짜증이 많았다.

"아, 진짜! 엄마는 계란에 또 껍데기 넣었나? 애들이 어째 묵노? 내가 아무것도 하지 말고 앉아 있으라 했제!"

어머니는 외할머니에게 갑자기 화를 내더니 접시를 들어 몽땅 개수대에 버렸다. 평소 음식이 아깝다고 남은 음식도 억지로 먹였는데 우리는 모두 당황했다. 외할머니는 섭섭한지 식사를 하는 둥 마는 둥 하시더니 화장실로 가셨다. 아버지가 이제 그만하라고 행동을 제지했지만, 어머니가 왜 화가 났는지 아무도 알 수 없었다.

저녁 식사가 마무리될 즈음 갑자기 화장실에서 '쨍그랑!' 소리가 났다.

"어머니! 괜찮으세요? 다치진 않으셨어요?"

아버지가 깜짝 놀라 뛰어가 화장실 문을 열어 외할머니를 살폈다.

"아이고! 그래, 나는 괜찮다. 근데 이기 와 깨지노?"

깨진 변기 뚜껑이 외할머니 손에 들려 있었다.

"엄마! 그걸 왜 깨는데? 진짜 마! 돈이 얼마짜린데 깨고 난리고!"

"아니, 나는 어데서 물소리가 나길래 열어봤지. 다시 덮으라는데 무거워 떨어졌다 아이가."

어머니는 외할머니의 말은 듣지도 않고 당장 나가 변기 뚜껑을 사 오라며 소리를 질렀다. 아버지가 옆에서 말렸지만 아무 소용이 없었다.

"됐다! 가시나 마, 딸년 키워봐야 소용없단 말이 맞다. 내가 사다 주면 될 거 아이가!"

외할머니도 화를 내며 결국 집 밖으로 나가버리셨다. 아버지는 어머니를 보며 한숨을 내쉬더니 곧장 외할머니를 따라나섰다. 그리고는 잠시 후, 아버지 혼자 들어오셨다.

"엄마는?"

"어머니 가셨다! 어딜 가서 사 오신다고 당장 사오라카노?"

"그래서 엄마를 보냈나?"

"내가 아무리 말려도 어머니가 말을 듣나? 화도 많이 나셨는데."

"그래도 그렇지! 엄마 길도 모를긴데, 보내면 어떡하노!"

외할머니가 가신 게 또 아버지 탓이 돼버렸다. 아버지는 방에 들어가 한숨만 쉬었고, 우리는 자동적으로 책상에 앉아 공부하는 척하며 부모님 눈치만 살폈다. 이후 외할머니는 부산에 오셔도 우리 집엔 오지 않으셨다.

며칠 동안 아버지가 집에 오질 않았다. 어머니도 별말이 없고, 여느 때와 마찬가지로 우리는 토요일이라 목욕탕을 갔다. 어머니는 그날도 목욕탕에서 어떤 아주머니와 싸웠다. 조그만 탕의 더운물을 함께 쓰는데 서로 온도가 맞지 않다는 게 이유였다. 시선이 집중되고 목욕탕 안에는 쩌렁거리는 어머니 목소리로 울렸다. 또다시 긴장하는 세 자매. 어른들의 싸움으로 얼굴에 튕기는 물을 조용히 닦으며 그저 끝나길 기다릴 뿐이었다. 평소 어머니는 짜증과 화를 참지 못했다. 시장에서도 값을 깎아주거나 덤으로 주는 경우가 없으면 상대방에게 오히려 화를 냈다. 내게 함께 시장을 가자면 무섭고 두려움부터 생겼지만 짐을 들어야 하기에 어쩔 수 없었다. 정말 이럴 땐 더펄이 진주가 부럽기만 했다.

저녁노을이 질 무렵, 목욕탕을 나와 집으로 향했다. 긴 외출을 끝내고 돌아온 아버지가 어머니를 따라 들어온 세 자매를 반겼다.

"우리 쌍디들, 목욕 다녀왔나? 아이고, 예쁘네! 아빠 안 보고 싶었나?"

갑자기 친근히 사랑 표현을 하는 아버지가 낯설어 머뭇거리다 자꾸만 재촉하는 질문에 작은 목소리로 겨우 대답했다.

"보고 싶었어요…."

'아버지도 우리가 보고 싶을 때가 있구나'라고 생각하며 조용히 어머니 눈치를 살펴 해야 할 일이 뭔지 찾아 움직였다. 무슨 일일까? 어머니는 평소와 다르게 잠들기까지 아무 말이 없었다. 그리고 아버지는 기분이 좋은지 오랜만에 놀아준다며 말타기와 씨름을 하자고 하셨다.

며칠 잠잠하던 아버지가 다시 외박이 잦아졌다. 아버지와 함께한 나이트클럽은 개업 후 몇 달 뒤 처분했고 지금은 아버지 홀로 주점 일을 했다. 어머니는 가끔 어딘가에 전화해 욕부터 하며 상대방과 싸우는 일이 많아졌다. 그리고 요즘은 아래층에 내려가 주변 분들과 어울리느라 저녁이 돼서야 올라오셨다. 한 번씩 이웃에 사는 돌쟁이 아기를 데려와 나이트 간 아기 엄마 대신 아이를 봐줄 때도 있었다. 어릴 적부터 미정을 돌봐온 나는 어머니를 거들어 새벽에도 일어나 아기 분유를 만들었다. 하지만 아기는 내가 잠을 설쳐 몇 번 코피가 나고부터는 데려오지 않았다.

아버지가 집에 들어오는 날이면, 그동안 정리되지 않았던 설거지와 이부자리가 깨끗이 정리되었다. 평소 아버지는 방바닥에 머리카락 하나만 떨어져도 세 자매를 불러 경고를 한 후 치웠다. 집안 정리에 게으른 어머니는 아랫집에서 화투 치는 시간이 차츰 길어졌고 아버지가 오시는 날이면 어머니와 싸우는 날이 돼버렸다. 부모님 싸움과 눈치를 보는 것에 이제 익숙해진 우리는 미리 해야 할 일을 찾았고, 모르는 것이 있으면 서로에게 의지해 문제를 해결했다.

학교를 다녀온 나는 숙제를 하기 위해 화장대 서랍을 열었다. 알림장 확인 도장을 찍기 위해 어머니가 일러둔 대로 서랍장을 뒤졌다. 그런데 알 수 없는 서류뭉치가 흩어져 있었다. 무심코 접힌 서류를 펼치니 '이혼청구서'였다. 이혼이란 부부가 따로 사는 것. 열 살이지만 그 정도는 알고 있었다. 정신이 혼미해졌다. 드라마에서 보던 이혼? 어머니는 아버지와 싸울 때면 마지막엔 늘 이혼하자고 아버지를 닦달했었다. 이제 어머니 뜻대로 된 서류. 그런데 어머니랑 아버지는 아직 함께 살고 계신다. 왜일까? 어린 마음에 생각이 복잡하게 뒤엉켰다.

부모님은 싸움이 일어난 후 가끔 우리에게 하얀 쪽지를 건넸고 누구와 살 건지 비밀투표라며 종이에 적으라고 했었다. 나와 미정인 '엄마', 진주는 '둘 다'였다. 아버지가 집에 오시지 않는 날이 잦아지면서 나는 엄마와 함께해야 학교에 다닐 수 있다고 생각한 것이었다. 이혼청구서를 보며 큰 충격을 받았지만 누구에게도 물어볼 수가 없었다. 어머니와 아버지의 도장이 찍혀 있는 걸 보니 보통 일은 아닌 것 같았다. 하지만 다시 서류를 접으며 마음속으로 아니길 빌었다. '부모님이 싸워도 그냥 이대로 내가 아무것도 못 본 것처럼, 그렇게 아무 일도 일어나지 않고 지금처럼 모두가 제자리에 있기'를 기도했다.

어머니의 부재

어머니의 호들갑과 등쌀, 아버지의 과묵함은 그럭저럭 가정을 일구는 데는 무리가 없어 보였다. 가끔 아버지는 집에 들어오시지 않았고 어머니는 아랫집에서 온종일 시간을 보내는 것 외엔 평범했다. 그러던 날 어머니는 낯선 아저씨를 집으로 데려와 우리에게 소개했다. 아버지와 밥을 먹는 날보다 아저씨와 저녁 식사를 하는 날이 많아졌다. 어머니는 아버지에게 이야기하지 말라고 일렀고, 그때부터 우리는 어머니의 바람을 동조한 딸들이 되었다.

아버지와 어머니의 관계가 멀어질수록 아저씨는 우리 집으로 퇴근하는 날이 많아졌다. 아버지가 휴일, 집에 계시는 날에는 어머니가 나를 데리고 이모 집에 간다며 거짓말을 했고, 아저씨를 만나 주말

동안 여행을 다니기도 했다.

어머니를 따라다니며 남은 기억은 지독한 멀미였다. 멀미약을 먹어도, 키미테(멀미 패치)를 붙여도 버스를 타고 다니는 시간을 이겨내지 못했다. 항상 내 주머니엔 약국에서 받은 검은 비닐봉지가 있었고, 다른 좌석에 앉아 있는 어머니와 아저씨의 눈치를 살피며 소리 죽여 구토를 했다. 그리고 목적지에 도착해 들고 내린 구토물을 보이면 어머니는 좋은 기분을 망쳤다는 듯 짜증스러운 눈빛을 보냈다. 그렇게 물만 마셔도 멀미를 하는 일이 많아지자 결국 종일 속을 비우고 어머니를 따라 다녔다. 그때를 떠올리면 지금도 탈진할 것처럼 힘부터 빠진다. 지치고 재미없는 여행에 집에서 쉬고 싶은 날엔 어머니가 이렇게 말했다.

"아저씨가 딸이 없어서 너를 제일 예뻐해! 그러니까 같이 가!"

그동안 진주에게만 집중되었던 어머니의 관심이 이제 내게로 옮겨왔고 그동안의 부족했던 사랑을 한꺼번에 받는 거라고 생각하면 그렇게 싫지도 않았다. 그래서 아무 말 없이 따랐는지도 모르겠다. 그러나 가장 힘든 건 여행을 다녀오면 부러워하는 동생들의 눈빛과 질문, 아버지와의 어색한 분위기에 침묵하는 것이었다.

왜 내게 그런 일을 겪게 했을까? 어머니의 외도에 나는 그저 필요 대상일 뿐이었다. 집으로 돌아오면 다시 진주에게 집중하는 건 여전했다. 아저씨와의 만남이 대담해질수록 아버지의 추궁도 잦아졌다. 아마도 아이들의 눈빛은 비밀을 숨기는 데 한계가 있었나 보다. 이윽고 아버지도 우리에게 어떤 아주머니를 소개하며 함께 놀이공원과 경양식집에 데리고 다녔다. 돈가스가 특별했던 시절, 우리는 맛있는 음식에 현혹되어 어느새 부모님의 비밀을 즐겼다. 그리고 집으로 돌아오면 동생들과 말을 맞추며 서로 꾸민 이야기를 연습하기도 했다.

부모님에 의해 허용된 거짓말, 문득 아버지께 왜 거짓말을 해야 하느냐고 물었다.

"향아, 세상에는 착한 거짓말과 나쁜 거짓말이 있어. 나쁜 거짓말은 다른 사람 기분을 나쁘게 하는 거고, 착한 거짓말은 다른 사람의 기분을 건드리지 않는 거야! 굳이 사실을 이야기해서 기분이 나빠지는 것보다 착한 거짓말을 해서 조용히 넘어가는 게 좋은 거지."

나는 그때 거짓말에도 종류가 있다는 걸 알았고, 이해가 되지 않아 혼란스러웠다. 하지만 집안의 화목을 위해 거짓말을 해야 한다는 정당성으로 스스로를 합리화하기 시작했다.

당감동에 있는 할머니와 큰고모가 집에 오셨다. 결혼을 하지 않은 큰고모는 할머니와 함께 살고 있었다. 어릴 적부터 진주와 나는 쌍둥이란 이유로 번갈아 할머니 집에서 주말을 보냈고, 밤이면 낯설어 잠

못 이루는 손녀를 위해 할머니는 등에 업고 마당에서 자장가를 불러
주었다. 마른 할머니의 등은 딱딱하고 좁았지만 언제나 푸근하고 따
뜻했다. 이가 빠진 날은 마당으로 나와 할머니가 까치를 불렀다.

"우리 향이 이가 빠졌네! 까치야, 까치야. 헌 이 줄게, 새 이 다오!"

노래를 부르며 지붕 위로 이를 던지는 모습에 또 이가 빠져도 겁
나지 않았고 할머니와 함께 까치를 불렀다. 그날의 따뜻했던 기억은
오늘날 내 아들의 이가 빠져도 할머니처럼 까치를 부르게 한다. 아파
트 베란다에서 던진 이가 창밖에서 바닥으로 떨어지는 걸 보며 아들
은 까치가 없는데 언제 가져가는지 걱정했지만 사람이 없을 때 살짝
가져가는 거라고 둘러댔다. 지붕 위로 이를 던졌던 추억이 지금은 바
닥에 쓰레기를 버리는 모습 같아 조금 씁쓸하긴 하지만 겁이 많은 아
들의 마음 달래기에는 꽤 효과가 있다. 이제 여덟 살이 된 아들은 이
가 빠질 때면 스스로 베란다 창문을 열어 까치를 찾는다.

"엄마, 나 이 빠졌어! 빨리 와. 까치한테 줘야 해. 그래야 새 이 나
오잖아!"

그렇게 내 아들은 까치가 새 이를 주는 거라 아직 믿고 있다. 몇 년
전 돌아가신 할머니와의 따뜻했던 추억을 이제 아들에게도 물려줄
수 있어 참 뿌듯하다.

그런데 오랜만에 집에 오신 할머니와 고모가 여느 때와 달랐다.

할머니는 집 안을 훑으시며 물건을 다시 정리했고, 큰고모는 우리를 모두 앉으라 했다. 알 수 없는 분위기에 조용해졌다. 그리고 큰고모가 입을 뗐다.

"너희 엄마 남자 있지?"

"…."

갑작스러운 질문에 우리는 아무 말도 하지 못했다. 사실 뭐라고 말해야 할지 몰랐다. 부모님이 서로에 대한 거짓말만 일렀지 할머니와 큰고모에겐 어떻게 말해야 하는지 알려주지 않았기 때문이다. 뭐라고 하나? 눈빛이 흔들리고 입술이 떨렸다. 그러나 진주는 상황에 따라 태연히 말도 잘했다.

"아니요. 없어요! 몰라요!"

큰고모가 고개를 갸우뚱했지만 진주가 아니라 우겼고 아무것도 모른다고 말했다. 순간 진주의 당당함이 부러웠다. 나는 왜 그런 말이 나오지 않을까?

갑자기 일어난 상황. 누가 잘못한 걸까? 아니, 누가 옳았을까? 세 자매는 정황도 모르고 부모님이 시키는 대로 나날이 거짓말을 하는 죄인이 되어갔다. 그 시절 남자의 바람은 정당했고 여자의 바람은 큰 죄가 되는 분위기였다. 남자의 바람은 무조건 수용하란 말이 있었기에 성에 대해 열등감이 있는 어머니는 용납하지 못했을 거다. 그래서

맞바람이란 걸 선택했을까? 아주 당당히. 그렇다면 자식들은 어떻게 해야 하는 건가? 어른들이 말하는 '착한 아이'가 되기 위해 부모님의 잘못을 무조건 수용하는 게 옳았던 걸까?

학교를 마치고 집에 들어와 현관에서 신발을 벗는데 어머니 신발이 보이질 않았다. 몇 개씩 있는 슬리퍼도 없었다. 뭔가 잘못된 기분이 들었고 본능적으로 아니길 바랐다. 집 안을 뒤져 어머니 물건도 찾았지만 머리핀 하나 남지 않았다. 멍하니 선 채 슬픈 감정이 차올랐다. 하지만 고개를 저으며 내 생각이 틀리길 기도하며 어머니 귀가를 기다렸다. 동생들이 하교하고 해가 기울었지만 어머니는 아직 소식이 없고 행방을 묻는 동생들에겐 아무 말도 할 수 없었다. 얼마나 흘렀을까. 한참 텔레비전을 보고 있는데 현관문 열리는 소리가 났다. 우리는 부리나케 달려나갔지만 어머니가 아닌 아버지가 두 손에 가득 장을 보고 들어오셨다.

"다녀오셨어요! 아빠, 이게 뭐예요? 그런데 엄마 아직 안 왔어요."

"엄마 이제 안 들어온다! 아빠가 밥 차려줄게!"

"왜요? 엄마 멀리 갔어요? 그럼 우리 TV 봐도 돼요?"

진주는 아버지께 어머니의 부재를 확인받고는 잔소리에서 해방됐다며 좋아했다. 하지만 나는 '이제 안 들어온다'라는 아버지 말이 걸려 함께 좋을 수가 없었다. 저녁상을 차리는 아버지 분위기를 살피며 부엌을 어슬렁거려 보았지만 아버지는 더 이상 말이 없었다.

　식사 후 아버지는 놀거리를 찾아 우리와 즐거운 시간을 보내주었고, 잠이 들 때도 옛날이야기를 잔잔히 들려주며 평소와 다르게 다정다감했다. 불을 끄고 각자 이부자리를 찾아 눈을 감았을 땐 내 눈가엔 소리 없는 눈물만 흘렀다. 그 눈물은 집을 나간 어머니에 대한 걱정과 아무렇지 않은 듯 애쓰는 아버지에 대한 안쓰러움. 그리고 그동안 가슴 졸이며 버텼던 삶들이 마침내 종지부를 찍고 어머니께 결국 버려졌다는 처절한 슬픔이기도 했다.

4장

홀로서기는 자기 몫

첫 번째 이별 : 따돌림

요즘 따라 하늘이 유달리 파랗게 맑다. 그래서 참 밉다. 누군가 이렇게 말했다. "우리가 헤어져도 같은 하늘 아래 있으니 함께 있는 거야"라고. 문득 떠오른 생각에 집 나간 어머니가 보고 싶을 땐 어김없이 하늘을 올려다봤다. 유난히도 청명하고 맑은 하늘을 보며 난 이리도 슬픈데 너는 왜 그렇게 맑은 거냐며 괜히 원망해보기도 했다. 그시절, 왜 그렇게 날씨가 좋았을까? 추운 겨울이 지난 따뜻한 봄, 누구나 기대와 설렘으로 시작하는 한 해의 첫 계절인 '봄'이었기에 외로움이 더했나 보다.

"엄마! 엄마도 저기 파란 하늘 보고 있어? 나도 잘살고 있어! 우리 걱정하지 말고 행복하게 살아."

길을 걷다가도, 친구와 숨바꼭질을 하다가도 문득 어머니가 그리울 때면 하늘을 향해 그렇게 혼잣말을 했다.

하교 후 조용한 집 안, 가방을 벗고 나면 어느새 베란다로 가 창밖을 내다보는 게 이제 일상이 되었다. 처음 이사 왔을 땐 창문에 키가 닿지 않아 시멘트 벽돌을 받쳐야 했지만 지금은 창문을 걸어 잠글 만큼 자랐다. 부엌에서 어머니가 저녁 준비를 할 때, 세 자매는 서로 창밖을 내다보겠다며 벽돌을 비집었었다. 어쩌다 아버지가 퇴근해 오는 모습을 발견이라도 하면 서로 "아빠!"를 불러대며 반갑게 손을 흔들었다. 이제 추억만 남은 베란다에서 특별히 누구를 기다리지도 찾지도 않으면서 우두커니 서 있었다.

오늘도 야속하게도 맑은 하늘 아래 동네 아이들이 신나게 뛰놀고 있었다. 저 멀리 고가도로 위 자동차들은 어딜 가는지 줄짓기가 바쁘다. 무작정 달리면서 앞에 선 차를 놓치지 않겠다고 바쁜 척하는 모양새다. 산 아래서는 가끔 기차가 철길 소리를 내며 나타났다 사라졌다.

"너도 바쁘구나…. 나는 바쁘지 않은데. 이렇게 가만히 서 있어도 될 것 같은데…."

지난 시절 밥때가 되면 어김없이 창밖을 내다보며 세 자매 이름을 차례로 불렀던 어머니. 어머니가 다시 돌아올 수만 있다면 이대로 여기 서서 하염없이 기다릴 수 있을 것 같은데…. 그렇게 나는 틈나는 대로 베란다로 가 하늘을 향해 어머니 안부를 묻기도 하고 눈물을 훔

치기도 하며 유일하게 내 말을 들어주는 하늘과 친구가 되었다.

　어머니가 집을 나가자 할머니가 자주 오셨다. 우리에겐 어머니 행방을 물었고, 아버지에겐 아이들과 앞으로 어떻게 살 거냐고 물었다. 열두 살 된 쌍둥이와 열 살 된 아이, 누가 봐도 남자 홀로 아이 셋을 돌보기는 힘들다고 했을 것이다. 할머니는 계속해서 재혼을 권했고, 아버지는 괜찮다고 했지만 기어코 어떤 여자분을 집으로 데리고 오셨다. 키가 작고 조용했던 그분은 아버지와 수줍게 인사를 나누었고 우리에게 다정히 대했다.
　아버지는 여전히 밤에 나가는 일을 했다. 새어머니가 온 이후로 아버지는 우리와 함께하는 시간이 줄었고, 어머니와 있을 때처럼 다시 말이 없어졌다. 새어머니는 한밤에도 잠을 자지 않고 커피를 마시며 아버지를 기다렸고, 하교할 때쯤 일어나 우리를 돌봐주었다.

　일요일 오후, 새어머니가 아침을 준비하고 아버지는 바둑판을 찾았다. 아버지는 이전에 우리에게 바둑을 가르쳐주셨다. 가끔 오목도 두는 바둑알은 당시 아버지와 우리를 연결해주는 유일한 놀잇감이었다. 밤을 샌 새어머니는 식사 후 다시 주무셨다. 한참 바둑을 두는데 아버지가 갑자기 물었다.
　"아줌마 있으니까 좋아?"

"네? 네."

어른들의 질문에 아이들이 뭐라고 답할 수 있을까? 뻔한 대답이라도 듣고 싶었나 보다. 아버지도 집 안이 정리되고 안정되는 분위기가 싫지 않은 듯했다. 하지만 두 분은 거의 대화를 하지 않았고 새어머니의 외로움은 나날이 커져갔다. 이후 새어머니는 아버지께 편지 한 통만 남긴 채 결국 두 달여 만에 집을 나갔다. 아버지를 대신해서 내가 외롭지 않게 곁에서 말동무도 해드리고 집안일도 거들었지만, 우리와는 상관없는 사람이었나 보다.

또다시 버려지는 건가? 어른들에게 쓸모없고 귀찮은 존재라는 게 슬펐다. 어머니가 한 말이 떠올랐다. "너희들 때문에 내 인생 다 망쳤다! 하나같이 애물단지들밖에 없다!" 하지만 아직 아버지는 우리가 태어난 걸 원망하지 않았다. 그래서였을까. 아버지께 더 이상 골치 아픈 짐 덩어리가 되기 싫었고, 스스로의 존재를 부정하면서도 한편으론 죄송스럽기도 했다. 알 수 없는 혼란으로 우울해 있을 때, 아버지는 무덤덤하게 세 자매를 부엌으로 불러 세웠다. 가스레인지와 밥통 사용하는 법을 가르쳐주었고, 매일 당번을 정해 청소와 설거지를 하자고 하셨다. 그렇게 우리는 어머니가 없는 빈자리를 각자의 역할로 채웠다. 지금은 그저 주어진 임무에 최선을 다하는 것뿐이었다. 어쩌면 그때 생긴 책임감은 모두가 집을 나가고 아버지에게도 버림받지 않기 위해 무의식적으로 가지게 된 것인지도 모르겠다. 그렇게 부여받은 집안일을 해야만 가족 구성원으로서의 자리를 지킬 수 있다고 말이다.

　여느 때와 마찬가지로 하교 후 집에 와 청소를 했다. 아버지는 꼼꼼한 분이라 방바닥의 머리카락과 그릇에 이물질이 있으면 늘 세 자매를 모두 불러 주의를 줬다. 맡은 집안일을 하는데 현관문 열리는 소리가 났다. 동생들이 아닌 어머니였다.

　"엄마!"

　"그래, 잘 지냈나?"

　"엄마, 이제 들어온 거야?"

　"아니, 향이 짐 싸라. 엄마랑 같이 가자!"

　어머니는 큰 가방을 꺼내 내 옷을 챙겼다. 뒤이어 동생들이 하교해 어머니를 반겼고 행복한 시간이 되는가 했지만 나만 데리고 집을 나왔다. 어머니는 그동안 감전동 이모 집에 있었다고 했다. 내가 당장 학교를 걱정하자 이미 전학 서류를 챙겨 정리를 마쳤다며 김해 장유의 막내이모 집으로 간다고 했다.

　막내이모는 시어머니와 가까이 살며 이모부와 족발 식당을 운영하고 있었다. 막내이모네는 식당에 딸린 방 한 칸과 다락이 있는 건물에 살았고, 어머니와 나는 길 건너 뒷동네 이모의 시어머니가 사는 곳에 머물렀다. 시어머니 집은 주인집 1층으로 단독주택이었고 마당 둘레에는 1층짜리 건물이 따로 지어져 열 칸 정도의 방은 세를 주고 있었다. 건물 중앙을 차지한 마당은 시어머니가 아기자기하게 꾸며 놓은 작은 텃밭과 화단으로 아늑함을 느끼게 했다. 하지만 화장실은 내가 싫어하는 푸세식. 어릴 적 외할머니 집에서는 마당에서 해결했으나 지금은 그렇게 할 수 없었다. 화장실에 갈 때면 무서워 몇 번을 망설여야 했고, 용변을 참고 있으면 어머니께 현관에 선 채 "야! 이 가시나! 바보냐?"라는 고함 소리와 함께 신발로 참 많이도 맞았다.

전학 간 학교는 길가 기다란 초록이 이어진 길을 따라가면 나왔다. 연둣빛 초록과 상쾌한 아침 바람은 항상 기분을 가볍게 했다. 등굣길 따르릉 벨을 울리며 아버지 허리를 잡고 자전거에 몸을 실은 아이가 있는가 하면 오토바이를 타고 등교하는 아이도 있었다.

학교에 도착 후 교무실에서 담임선생님과 인사를 했고 교실로 가새로운 친구들을 만났다. 친구들은 전학 온 아이가 신기했는지 시선을 고정했고 나는 빈자리를 찾아 앉았다. 이후 담임선생님은 자신도 부산이 고향이며 지금도 출퇴근 중이라고 밝히더니 내게 특별한 관심을 주었다. 교과서가 다른 것과 다 챙겨오지 못한 걸 체크해 알맞은 교과서를 구해주었고, 없을 땐 선생님이 쓰던 교사용 도서를 주기도 했다. 그리고 시험을 치르고 나면 꼭 성적을 체크해 친구들에게 공부 잘하는 아이로 소개했다. 전학 후 급격히 성적이 나빠졌는데도 오히려 선생님은 나를 공부 잘하는 아이들과 한 무리로 엮었다. 왜 그랬을까? 제자를 격려하는 마음에서였을까? 사실 그땐 공부를 잘하고 싶은 마음도 없었다. 삶에 드리워진 지독한 외로움과 미래에 대한 불안, 쉴 새 없이 깜깜한 어둠 속으로 밀려나는 현실에서 그저 탈출하고 싶은 마음뿐이었다. 친구들은 선생님의 관심을 받는 내가 부러웠는지 따돌림이 시작되었다. 그렇게 새 보금자리에서도 나는 여전히 혼자였다. 외로움은 한 가지인 줄 알았는데 또 다른 외로움이 겹칠 줄이야. 알고 보니 세상은 그렇게 잔인했다.

다시 뭉친 세 자매

선생님의 관심이 표현될수록 친구들의 따돌림은 심해져 나는 학교에 적응하지 못했다. 매일 울며 하교했고 어머니께 전학시켜 달라고 졸랐다. 그러던 어느 날, 선생님의 권유로 그림을 그리는 사생부의 특활수업에 들어가게 되었다. 어릴 적 교외에서 미술상을 받은 이력이 생활기록부에 적혀 있어서인지, 평소 그림을 좋아하는 걸 알아서인지 여하튼 사생부로 갑자기 편성되어 주말이면 담당 선생님과 김해의 유적지를 찾았고, 그룹 친구들과 어울려 풍경화를 그렸다. 어머니로부터 소외되면서 그림을 시작했고, 일상의 조그만 낙도 알게 되었다. 그렇게 자연과 그림에 의지하면서 나름 위로를 받았다.

그 무렵 어머니는 막내이모와 사이가 안 좋아졌다. 식당일을 거들며 싸움이 잦아졌고, 부산에서 만났던 아저씨가 가끔 오기도 했다.

그러다 주말이면 시어머니의 건넛방에 사는 우리와 함께 잠을 자기도 했고 식사도 하고 갔다. 지금 생각하면 막내이모는 시어머니께 그런 모습을 보이는 언니가 싫었을 거다.

장유에 온 지 3개월 만에 다시 짐을 꾸렸다. 어머니는 부산으로 가자고 했고, 나는 다시 아버지 손에 맡겨졌다. 이번에 어머니는 막냇동생을 데리고 갔다. 이유는 가장 어리기에 엄마의 손길이 아직 필요하다는 거였다. 그리고 교육열에 미련이 남은 어머니는 중학교 배정을 생각해 세 자매를 모두 새로운 초등학교 한 곳으로 전학을 시켰다. 아버지와 함께 지내는 곳은 북구 학장동, 어머니와 미정이 있는 곳은 서구 부민동. 전학한 학교는 법원 옆에 있었다. 이제 진주와 나는 아침마다 버스를 타야 했다. 기다란 구덕터널을 뚫고 대신동을 지나 부민동에 다다르면 도로변에 학교가 있었다.

"야, 그런데 너는 왜 다른 학교에서 전학 왔냐? 같은 식구 아이가? 걔 니 동생 맞나? 쌍둥인데 얼굴도 다르고."

어디에서나 전학 온 친구는 아이들 사이에서 큰 관심거리가 된다. 새 학교에 다닌 지 이틀 만에 5반의 진주와 6반의 내가 쌍둥이라는 소문이 퍼졌다. 쉬는 시간이면 복도에 나온 아이들이 나와 진주를 확인하러 다녔다. 나는 어른들의 복잡한 이야기라 친구들에게 굳이 설명하지 않았고, 말해도 모를 거란 생각에 침묵만 지켰다.

아버지는 여전히 말이 없었다. 그냥 어머니가 하는 대로 내버려 뒀다. 아무 설명 없이 상황에 따라 혼란스러움을 감당해야 하는 건 오로지 세 자매의 몫이었다. 내가 부모님께 이유를 따져 물었더라도 당시 자신들도 혼란스러워 제대로 답할 수 없었을 것이다.

아버지는 출근을 위해 낮에는 주무시고 오후 5시쯤 일어나 아령과 팔굽혀펴기 등의 규칙적인 운동을 한 후 샤워를 했다. 우리는 힐끔거리며 아버지의 행동을 살피다 현관에서 신발 신는 소리가 들리면 자동적으로 아버지 등 뒤로 줄을 섰다. 서로의 뺨에 뽀뽀한 후 가벼운 포옹이 아버지의 인사법이다. 아버지는 출근하며 매번 당부하는 말이 있었다.

"가스 쓸 때 항상 불조심하고, 밸브는 꼭 잠그고, 잠자기 전에는 문단속 잘하고 자."

아버지는 우리에게 잔잔한 미소로 등을 토닥여주었고 주말엔 조금 일찍 일어나 한 주 동안 먹을 반찬을 만드셨다. 조미 김을 장만할 땐 진주와 내가 김에 기름칠을 해 소금을 뿌려 놓으면 아버지가 프라이팬으로 노릇하게 살짝 구워냈다. 한 번씩 커다란 멸치를 사와 고춧가루를 넣은 빨간 멸치볶음도 하셨다. 특히 아버지가 아침에 만들어준 마가린 볶음밥은 일품이었다. 하얀 쌀밥에 마가린만 넣어 볶은 밥은 고소했고 김치를 얹어 먹으면 꿀맛이 따로 없었다. 하지만 아버지는 먹을 때마다 가위바위보를 해 이긴 사람이 먹는 게임을 했었기에 한 숟갈 먹기 위한 경쟁을 주일 아침마다 치르기도 했다.

진주와 나는 금요일이면 하교 후 어머니 집에 가 주말을 보내기도 했다. 하숙방에 가까운 달셋방은 주방과 냉장고를 공동으로 사용했는데, 밥상을 차리면서 어머니는 자주 투덜거렸다. 또한 의견이 맞지 않아 부엌에서 세 든 사람들과 싸우기도 했다. 그러다 몇 달 후 학원 기숙사에 주방 일을 하러 간다며 갑자기 방을 뺏고 미정을 다시 아버지께 맡겼다.

세 자매는 예전의 보금자리로 다시 모였다. 작은 방 한 칸은 여전히 결혼 안 한 청년이 세 들어 살고 있었다. 우리는 삼촌이라 불렀고 어머니가 집을 나가며 전세 보증금을 가져갔기에 아버지가 모으는 중이었다. 아버지가 출근하고 주말이면 삼촌 방으로 가 함께 라면을 끓여 먹었다. 삼촌이 라디오를 켜 이선희와 김범룡 노래를 틀면 우린 뜻도 모르고 따라 부르곤 했다. 지금 생각하면 세 자매의 보호자였고 밥을 챙겨주는 고마운 분이었다.

주말이면 집 안 대청소를 했다. 각자 실내화와 운동화를 빨고 아버지가 해준 빨래를 널고 갰다. 그리고 텅 빈 냉장고를 다시 일주일 먹을 반찬으로 채워야 하기에 재료를 준비했다. 일요일 아침, 아버지가 콩나물을 한가득 사 왔다. 콩나물 머리와 꼬리를 다듬는 일은 매주 해야 할 우리들의 과업이었다. 세 명의 몫을 분리해 다듬으며 아버지 눈치를 봤다. 정말 지루하고 하기 싫은 작업이었다. 진주가 콩나물 뭉치를 들어 슬쩍 나한테 올려 다투기도 했고, 미정인 제대로 다듬지 않고 통에 담아 짜증이 나기도 했다. 아버지는 김치찌개를 끓이며 아직 그것밖에 못했냐고 재촉만 하셨다. 가끔 불만이 가득한 우리 표정을 보고 미소 짓기도 하셨지만 우린 웃을 수 없었다. 이제 콩나물 다듬기는 세 자매에게 지긋지긋한 추억으로 남았다.

겨울이 되면 아버지는 김장을 했다. 배추를 사 와 베란다에서 다듬기를 끝내면 진주와 나는 아버지 곁에서 굵은 소금을 뿌렸다. 아버지는 밤새 배추를 뒤적여 골고루 숨이 죽기를 기다렸다가 배추가 절여지면 모두 씻어 선반에 올려놓은 후에 주무셨다. 늦은 아침, 아버지가 일어나 물이 빠진 배추를 확인하고 커다란 빨간 대야를 가져와 담아 놓고 우리를 불렀다.

"우리 똥돼지, 진주, 미정이 와라! 아빠, 김치 담근다. 와서 구경해라."

우리는 TV를 보다 아버지 부름으로 쪼르르 방에서 나와 대야에 둘러앉았다. 아버지는 음식 솜씨가 좋았다. 예전에 할머니 닮아서 음식을 잘한다고 어머니가 얘기한 적이 있었다. 그래서인지 싱겁게 먹는 아버지 입맛과 젓갈과 짠지에 익숙한 어머니의 반찬은 서로 입맛이 맞지 않았다. 아버지는 이번에도 세 자매에게 김치 담그는 법을 알려주셨다. 직접 담그게 하지는 않으셨지만 시집가면 할 거라고 매번 일러주셨다. 아버지가 담근 김치는 정말 맛있었다. 그리고 남자가 할 수 있는 반찬이 별로 없었기에 우리는 김치를 자주 먹었고 김장할 땐 많이 담글 수밖에 없었다. 작은고모는 우리가 밥을 먹으며 김치 두 접시를 해치우자 매일 김치만 먹느냐며 안쓰러워하기도 했다.

아버지가 해준 여러 음식 중 돼지 김치찌개는 아직도 잊을 수가 없다. 불 조절을 해가며 한 시간 이상을 푹 고아 만든 김치와 고기는 입 안에 들어가면 사르르 녹았고 밥 두 그릇은 기본이었다. 가스레인지 옆을 떠나지 않고 식탁 의자에 앉아 끓는 냄비를 지키며 앉은 아버지 모습은 우리 기억 속에 지금까지 남았다.

가끔 그 시절 아버지의 김치찌개가 그리울 때가 있다. 하지만 쉽게 흉내 낼 수 없는 맛이다. 그나마 가장 비슷하게 끓이는 건 막내 미정뿐이다. 그래서 진주와 나는 춘천으로 놀러 갈 때면 무조건 저녁 메뉴는 김치찌개를 준비하라고 한다. 미정인 그놈에 김치찌개 지겹지도 않느냐며 핀잔을 주지만 아버지의 손맛을 살려 한 솥 끓여 놓는다. 추억 속 아버지 김치찌개는 세 자매에게 각자 다른 기억을 남겼지만 지금은 과거를 회상하며 웃게 하는 매개체가 되었다.

아빠와 아주머니들

어머니가 우리의 양육을 포기하고 잠적한 후 아버지는 당당해졌을까? 집으로 아주머니들을 데려오기 시작했다. 처음 소개한 문현동 아주머니는 서울 말씨를 쓰며 항상 스카프를 맨 세련된 모습이었다. 두 번째 아주머니는 돈이 많은 것 같았다. 키가 작고 통통했지만 보석 반지와 굵은 금팔찌가 눈에 띄었고 늘 악어가죽으로 만든 커다란 핸드백을 들고 다녔다.

휴일 아침 평소보다 조금 일찍 일어난 아버지가 갑자기 외출준비를 하라고 하셨다. 문현동 아주머니를 만나러 간다고 하셨다. 문현동 아주머니는 어머니와 전혀 다른 분위기에서 아버지에 대해 다시 생각하게 했고, 결국 어머니와 아버지는 섞일 수 없는 사람이란 걸 깨닫게 했다. 평소엔 집으로 왔는데 오늘은 왜 밖에서 만나는 걸까? 궁금했지만 우린 묵묵히 외출 준비를 했다. 그리고 약속 장소인 경양식 집에 도착해 문현동 아주머니를 찾았다. 그런데 곁에 여자아이 둘이 보였다.

"안녕? 왔어? 어서 앉아. 여기는 향이와 진주보다 한 살 많은 언니야. 그리고 얘는 미정이랑 동갑이겠구나! 아줌마 딸이란다. 서로 사이좋게 지내렴."

얼떨떨한 상황에서 인사를 나누었고, 우리는 서로의 눈치를 살피며 돈가스를 먹었다. 문현동 아주머니는 오늘따라 말도 많고 표정도 다양했다. 보통은 아버지께 툭툭 내뱉는 말투가 굉장히 도도해 보였고 말수도 적었는데, 오늘은 아이들이 서로 친해지길 바라며 애쓰는 모습이 역력했다. 이제 아버지와 문현동 아주머니가 본격적으로 연애를 하는 건가? TV에서 본 것처럼 재혼해서 우리 다 같이 가족이 되는 건가? 머릿속이 복잡했다. 진주는 낯선 상황에도 적응력이 높았다. 아무렇지 않은 듯 언니에게 학교가 어디냐고 물었고 공부하는 게 재미있는지 묻기도 했다. 반면 미정과 나는 어른들이 이끄는 대로 조용히 따를 뿐이었다.

일요일 아침, 오늘은 문현동 아주머니가 자신의 집으로 와 맛있는 음식도 먹고 즐겁게 놀다 가라고 초대했다. 아버지를 따라 버스에 올라타 창밖을 바라보며 나는 그분이 어떻게 지내는지 궁금하기도 하고 설레기도 했다. 아버지는 우리를 데려다 놓고 저녁 먹기 전 다시 오겠다고 했다. 안방에 들어서니 진주가 오락기를 보며 엄청 부러워했다. 동생들은 함께 테트리스 게임을 했고 나는 뒤에 앉아 분위기를 살폈다. 처음 한 오락이라 진주가 머뭇거리자 언니가 친절히 설명해주었고 미정이가 인형을 찾아와 함께 놀며 즐거운 시간을 보냈다.

　해가 기울어 창문 사이로 주황빛을 보낼 즈음 초인종 소리가 들렸다. 갑자기 아주머니가 당황했고, 언니와 동생도 어리둥절했다. 문현동 아주머니의 남편, 딸들의 아버지가 오신 거였다. 나도 깜짝 놀랐다. 아주머니에게 남편이 있었다니, 우리처럼 두 분 중 한 명이 없어야 하는데 여기는 완벽한 가정이었다. 문현동 아주머니는 남편을 친절히 맞이했고, 우리를 동네 친구들이라고 소개했다. 그리고 이제 정리하고 밖에서 놀라며 급히 모두를 내보냈다. 순간 배신감이 몰려왔다. 아버지도 이 사실을 알까? 가정이 있으면서 다른 상대를 만나는 건 분명 바람이다. 아버지를 대하는 태도와 다르게 남편에겐 나긋하고 상냥한 아주머니 모습에 '현모양처'란 단어가 자동적으로 떠올랐다. 갑자기 아버지와 우리가 없다면 여기는 행복한 가정일 거란 생각이 드니 부럽기도 했고 침입자가 된 우리가 역겹기도 했다. 머릿속이 복잡한데 언니와 진주는 동네 아이들과 어울려 신나게 술래잡기를 했다. 동생들도 언니들을 따라다니기에 바빴다.

다들 괜찮은가 보다. 어쩌면 저렇게 태연히 놀 수 있을까? 부럽기도 하고 이상해 보이기도 했다. 나는 화단 돌 틈에 앉아 우리가 나온집 베란다 창문을 올려다보았다. 지금 두 분은 뭘 하고 계실까? 혹시싸우고 있는 건 아닐까? 아니면 아주머니가 잘 설명하고 저녁을 드시고 계신 걸까? 내겐 그 뒤 기억은 없다. 어렴풋이 아버지가 밖에서 지겹게 놀던 우리를 데리러 와 버스를 탔던 장면은 희미하게 남았지만,문현동 아주머니 집에서 겪었던 사건이 큰 충격이었는지 나머지 기억은 사라졌다.

며칠 뒤 키 작은 아주머니가 오셨다. 아주머니는 우리 집에 올 때마다 선물을 사 오셨다. 간식거리를 사 오기도 했고 머리핀을 사 오기도 했다. 예전에 손님이 우리 집을 방문하면 자녀 셋이라 그런지종합선물세트를 자주 받았었다. 당시 종합선물세트는 커다란 박스에각종 과자와 캐러멜, 사탕 등이 있어 마치 과자 백화점을 연상케 했다. 하지만 어머니는 항상 냉장고 위에 올려놓고 필요할 때만 한 개씩 꺼내 나눠 먹으라고 했었다. '그림의 떡'으로 쳐다봤던 과자였는데어머니가 나가신 후 지금은 푸짐하고 편안하게 즐겼다.

아버지도 군것질을 좋아하셨다. 출근 전 "아빠 따라갈 사람?" 하고얘기하는 날은 슈퍼마켓에서 과자와 라면을 사는 날이었다. 우리는 서로 "저요, 저요!" 하며 손을 들었다. 아버지를 배웅하고 커다란 비닐 한 봉지 가득 안고 집에 돌아오면 과자 골라 먹는 재미가 있었다. 그러나 아주머니는 주로 수입 과자를 사 왔다. 아버지는 어려서부터 미군 부대에서 나오는 과자를 즐겨 먹어서 그런지 좋아했다. 한 조각의 비스킷과 초콜릿은 국산보다 두툼해 한 입 베어 물면 금세 입 안이 가득해졌고 텁텁하고 진한 맛은 깊이가 오묘했다. 그렇게 식탁에 앉아 함께 과자를 뜯어 먹을 때면 아주머니는 아버지 입맛에 맞는지 조심스레 살폈다. 그러다 맛있어 하면 금세 환한 웃음꽃을 피웠다. 우리 입맛은 관심 없는 아주머니의 태도는 가끔 두 분 사이에 우리가 불청객이라도 된 것 같아 기분이 별로였다.

오늘은 아버지가 퇴근하며 빵을 한가득 사 오셨다. 며칠 전 아주머니가 사 온 간식이 우리 입맛에 맞지 않다는 걸 눈치채신 걸까. 이후 아버지가 몇 번 과자를 권했지만 먹지 않아 신경이 쓰였나 보다. 이전에 아버지는 외박하고 들어올 때면 양손 커다란 비닐에 다양한 빵으로 가득 채워 왔었다.

어머니가 싫어했던 빵은 우리에겐 손꼽아 기다리던 간식이었다. 소시지와 케첩으로 예쁘게 꾸며진 아기자기한 빵은 눈도 즐겁고 맛도 좋았다. 어머니는 비싼 걸 사 왔다며 몸에 좋지 않은 밀가루 덩어리라고 잔소리를 했지만 세 자매의 환호성과 맛있게 먹는 모습을 보며 아버지는 보람 있는 미소를 지었다. 특히 내가 좋아했던 야채 크로켓은 아직도 생각나 부산에 갈 때면 아버지처럼 양손 가득 사 와 며칠 동안 먹으며 아들과 함께 지난 추억을 나누는 간식거리가 된다.

눈빛과 냉정함에 버티기

    아버지와 키 작은 아주머니가 식탁에서 이야기를 나누더니 잠깐 쉬러 작은 방으로 들어갔다. 어머니가 나가고 아버지는 안방으로 책상 세 개를 옮겨 우리에게 큰 방을 내주었고 작은 방엔 작은 TV와 침대만 놓았다. 오늘은 두 분이 따로 할 얘기가 있으신 듯했다. 보통 새벽에 함께 들어와 주무시곤 했는데 이제 이 상황도 익숙했다. 우리는 아버지와 메모로 소통했다. 새벽에 퇴근하는 아버지는 아침에 등교하는 우리와 시간이 맞질 않았고 오후에 일어나 운동 후 바로 씻고 나가셨기에 따로 이야기할 시간도 없었다. 그래서 필요한 준비물이 있어 종이에 적어 식탁 위에 올려놓으면 아침엔 물품 살 지폐가 메모지 위에 놓여 있었다. 아버지도 가끔 장 볼 것을 메모해 지폐와 함께 올려놓을 때면 우리는 장을 봐두기도 했다.

잠을 자고 일어나면 식탁 위에 가지런히 놓인 돈, 잔돈도 확실히 챙겨 아버지 방 비디오 플레이어 위에 올려두었다. 그런데 요즘 진주가 준비물이 많아졌다.

"야, 니는 왜 그렇게 만날 준비물이 많노?"

"그걸 내가 어떻게 아노? 다 챙겨야 하는 거니까 그렇지!"

아침에 일어나면 아버지는 말없이 우리가 요구한 대로 돈을 올려 놓았다.

하교 후 집으로 오는데 문방구에 쪽자 하는 진주가 보였다.

"야, 니 뭐 하는데? 집에 안 가나? 돈이 어디서 났노?"

"준비물 사고 남은 돈이거든! 생각보다 돈이 남더라고."

우리는 아버지에게 메모를 할 때 준비물의 목록과 예상 금액을 적어 놓았다. 친구들에게 묻거나 자주 사용하는 것이기에 정확한 금액을 미리 알 수 있었다. 하지만 진주가 그렇다고 우기니 할 말이 없었다.

"야, 니도 할래? 내가 시켜줄게! 아니면 가라."

"됐다 마! 나는 갈란다."

돌아서 나오는데 뭔가 찜찜했다. 그렇게 진주는 날이 갈수록 준비물의 가격도 커져갔고, 가방에서 간식 쓰레기도 자주 나왔다.

"언니야, 사실은 내가 조금씩 돈을 올려서 적었다. 친구들 군것질

할 때 나도 먹고 싶으니깐 그랬지! 니도 그렇게 해봐. 아빠 아무것도 모르잖아."

내가 의심스러운 눈길로 며칠을 추궁하자 사실을 털어놓았다. 진주는 뭔가 불리하거나 부탁할 게 있으면 '언니'라고 불렀다. 순간 마음이 흔들렸다. 그날은 나도 진주 따라 금액을 올려 적었다. 다음 날 아침, 조마조마한 마음으로 식탁을 확인하니 아버지가 돈을 올려놓았다. 그때부터 우리는 준비물이 없는 날에도 메모를 써 놓았지만 꼬리가 길면 밟힌다고 했던가? 아버지가 출근 전에 진주와 나를 불렀다.

"느그 준비물 적을 때 똑바로 적나, 안 적나?"

"…."

"아빠 다 알고 있다. 돈 더 가져가서 군것질하고 또 그래라, 알았나?"

"아니요, 이제 안 그럴게요."

아버지의 경고로 나는 거짓말을 멈췄다. 진주는 며칠 잠잠하더니 금액을 또 올리기 시작했지만 신경 쓰지 않았다. 어차피 말을 해도 듣지 않을 거고 아버지께 이르면 다 같이 혼만 날 거니 한 번씩 경고만 할 뿐이었다.

주말 아침, 아버지가 장을 볼 목록과 지폐 몇 장을 올려놓았다. 항상 잔돈은 아버지 방에 바로 올려두었기에 무심코 방문을 열었다. 아버지와 키 작은 아주머니는 함께 주무셨는지 침대에 누워 TV를 보고 계셨다. 아주머니가 당황해 얼른 이불로 몸을 가렸고 나도 당황스러웠다. 하지만 아무렇지 않은 듯 평소 하던 것처럼 비디오 플레이어에 잔돈을 올려두고 나왔다. 그날 오후 아주머니는 방에서 나오기가 민망했는지 아버지만 몇 번 들락날락했고 우리가 안방에서 TV를 볼 때 함께 외출 준비를 끝내고 도망치듯 나갔다. 이후 아주머니가 계시거나 말거나 나는 하던 대로 잔돈을 아버지 방에 올려두고 나왔다.

진주는 휠라 운동화가 갖고 싶어 아버지께 조르는 중이었다. 당시 메이커 운동화가 유행하면서 진주는 남이 하는 걸 모두 하고 싶어 했다. 어릴 적부터 함께 신발을 사도 진주가 먼저 떨어졌고 옷도 진주 청바지가 빨리 구멍이 나고 헐었다. 쌍둥이라 돈이 한꺼번에 들어갈 일이 많으니 진주 것만 사는 일이 잦았다. 예전엔 새 운동화가 갖고 싶어 진주가 청바지에 구멍 낸 방법이 생각나 나도 바위에 운동화를 비빈 적이 있다. 그걸 본 진주가 어머니께 고자질해 엄청 혼이 난 후 그렇게 하지 않았다. 미정인 주로 내 옷과 신발을 물려받았다.

아버지와 점심을 먹으려는데 키 작은 아주머니가 오셨다. 오늘은 휠라 운동화 한 켤레를 사 오셨다. 두 켤레를 사긴 비쌌고 진주가 운동화를 더 갖고 싶어 했다는 게 이유였다. 아주머니는 아버지가 끓여 준 어묵 찌개를 보며 함께 드시진 않았지만 식탁에 앉았다. 빨간 기름이 고인 어묵 찌개는 김치찌개 다음으로 아버지의 주요리다. 식용유에 어묵을 볶은 후 물을 부어 끓이다 고춧가루와 땡초, 대파를 넣어 또다시 푹 끓여낸 국물은 느끼하면서도 칼칼했다. 아버지가 식탁에 찌개를 올릴 때마다 우리는 환호성과 함께 "아빠 음식이 세상에서 제일 맛있어요!"라며 엄지손가락을 올린다. 아버지도 그럴 때면 기분이 좋은지 맛이 어떠냐는 질문을 반복했고, 우리도 아부하는 것 마냥 먹는 내 조잘대곤 했다.

뜨거운 김을 식히려고 어묵을 집어드는 순간, 무심코 아주머니와 눈이 마주쳤다. 언제부터 그런 눈빛을 하고 있었을까? 평소 눈빛과는 달랐다. 그 눈빛은 한 번씩 어른들이 이야기를 나누며 우리를 쳐다보던 눈빛이었다. 가엾고 불쌍하지만 한심스럽다는 그 눈빛. 나는 더 이상 기분 좋은 말이 나오지 않았다. 동생들은 아버지 요리 실력을 평가하는 질문에 기분 좋게 대답했지만, 나는 짧은 대답만 할 뿐이었다. 문득 불청객이 된 것 같았다. 아버지 기분을 위해 찌개가 바뀌었을 땐 두 그릇을 비우던 내가 오늘은 평소와 다르다는 걸 아버지도 아실까? 오늘은 밥알이 모래알 같아 더 이상 넘어가지 않았다. 그건 또 한 번 내게 찾아온 자괴감이었다.

가끔 과거를 회상할 때면 몇 가지가 사진처럼 박혀 그때의 감정이 지금도 씁쓸하게 자리를 잡는다. 그렇게 아주머니의 표정과 눈빛도 여전히 살아 있다.

'너희들이 있어 정말 귀찮아! 내가 좋아하는 사람을 만나는데, 너희는 너무나 걸리적거리는 존재야! 세 명이나 왜 그렇게 아버지 곁에 붙어서 힘들게 하는 거니? 너희는 어디 갈 곳이 없니?'

음성으로 내뱉진 않지만 얼굴에 새겨진 그 표정들은 나를 더욱 위축시켰고, 집 나간 어머니를 그리워하던 마음이 원망으로 바뀌었다. 그리고 여느 때와 마찬가지로 베란다에 가 생각에 잠겼다. 아니, 그날만은 나만의 시간을 가져야 할 특별한 이유가 생겼는지도 모르겠다.

'나는 왜 태어났을까? 우리는 왜 태어나서 아버지를 힘들게 하는 걸까? 이대로 죽어버리면 아버지가 편안해질까? 집 나간 어머니도 편안해질까?'

베란다 창밖으로 세상의 바쁜 움직임을 멍하니 바라보며 이런저런 생각에 빠지다, 이윽고 우리가 죽어 부모님이 슬퍼하실 모습까지 이르렀다. 그러면 다시 죄스러운 마음에 꺼이꺼이 울다 혼자 뉘우치며 마음을 다잡고 깨닫게 했다. '그래, 삶이 힘들다는 게 이런 거구나' 하고 말이다.

방 황

따르릉, 따르릉! 전화벨이 울렸다. 출근한 아버지가 문단속을 확인하는 전화라고 생각했다. 아버지는 저녁쯤이면 저녁밥을 어떻게 챙겨 먹었는지, 문단속은 잘했는지 항상 점검하는 전화를 했다.

"여보세요!"

"향아, 엄마다."

"…."

"향아, 뭐 하고 있노? 밥은 묵었나?"

갑작스럽게 닥친 놀라움과 반가움은 말문을 닫게 했고, 애틋했던 마음은 가슴을 저리게 했다.

"아니, 아직."

"향아, 엄마 여기 세원 로타리에 왔으니까 동생들 데리고 버스정

류장으로 온나!"

"어? 알겠어!"

전화를 끊고 나니 마음이 바빴다. 동생들에게 엄마 소식을 알리며 주섬주섬 옷을 찾아 입었다. 엄마는 어떻게 변했을까? 소식이 끊긴지 1년여 만이었다. 진주와 나는 몇 달 후 졸업이었다. 집을 나서니 겨울을 알리는 날씨는 두툼한 점퍼를 생각나게 했고, 초저녁부터 불어대는 바람은 더욱 쌀쌀해졌다. 동생들과 콩닥거리는 설렘을 나누며 어머니를 만나러 가는 길, 어둠 속에 드디어 그토록 기다리던 모습이 보였다. 우리는 한걸음에 달려가 서로 뒤지지 않을세라 어머니 품을 비집었다.

"엄마!"

"그래, 잘 지냈나? 향이는 살이 왜 이렇게 쪘노? 미정이도 많이 컸네! 배고프제? 뭐 먹고 싶노? 돈가스 먹으러 갈까?"

"진짜? 응! 좋아, 좋아!"

평소 돈 걱정만 하던 어머니가 돈가스를 사주다니 꿈만 같았다. 어머니는 외식이란 건 절대 하지 않았다. 생닭을 집에서 튀겨 프라이드로 만들었고, 돈가스도 돼지고기를 사와 납작하게 펼쳐 빵가루를 입혀 구워주었다. 전자레인지가 새로 나왔을 땐 카스텔라도 직접 만들어주었다. 어쩌다 어머니가 돈가스를 수프와 함께 개인 접시에 담아내고 부엌칼로 잘라줄 때면 우리는 엄지 척하며 "엄마는 최고의 요리사!"라고 외치곤 했다.

　어머니가 다시 우리를 만나러 와주다니 '엄마도 우리가 보고 싶었
고 정말 좋아했었구나'라는 생각에 하늘로 날아갈 듯 기분이 좋았다.
얼마 만에 찾은 안정감인가. 그렇게 우리는 마냥 행복했다.

　그런데 아까부터 어떤 아저씨가 어딜 가지도 않고 멀찌감치 서서
우리를 보고 있었다. 잠시 후 어머니가 아저씨를 불렀다.

　"향아, 진주야, 인사해. 엄마를 많이 도와주시는 분이야!"

　"안녕하세요….."

　새로운 아저씨의 등장. 어안이 벙벙하고 혼란스러웠다. 얼떨결에
인사한 후 우리는 버스정류장 옆 건물의 2층 경양식 집으로 향했다.
발걸음이 무겁다는 게 이런 걸까? 땅바닥에서 떼어내는 한 발짝에 이
렇게 무게감이 느껴질 줄이야. 그냥 집으로 가고 싶었다. 어머니가 사
주는 돈가스를 먹어보겠다는 기대감도 사라졌다. 그 아저씨를 소개
하지 않으면 얼마나 좋았을까. 식당에 들어선 우리는 빈 테이블을
찾아 자리를 잡았다. 어머니는 우리를 만나 기분이 좋은지 동생들에
게 음식을 챙겨주는 내내 미소가 사라지지 않았다. 나는 먹는 둥 마는
둥 돈가스를 남겼다. 아저씨가 돈을 많이 벌긴 하나 보다. 어머니가
쓸데없이 비싸다고 핀잔했던 돈가스를 사주다니 말이다. 후식을 먹
으며 식사시간이 마무리될 때쯤 어머니가 할 얘기가 있다고 했다.

"향아, 진주야! 엄마 이 아저씨랑 결혼할 거야. 엄마가 기숙학원에서 새벽부터 일어나 주방일 하며 힘들 때마다 아저씨가 많이 위로해 줬어! 그리고 이분은 글 쓰는 작가야. 엄마가 너희 보고 싶어 밤마다 울며 외로울 때 옆에서 많은 힘이 됐지. 너희가 이해해줄 수 있지?"

청천벽력 같은 소리였다. 이건 의견을 묻는 게 아니라 일방적인 통보였다. 왈칵 눈물이 쏟아졌다. 아무리 눈물을 닦아도 멈추질 않았다. 이제 정말, 우리는 어머니로부터 버려진 아이들이 되는 걸까? 주변 어른들이 소곤거렸던 얘기들이 한순간에 사실이 돼버렸다.

어머니와 아저씨가 팔짱을 끼고 다정히 멀어져 갔다. '그래, 어머니도 사랑받고 싶은 여자'였다. 아버지와 늘 으르렁거리며 싸움만 하던 평소 모습이 오늘은 새롭게 보였다. 멀어져 가는 두 분의 뒷모습에 배신감이 몰아치다 이내 그리움으로 바뀌고 알 수 없는 감정들이 이리저리 얽혔다. 세 자매는 그렇게 말없이 각자의 감정을 책임지고 어머니의 뒷모습을 바라보며 그 자리에 선 채 조용한 눈물만 흘렸다.

드디어 중학교 입학, 초등학교 졸업사진에 어머니는 없었다. 중학생이 되면 사춘기가 온다고 했던가. 따뜻한 봄, 새롭고 홀가분한 기분으로 교실에 들어섰다. 그런데 친구들의 눈빛이 어제와 달랐다. 그새 이혼가정 자식이란 소문이 돌았던 것이다. 그날은 종일 말 한마디

하지 않고 수업 후 집으로 왔다.

다음 날 아침, 학교에 가기 싫었다. 친구들의 눈빛과 소곤거림을 외면하고 싶었다. 아버지께 배가 아프다고 거짓말을 했다. 나는 거짓말을 할 때마다 진주와 다르게 잘 들켰다. 아마도 말이 매끄럽지 못하고 행동도 머뭇거리니 그랬던 걸까. 사실대로 말하라고 아버지가 재촉하자 이유 없이 눈물이 흘렀다.

"가시나가 아침부터 와 찔찔 짜! 뚝 안 그쳐?"

하는 수 없이 어제 있었던 일을 말했다. 아버지도 당황하셨던 것 같다. 친구들을 가만두지 않겠다고 담임선생님께 항의 전화를 했고 내일 함께 등교하겠다고 하셨다. 아버지의 뜻밖의 행동에 '나를 사랑하긴 하구나'라는 생각에 감사했고, 괜히 속상하게 해드린 것 같아 후회스러운 눈물이 또 흘렀다.

"울지 마! 인마, 왜 자꾸 찔찔 짜! 가시나들이 못돼가지고. 오늘은 가지 말고 쉬어! 가, 이제! 느그 방에 가 있어."

눈물을 닦으며 방으로 들어갔다. 하지만 집에 있는 시간도 편하질 않았다. 책상에 앉아 들어오지도 않는 글귀를 무조건 찾아 읽었다. 몇 년 전부터 《폭풍의 언덕》, 《제인 에어》 등 장편소설만 찾아 읽으며 내 감정은 모른 체하고 인물의 감정에 이입해 슬픈 장면에선 일부러 더 크게 목 놓아 울었다. 진주와 미정인 그럴 때마다 이상하게 쳐다봤지만 그렇게 실컷 울고 나면 속은 후련했다.

열여섯 살, 이제 중학교도 마지막 해다. 아버지와 아주머니들은 여전히 번갈아 오셨고 새벽에 아주머니들끼리 복도에서 싸우기도 했다. 새벽에 일어나는 일들이 이제는 익숙해져 우리는 조용히 이불을 덮고 자는 척했다. 어머니도 가끔 울산에서 내려와 용돈을 주고 가셨다. 처음엔 아버지께 어머니와의 만남이 비밀이었지만 주신 용돈으로 감자볶음을 해 놓고 햄을 사 도시락 반찬을 만들어 놓는 모습에 아버지도 눈치를 채신 듯했다.

어머니는 아버지께 만남을 들켰다고 하니 이제 본격적으로 전화를 걸어 우리의 성적 관리에 대해 지적했고, 갑자기 인문계 고등학교 진학에 열의를 쏟았다. 같은 아파트에 사는 부산대 간호학과 다니는 과외교사도 알아뒀다며 지도를 받게 했고, 틈틈이 우리 일정을 확인했다. 뜬금없이 시작한 과외로 숙제의 양만 늘었고, 진주와 나는 한숨만 쉬고 돌아가는 과외선생님과 매주 마주해야 했다. 우리가 갑자기 왜 공부에 집중해야 하는지 이유를 알지 못했고 무턱대고 몰아붙이면서 돈타령만 하는 어머니가 싫었다. 어머니의 노력에도 공부에 흥미를 붙이지 못하자 초등학교 때는 자신이 잘 키워 놓았는데 아버지가 망쳤다며 볶아대는 잔소리가 날로 심해졌고, 전화기에 대고 수시로 아버지와 싸우는 소리에 진주와 나도 지쳐갔다.

그사이 우리도 변했다. 데이비드 엘킨드David Elkind가 말하는 '청소년기 자아중심성'이 생긴 것. 초등학교 졸업 후 진주가 일러준 대로 졸업앨범 뒷면의 전화번호로 좋아했던 남자친구에게 용기 내 전화를 걸어 폰팅이란 것도 해봤고, '서태지와 아이들', '잼'에 미쳐 연애인 브로마이드로 방도 꾸며봤다. 사춘기를 겪으며 스스로에 대해 다시 돌아보며 존재감을 드러내기 위한 다양한 방법을 시도해보고 싶은 시기. 그때 진주가 가방을 싸서 집을 나가보자고 했다.

"야, 니 미쳤나? 어딜 간다 말이고!"

"TV에서도 봤고, 내 친구 언니도 집 나갔다더라. 그냥 우리 입을 옷만 싸서 나가면 되지!"

"진짜가? 그런데 밥이랑 잠은 어떡하는데?"

"식당에서 일하면 밥도 먹여주고 잠도 재워준단다. 돈도 벌고 좋잖아! 같이 안 갈래?"

"그런데 우리 받아주는 일자리가 있겠나?"

"남포동 나가면 일하는 사람 구한다고 천지로 붙여 놨잖아! 뭐가 걱정이고."

가방에 옷을 쑤셔 넣는 진주 곁에서 나도 덩달아 옷을 챙겼다. 미정인 집에서 아빠와 있으면 괜찮을 거고 일을 해 돈을 벌 수 있다니 겁은 났지만 기대도 되었다. 우리가 가출하면 공부하기 싫다는 의지도 표현된 것이니 어머니와 과외선생님도 포기할 것 같았다. 말 그대로 비행청소년이 된다는 가출! 힘없던 초등학생이 이제 중학생이 되니 용감해졌다.

'그래, 나도 어린애가 아니야. 스스로 생각을 하는 어른이 됐어! 아빠도 알아야 해, 우리도 싫으면 마음대로 행동할 수 있다는 것을!'

쓸데없이 비장한 각오가 생겼고 성공을 상상하며 미정이가 들어오기 전 우리는 서둘러 가방을 들고 나왔다. 막상 나오니 다리가 후들거렸다. 다시 돌아가라는 진주 말에 오기가 발동했고 그렇게 멀어져 가는 집을 바라보며 다짐했다.

'지긋지긋한 곳이여, 안녕! 난 이제 홀가분해질 거야. 성공해서 다시 만나자!'

두 번째 이별 : 자취방

진주와 나의 가출은 이틀 만에 끝났다. 학교를 결석하자 나를 찾아 나선 친구들과 담임선생님께 붙잡혔다. 처음 사회를 경험한 곳은 남포동 '18번 완당집.' 짐은 지하철 동전 보관함에 넣었고 식당 문에 붙여진 구인문구를 보고 들어갔었다. 밤엔 남포동 거리를 활보하고 상가 계단에서 쪽잠을 자며 시간을 때웠다. 그리고 다음 날 출근했을 때, 식당으로 들이닥친 친구들과 선생님으로 첫 가출 사건은 막을 내렸다. 진주가 내 탓을 하며 집으로 돌아가야 함을 원망했지만 어쩔 수 없었다.

어쨌든 학교에 가겠다고 약속했으니 집으로 가 교복을 챙겨야 했다. 무거운 마음과 가방을 이끌고 집으로 왔다. 미리 연락을 받은 아버지는 우리를 기다렸는지 출근도 하지 않고 식탁 의자에 앉아 계셨다. 보통은 이성을 잃지 않고 낮게 경고하는 아버지가 오늘은 무섭게 눈을 치켜뜨고 들어오는 진주와 나를 향해 소리쳤다.

"나가! 나가서 살지 와 들어왔노! 이노무 새끼들!"

나는 고개를 숙였고 눈치 없는 진주가 다시 가방을 들고 나가려고 했다. 끝내 아버지 화가 폭발하고 말았다.

"이 노무 가시나들! 그냥 마 다 같이 죽자! 이리 안 오나!"

아버지가 부엌칼을 들었다. 예상치 못한 아버지의 행동에 나 또한 충격을 받았다. 아무리 화가 났어도 어떻게? 진주는 회초리를 들면 반사적으로 손바닥부터 비비는 습관이 있어 이번에도 "잘못했어요! 잘못했어요!"라고 연거푸 소리치며 빌기 시작했다. 하지만 이번에는 나도 아버지 손에 죽지 않으려면 함께 빌어야 했다. 시간이 얼마나 흘렀을까? 전쟁 같은 집안이 조용해졌다. 그렇지만 집을 나가기 전 마음보다 자식에게 칼을 들었던 아버지에 대한 큰 실망감에 두꺼웠던 벽이 훨씬 더 높아졌다.

등교 후 담임선생님과 가출 상담을 했고 아버지의 어긋난 행동에 선생님도 크게 실망하셨는지 부모 상담도 진행했다. 가출의 기억이 희미해질 때쯤 진주와 나는 다시 친구들과 어울리며 밖에서 놀다 집에 가기 싫을 땐 외박을 하기도 했고, 외박이 길어져 가출이 되기도 했다. 다행히 아버지는 더 이상 이성을 잃은 행동은 보이지 않았다.

그러나 훈계 도중 도망가는 진주를 붙잡으려다 흥분한 나머지 계단에서 발을 헛디뎌 한 달 동안 깁스를 해 목발을 짚고 다녀야 했다.

무더운 여름, 며칠 전 무단결석으로 아버지는 또 학교에 와야 했다. 쉬는 시간, 우연히 교실 창밖에서 땀을 닦으며 목발을 짚고 교문 언덕을 힘겹게 오르는 아버지를 발견했다. '아버지가 무슨 죄일까?' 호랑이 같은 아버지가 불편한 몸을 이끌고 교무실에서 여기저기 죄송하다며 굽실거리고 머리 숙일 것을 생각하니 갑자기 죄스러운 마음이 들었다. 그렇게 나는 힘 빠진 아버지를 바라보며 이제 거지같이 배회하는 생활과 어른들을 골탕 먹이겠다는 마음을 청산하기로 했다.

좌충우돌 사춘기를 보내고 고등학교에 진학했다. 공부를 제대로 하지 않은 것도 있지만 '사고결석'으로 영도의 실업고등학교에 진학하게 되었다. 생활기록부가 고등학교로 이전되고 입학식 교실에선 담임선생님이 그것을 기준으로 자리를 배정했다. 일명 '문제아'라고 불리는 아이들은 교탁 앞 두 번째 자리가 고정이었다. 한 명씩 이름을 부르더니 왜 그렇게 되었는지 친절하게 친구들에게 설명했다. 우리 반에는 3명이 지목되었다. '본드 흡입'으로 1년을 휴학한 아이, 단발머리를 노랗게 물들이고 눈썹이 없는 아이는 '사고결석 15개', 외적으로 아주 평범해보였지만 나는 '사고결석 8개'다. 그렇게 친구들 앞에서 공표하며 앞으로 어떻게 지내는지 지켜보겠다고 경고했다.

수업이 끝나고 삐삐를 보니 중학교 친구들이 커피숍에서 만나자는 암호를 보내왔다. 중학교 때부터 아지트인 커피숍에서 각자 등교한 학교 규칙과 담임, 친구들 이야기를 나누는데 진주가 또 학교를 빠져 어머니가 찾는 중이었나 보다. 하필 내가 있는 곳에 들어왔고 동생은 가출했는데 찾지 않고 친구와 어울리는 게 괘씸해 화가 폭발했다. 온갖 욕설과 함께 커피숍 의자와 테이블을 내동댕이쳤고, 남포동 거리에선 내 얼굴을 때려 코피가 나게 했다. 다른 사람들 앞에서 소리치는 게 일상인 어머니에 질려 이젠 눈물보단 짜증이 났다. 지나가는 아주머니가 어머니를 말리자 오히려 화를 내며 "남의 일에 꺼져!"라고 큰소리를 쳤다.

두 분이 싸우는 틈에 나는 골목길로 도망쳤다. 다른 남자와 재혼해 살면서 왜 갑자기 간섭인지, 진주가 나간 게 왜 또 내 탓인 건지 잊었던 자괴감이 몰려 눈물이 흘렀다. 다신 바보같이 울지 않을 거라 이를 악물었는데 세상이 너무도 한탄스럽고 괘씸했다.

어머니는 기어코 아버지와 함께 사는 집에 쳐들어와 식탁과 책상을 흩트리고 쌀통을 뒤엎는 등 풍비박산을 해 놓고 갔다. 다행히 아버지가 출근해 없었지만 이 사실을 알면 나는 또다시 아버지의 무서운 표정과 폭력을 감당해야 했다. 지난번 가출했을 때 사회의 험난함을 경험하고 맞아 죽을 각오로 겨우 집에 들어왔건만 다시 그 악몽이 떠올랐다. 이제 조용히 지내며 고등학교 졸업은 할 거라 다짐했는데 절망감이 들었다. 하는 수 없이 어머니께 연락해 아버지가 이걸 보면 가만있지 않을 테고 학교도 못 가면 어떡할 거냐고 항의했다. 어머니는 울먹이며 하는 하소연을 한참 듣더니 갑자기 화가 나서 그런 거라며 조용해졌다. 그러면서 가방을 싸서 오라고 했고, 급히 대신동에 달셋방을 얻어주었다. 얼떨결에 나는 집을 나와 자취를 시작했고, 며칠 뒤 미정이도 자취방이 학교 근처라는 이유로 가방을 꾸려 아버지가 사는 집을 나왔다. 그렇게 우리는 어머니의 돌발적인 행동으로 다시 아버지와 이별했다.

어머니는 한동안 우리와 함께 있었다. 진주를 찾아야 하는 명목도 있었고 다닥다닥 붙은 집들에 누가 사는지, 그리고 주변 분위기를 살펴야 한다고 했다. 그렇게 나와 미정인 아버지를 잊고 어머니가 만들어준 생활 패턴에 길들기 시작했다. 새벽에 켜지는 라디오의 '오성식의 굿모닝팝스'는 알람을 대신했고, 여유 있는 아침 시간은 독서나 필요한 문제집을 풀며 채웠다. 덕분에 나는 성적이 좋아져 여름방학엔 '공채반(공개 채용반)'에 들어가게 되었고, 미정인 교대에 대한 목표를 세우기도 했다.

'공채반'은 성적순으로 강제 구성되는 반이다. 졸업 시기 공개 채용으로 들어오는 회사를 기준으로 입사시키기 위해 일정한 성적으로 끊어 1학년 때부터 준비를 시켰다. 방학에도 매일 같은 시간 등교해 오후 4시까지 필요 과목과 자기소개서 쓰는 방법 등 기업이 원하는 공부를 했다. 뜻하지 않게 들어간 반을 어머니는 좋아했고 잊었던 자녀에 대한 공부 욕심을 다시 불러일으켰다.

그리고 휴일이면 도시락을 준비해 돗자리와 책을 싸들고 중앙공원으로 가 흐르는 계곡물 소리를 들으며 평온한 시간을 갖기도 했다. 지금 생각하면 어머니는 우리를 돌보는 명목으로 재혼한 아저씨와 별거 중이었던 건 아닐까. 몇 달 동안 어머니는 부산에서 직장을 구해 일을 하며 울산에 대한 이야기는 한 번도 하지 않다가, 어느 날 울산을 다녀온 후부터는 우리에겐 가끔 다녀가기만 했다.

그러던 어느 날, 오랜만에 온 어머니가 다른 가족들처럼 함께 놀러 가는 게 소원이라며 이렇게 다니는 게 너무 힘들다고 했다. 그리고 주말마다 공원의 다정한 가족들을 바라보며 자신이 얼마나 슬펐는지 모른다고 했다. 나와 미정인 좋았는데 어머니는 아니었나 보다. 그렇게 우리는 여름방학 동안 울산으로 이사를 했고, 어머니와 재혼한 아저씨의 아들과 함께 살게 되었다.

내가 초등학교 졸업 무렵 아저씨와 재혼했으니 그때 동영이는 다섯 살, 친모는 돌 되기 전에 사라졌다니 우리 어머니가 친모나 다름 없었다. 어차피 고등학교를 졸업하면 미성년자 딱지는 뗄 수 있으니 1년만 함께 살면 되었다. 그러나 미정인 중학교 2학년, 이대로 졸업하면 미정의 꿈인 부산교대는 무난히 갈 수 있는데 비평준화된 곳에 가면 다시 공부해야 하니 힘들지 않겠느냐고 미정의 담임이 어머니를 설득했지만 소용없는 일이었다.

이제 고등학교 2학년 가을을 알리는 9월이다. 하지만 개학 첫날부터 부산으로 등교해야 했다. 방학 기간이라 전학서류가 마무리되지 않았다고 했다. 울산에서 첫차를 타고 부산에 있는 학교까지 2시간 50분을 매일 버스 안에서 시간을 보냈다. 문득 초등학교 시절, 처음 버스를 탔던 기억이 떠올랐다. 그러고 보니 참 오랫동안 버스를 타고 등교했다. 친구들은 집에서 가까운 학교를 잘만 다니던데 나는 어느새 울산까지 와버렸다. 한편으론 가엽다는 생각도 들었다. 그렇게 20여 일을 버티며 스스로 기특한 생각에 빠져 조그만 자신감도 가져보았다.

재혼가정에서 살아남기

울산의 고등학교 입학은 중학교 3학년 연합고사로 배정된다고 했다. 미정인 중학교까지는 평준화라 전학 절차가 간단했으나 '연합고사'라는 과제가 생겼다. 나는 실업계라 전학이 까다로웠다. 먼저 사고 결석 유무를 확인했고 학교 생활 태도와 성적이 학교 기준에 부합되어야 했다. 실업계의 특성으로 혹시 '문제아'가 아닌지 판별하는 과정이라고 했다. 다행히 2학년 1학기 학적부 양식이 종합생활기록부로 바뀌어 재기록되면서 담임선생님은 특별히 필요하지 않은 내용은 기입하지 않았다.

예를 들어 1학년 때 담임이 어머니와 통화하면서 가정에서 어떻게 애를 먹였는지, 방학 땐 친구들과 어울려 외박해 친구 아버지께 삭발 당해 가발을 쓰고 등교했던 사례들이다. 어머니는 담임의 폭력 행태

에 충격을 받은 이후부터는 학교에 전화해 자신의 업보를 푸는 일은
그만뒀다. 현재 담임은 이러한 의문점을 풀기 위해 수시로 교실에 나
타나 나를 관찰했고 사실 여부를 물었다. 친구들과 손걸레로 교실 마
룻바닥을 힘들여 닦는 게 지겨워 게임으로 이끌어 즐기던 모습, 주어
진 청소구역이 끝나면 다른 친구들을 돕는 모습에 순수함이 엿보였
나 보다. 그렇게 무난하게 학교생활을 했기에 2학년 담임은 장황한
사건들은 과감히 삭제했던 건 아닐까. 그리고 재혼가정으로 전학하
는 사연을 알게 된 담임은 울산에 가서도 잘할 수 있겠느냐며 걱정스
러운 위로와 안쓰러움을 나타내기도 했다. 그건 정말 오랜만에 느껴
보는 따뜻한 눈빛이었다.

전학 후 일상이 안정되고 어머니와 재혼한 아저씨의 건설 작업일
도 잘되었다. 혼자 하던 일이 번창해 법인회사를 냈고 직원들도 제법
고용되었다. 울산이 공업도시라는 명목으로 일자리가 넘쳐나면서 김
해 장유에 살던 막내이모부도 하던 일을 접고 아저씨 일을 돕기 위해
우리 집에서 함께 지냈다. 저녁 메뉴는 어머니의 솜씨로 날이 갈수록
풍부해졌고 값비싼 영양식도 자주 올랐다. 나 또한 그동안 엄두도 못
낸 미술학원에 다니며 미대에 대한 꿈도 가졌다. 그러나 그것도 잠
시, 고등학교 졸업을 앞두고 1997년 12월 'IMF 금융위기'가 닥쳤다.
아저씨가 받아둔 어음은 하루아침에 백지가 돼버렸고, 중국에 무리

하게 투자한 것도 화근이 되었다. 매일 출근할 때면 밤사이 쇠붙이로 된 건 몽땅 훔쳐 가는 일이 발생해 당장의 공사일도 막혀버렸다. 뉴스에선 사람들이 생활비를 위해 도로의 맨홀 뚜껑도 훔쳐 간다고 하니 안팎으로 분위기가 침울했다. 그리고 처음 샀던 무전기 같은 휴대전화에서는 이젠 빚 독촉 전화만 줄을 이었다.

우리는 행복하면 안 되는 건가. 그렇게 지긋지긋하게 부부싸움을 목격하고 살았는데 여기서도 이어졌다. 결국 이모부는 아저씨의 사업에 자금도 보탰었지만 돌려받지 못하고 허탈하게 고향으로 돌아가야 했다. 어머니는 자신이 이제껏 고생하며 벌어둔 돈을 모두 내놓으라고 밤낮으로 아저씨를 볶아댔다. 이윽고 아저씨는 술주정이 과해져 틈만 나면 부엌칼을 들었다. 이 부엌칼은 흔하게 들 수 있는 건가? 하지만 예전의 경험과는 달랐다. 칼을 들어 어머니를 붙잡고 소리칠 때면 정말 찌를 것 같았다. 우리는 모두 방으로 피신했지만 아랑곳하지 않는 어머니의 거친 욕설은 우리를 안정시키기는커녕 항상 불안하게 했다. 당장이라도 경찰에 신고하고 싶었지만 거실에 전화기가 있어 나갈 수도 없었다. 불안하게 거실 상황을 주시하며 방 안에 갇혔는데 미정이 이상한 행동을 했다. 라디오의 음악 소리를 일부러 크게 틀어 바깥 소리가 들리지 않게 하는 것. 거실에서 들리는 부부싸움의 시끄러움과 방 안 라디오 소음에 나는 미정에게 당장 끄라고 했지만 내 말은 무시한 채 그렇게 버티기만 했다.

　　대학교 입학원서를 쓸 무렵, 어렵게 시작한 미술을 그만두고 싶지 않았다. 물론 어릴 적부터 그림을 시작해 예술고등학교에 다니는 친구들의 실력을 1년 만에 따라갈 수는 없었다. 그렇지만 입시미술학원 선생님들도 그림 실력을 인정해주었고 지금부터라도 미술을 꾸준히 해보라고 격려해주었다. 하지만 어머니는 내가 그림을 배워보지 못한 것에 한이 맺혔으니 잠깐 보내준 거였나 보다. 입학원서를 쓸 땐 일반학과보다 예술학과 접수대가 쓸데없이 비싸다며 원서대를 아까워했다. 그에 대한 핑계는 홍익대가 아니면 다른 곳은 안 된다는 것이었다. 1년만 재수하게 해주면 무조건 갈 수 있다고 했지만 오히려 이제껏 키워주며 지출한 돈을 당장 일해서 갚으라 하니 어림도 없는 소리였다. 결국 가능성 있는 대학은 원서도 써보지 못하고 포기해야 했다. 미술학원 원장도 당장 대학을 보내는 아이 수가 중요해 아쉬웠으나 어쩔 수 없었다.

　　며칠 후 함께 그림을 그리던 친구들이 대학에 합격했다는 소식이 들렸다. 나와 같은 전공으로 단짝이었던 친구는 홍익대에 합격해 '전국 자전거 대장정'을 시작했다고 했다. 정말 부러웠다. 울산에 오며 잠시나마 평범하게 살고자 했던 기대는 결국 허황된 꿈에 불과한 거였다.

그래서일까. 과거 시절, 별로 행복하지 않은 사건들로만 채워진 우리들의 추억은 결국 감정 표현에 무뎌질 수밖에 없었는지도 모른다. 미정인 가족이라도 최대한 자신은 피해를 입지 않으려 했고, 상대방의 눈에 띄지 않게 조용히 행동하는 습성이 자리를 잡은 듯했다. 가끔은 보통사람들과는 다른 부모님과 비행 청소년이었던 언니들의 행동이 정말 이해되지 않는다며 정신세계가 궁금하다고 했다. 어쩌면 사춘기 시절 그렇게 말썽을 부리고 별로 달라진 게 없는 언니들의 현실을 간접경험을 하며 오로지 바른생활로 꿋꿋하게 버티는 것이 삶의 정답이라고 생각한 건지도 모르겠다. 그건 지금도 한 번씩 내뱉는 미정의 무의식적인 말투와 무덤덤한 태도는 내가 당황하는 부분이기도 하다.

TV 뉴스에서는 여기저기서 기업의 경영위기와 도산으로 회사의 부도 처리와 함께 대대적인 구조조정이 시작됨을 알렸다. 졸업을 앞둔 나는 당당하게 돈을 모아 독립하겠다는 꿈도 이젠 버려야 했다. 상황은 더욱 악화되었고, 학교 친구들도 취업이 몇 달씩 늦어지면서 '역시 나는 되는 게 없어!'를 그때부터 달고 살았다. 어머니 말처럼 우리는 세상에 태어나지 말았어야 했나? 함께 살고 있는 아저씨는 처음 우리에게 작가라고 소개했지만 그건 거짓이었고 건설업에만 종사했다고 한다. 그래서 지금은 아무것도 할 수 있는 일이 없다고.

어머니는 지적인 사람이 아닌 걸 알고 실망했지만 아버지와 달리 돈을 잘 벌어오니 살게 된 거였다고 이제와 푸념이었다. 그렇게 어머니는 한때 사모님 소리를 들으며 승승장구 큰 부자가 되겠다는 기대를 가졌으나 꿈이 사라지니 매일 신세를 한탄하며 아저씨와 으르렁거리기만 했다.

이제 빨간딱지만 남은 건가. 어머니는 자신이 구매한 물건엔 손도 대지 못하게 할 거라고 했다. 딱히 비싼 물건도 없는 전세로 사는 우리 집에 그 사람들이 들이닥친다면 냉장고만 붙일 것이니 그게 조금 불편할 것 같긴 했다. 드라마에서나 보던 빨간딱지. 사실 나는 부자가 될 것이라는 기대도 하지 않았다. 그래서 실망도 하지 않았다. 지난 시절 반복적으로 쌓인 무력감은 이미 무의식에 박혀 이런 상황도 평범하게 느껴질 뿐이었다.

졸업은 했지만 갈 곳 없는 조용한 아침. 오늘도 교차로와 벼룩시장을 빨리 가져오기 위해 조금 일찍 일어났다. 요즘 구직자들이 많아 길거리에 배치된 신문도 경쟁이다. 3년 전 구매한 586펜티엄은 최신형 컴퓨터였지만 MS-DOS로 부팅하던 시절, 인터넷 기능은 없기에 아침마다 발품을 팔아야 했다. 운이 없는 날은 버스 한두 정거장을 걸어가도 신문을 구하기 힘들었다. 얼마 전까지만 해도 미대를 꿈꿨는데 지금은 재수나 지방대학은커녕 당장 입에 풀칠부터 걱정해야 하는 신세가 되니 실없는 웃음도 터졌다. 그럼 그렇지, 내게 좋은 일이 일어날 리 없는데 잠시 내 처지를 잊었나 보다.

어머니는 하루빨리 직장을 구하지 못하니 빈둥대는 실업자로 새로운 눈치를 주었고, 나는 닥치는 대로 면접을 봤다. 그렇게 졸업 후 2주를 쉬고 성형외과, 레스토랑, 커피숍, 옷가게 등 구인광고가 나면 무조건 찾아가 짧은 시간이라도 감사하게 일을 했다. 하지만 날이 갈수록 어머니와 아저씨는 사이가 나빠졌고, 결국 아저씨는 신용불량자가 되어 개인파산까지 이르렀다.

어느 날, 희망의 흔적이라고는 없이 매일 싸움만 하는 집에 들어가기 싫었다. 어머니께 우리끼리 따로 나가 살며 다시 시작하자고 건의했다. 이제 나도 일을 하니 어머니도 식당일을 구하면 미정이 하나쯤은 충분히 뒷바라지할 수 있을 거라고 생각했다. 그리고 예전에 자취생활을 하며 세 모녀가 살았던 추억은 그리 나쁘지 않았기에 정서적으로 안정감을 찾고 싶은 마음도 있었다. 하지만 어머니는 혼자 살며 겪었던 외로움이 싫다고 했다. 순간 화가 나 "결국 자식보다 남자가 중요한 거야?"라고 물으니 답이 없다. 나는 그렇게 또 어머니께 실망했다.

그동안 여러 번 버려졌는데 이번엔 당당히 거절당하니 정신이 번쩍 들었다. 매일이 전쟁터 같은 집안 분위기에 동생들이 가엾긴 했지만, 당장 '내 코가 석 자'니 오늘부터라도 독립적인 삶을 찾아야만 했다. 그렇게 나는 호텔 커피숍으로 이직하면서 일부러 집에 들어가지 않고 동료들과 숙소에서 지냈다. 이것도 방황했던 시절, 청소년기 때와 같은 가출일까? 또 집 나가는 가출병이 도졌다는 어머니의 말에 문득 의문만 남을 뿐이었다.

5장

가족!
채워가는 삶 살아보기

다시 만난 아빠

다양한 아르바이트를 시작하며 사회경험을 한 지도 4년이 되었다. 내가 한 일에 당당히 월급도 받고 여러 책무를 맡으며 '사회는 이렇게 넓은 곳이었구나'라는 것도 깨닫게 했다. 그중 의류 판매 일은 함께했던 언니가 서비스를 제대로 배우려면 백화점에서 일해야 경력이 인정된다고 했다. 문득 '같은 일이라면 경력이 인정되는 곳에서 해야 하지 않을까?'라는 생각에 이직했다. 경력에 따라 월급 책정도 달라진다고 했다. 당시 울산의 주리원 백화점이 폐업했고 그 자리에 현대백화점이 들어서면서 채용 공고도 자주 나왔다. 호기심과 기대감으로 면접을 봤고 운 좋게 입사도 했다. 보통은 매니저가 상품 본사와 백화점 담당자 모두에게 계약을 체결한 후 매장을 임대해 판매 수수료를 취득하는 방식으로 매니저의 수익금 안에서 임의로 직원들

월급을 책정했다. 그러나 나는 서울 본사 직영 매장으로 사무직 직원과 영업직 판매사원으로 동일한 대우를 받게 되어 최저시급은 물론 4대 보험도 가입된 연봉제였다.

사실 백화점 일은 쉽지 않았다. 직장의 막내로 입사해 행사를 하는 날엔 100박스가량의 상품이 도착해 지하 검품장에서 홀로 가격 태그 부착작업을 몇 시간에 걸쳐 해야 했고, 먼지투성이가 되어야 깨끗한 매장으로 올라올 수 있었다. 점심을 못 먹는 날이 허다했고 매장 영업이 끝나고도 밤 12시까지 작업하는 날이 많았다. 결국 매니저 및 남은 직원들은 매출이 많을수록 일도 넘쳐나자 결국 지쳐서 해마다 그만두었다. 하지만 '고생 끝에 낙이 온다'라고 했던가. 온갖 허드렛일을 감내하고 경력을 쌓으며 끝까지 버틴 나는 그새 아래로 직원 네 명이 생겼고, 시니어라는 직급도 갖게 되었다. 그리고 매년 바뀌는 새 매니저에 비해 단골고객도 많아 담당자에게 신뢰도 쌓았다.

어머니는 내가 집을 나와 사회생활을 시작한 지 얼마 되지 않았을 때 마침내 이혼서류에 도장을 찍고 미정과 집을 나왔다. 그렇게 어머니는 다시 하기 싫었던 식당일을 찾아야 했다. 모범생으로 자라 마지막 희망이었던 미정인 고등학교 졸업과 함께 '화물공제조합 총무과'에 입사하면서 일찌감치 사회인이 된 지 벌써 2년째다. 3년 만에 세 모녀가 월세방에서 다시 자리를 잡으니 타인과 살았던 낯선 긴장감에서 벗어나 집안 분위기도 안정되었다. 그리고 자연스럽게 자신감과 함께 잘 살고 싶은 욕구도 생겼다. 그렇게 미정과 나는 매월 적금을 넣었고 어머니와 함께 새집 마련에 대한 꿈도 키웠다. 중학교 졸업 무렵 홀로 떠난 진주도 연락이 닿아 서울에서 잘 지내고 있다며 소식을 알려왔다.

이제 안팎으로 여유가 생겼기 때문일까? 매장에서 고객들을 바라보다 문득 할머니와 아버지 생각이 났다. 당시 할머니는 어미가 버린 자식들을 홀로 거두며 고생한 아버지를 두고 별안간 짐을 싸 어미를 따라 가버린 못된 딸년들이라며 노여워했다고 한다. 아버지가 퇴근 후 우리들의 옷가지와 물건들이 갑자기 사라져 할머니와 통화하며 서글피 울었다고 하니 그럴 만도 하다. '아버지가 울었다고?' 상상이 되진 않지만 큰고모의 귀띔에 아버지의 존재를 다시 생각하기도 했었다. 하지만 그때 상황으로 다시 돌아간다 해도 어쩔 수 없을 것 같다.

며칠을 고민하다 용기 내 아버지께 전화를 걸었다. 다행히 전화번호는 그대로였다.

"여보세요."

아버지의 굵직하고 무뚝뚝하게 낮은 음성은 변함이 없었다.

"아빠, 저예요. 향이에요."

"어? 향이가? 그래!"

"이번 명절에 작은고모 집 가려는데 아빠도 오실래요?"

"온천장에 간다고?"

"네, 미정이랑 내려가려고요."

"어, 알았다!"

전화를 끊으니 갑자기 놀란 반응과 반가움이 스민 아버지 음성이 귓가에 맴돌았다. 오랜만에 한 전화였지만 아버지도 나도 특별한 말은 없었다. '몇 년 만인가? 그래, 전화하기를 잘했어!'라는 생각과 그동안 고민했던 시간들이 한꺼번에 해결되는 것 같아 뿌듯함에 기분이 좋았다.

다른 부녀들은 참 살갑기도 하던데 우리 가족은 그게 어렵다. 학창시절, 한때 친구들이 아버지와 장난하며 지내는 모습이 몹시 부러웠다. 감히 '아버지께 장난을?' 우리 모녀에겐 상상되지 않지만 환경이 다르니 그런가 보다 했다. 그리고는 '집에서도 정말 그럴까? 전화로만 저렇겠지?'라고 의심도 해봤다. 그런데 7년 만에 통화한 우리 모녀의 무덤덤한 대화는 어떻게 이해하면 될까? 놀람과 반가움은 뒤로하고 여전히 짧은 대화, 그래도 편한 건 있었다. 아버지는 갑자기 떠

낳던 이유와 그동안 연락하지 않은 잘못을 따지지 않았고 누구의 탓
도 하지 않으며 있는 그대로를 수용해준 것이었다.

몇 년 만일까? 작은고모 집에 가는 건 더 오래된 것 같다. 부모님
이혼 후 주말마다 큰고모와 함께 작은고모 집을 다녔고 따뜻한 음식
과 함께 정이 있어 편안했다. 명절 땐 작은고모는 고향에 가지 않고
본인 집에서 차례를 지내니 맛있는 음식도 많았고 사촌 동생들도 다
른 친척이 없어 우리를 반겼다. 중학생 이후부터 뜸하게 방문했던 고
모 집, 오랜만에 갔지만 바뀐 건 없었다. 30년 넘게 살고 있는 작은
월세방, 절약 정신으로 부자를 갈망하는 어머니는 그런 모습을 볼 때
마다 매번 한심스러워했다. 하지만 작은고모는 전혀 아랑곳하지 않
고 시원한 성격에 웃음소리도 호탕했다. 먹고 싶은 것과 즐기고 싶은
것을 욕구대로 하는 편이니 우리에게도 재미있는 추억거리를 자주
만들어줬다.
그러나 작은고모는 아버지 앞에선 굉장히 조심스럽게 바뀌었다.
어릴 적 엄하기만 했던 큰오빠에 대한 기억이 성인이 되어서도 불편
하고 어려움으로 남은 것. 아버지가 저녁에 잠깐 들리겠다고 하면 다
시 새 밥을 지었다. 사실 새 밥은 작은고모뿐 아니라 큰고모와 작은
아버지, 할머니도 아버지가 드시는 것은 새로 지었다. 형제간인데도
아버지가 들어오시면 모두 무서운 어른을 모시는 것 마냥 말투와 행

동이 갑자기 다소곳해졌다. 그건 아마도 장남을 특별히 챙겼던 할머니의 사랑 때문이 아니었을까.

드디어 명절 연휴, 예정대로 미정과 나는 작은고모 집에서 아버지를 만났다. 하얀 피부와 둥근 얼굴의 아버지는 머리 중앙에만 집중적으로 머리카락이 빠졌고 이마는 더욱 넓어져 세월의 흔적을 느끼게 했다. 아랫배는 안정적으로 불룩하게 자리를 잡았고 전체적으로 살집이 불어 보통의 중년 모습을 연상케 했다. 문득 마음고생하며 살았던 우리와 달리 혼자서도 잘 지낸 것 같아 내심 섭섭하기도 했다. 아직 혼자 살고 계시지만 아버지답게 깔끔한 이미지 그대로였고 여전히 밤에 나가는 일을 한다고 했다. 작은고모가 애써 차려 놓은 음식은 전혀 드시지 않고 우리와 함께 있는 내내 환한 미소를 보이며 사회인이 된 것을 기특하게 여겼다. 그러나 다른 부녀들처럼 다정하게 안아주는 낯간지러운 행동은 하지 않았다. 다만 몇 가지 질문으로 형식적인 안부만 묻고 그저 우리들의 머리만 연신 쓰다듬을 뿐이었다. 어색한 저녁 식사를 마치고 아버지가 출근을 하시며 울산에 한번 오겠다고 하셨다. 어느새 자리 잡은 딸들이 신기하고 궁금하긴 한가 보다.

아버지께 어떤 모습을 보여드리는 게 좋을까? 그래도 어머니는 만나지 않는 게 좋을 것 같다. 이번에 작은고모 집에 내려간다고 했을 때 "거길 왜 가냐?"라고 핀잔을 주었기 때문이다. 풀리지 않은 어머니의 응어리 때문에 본능적으로 아버지와 싸울 게 뻔했다. 그리고 이미 다른 남자가 생겼으니 더 이상 만날 필요도 없었다. 그렇게 나는 부모님의 재회에 대해 혼자 결론을 내렸고 아버지와의 만남에만 집중하기로 했다.

　아버지가 울산에 오시겠다는 말이 가볍게 들리지 않았다. '정말 오실까?'라는 기대감과 설렘은 우리가 어떤 모습으로 보일지 궁금하고 고민스러웠기 때문이다. 그렇게 우리 모녀는 다음을 기약하면서도 정확한 날짜는 미룬 채 7년 만의 만남을 시작했다.

새로운 도전

퇴근 시간, 매출과 장부 마감을 끝내고 나서는데 아버지에게 전화가 왔다.

"향이가? 퇴근했나?"

"네, 아빠."

"내일도 일하나? 아빠 백화점에 갈라고! 살 것도 있고."

"네? 네, 아빠. 2층 매장으로 오시면 돼요."

항상 외모를 반듯하게 꾸미는 아버지는 브랜드 물건을 좋아했다. 그래서 벨트나 신발은 꼭 명품을 고집했다.

다음 날 점심 무렵, 매장에서 아버지를 기다렸다. 아버지가 오시면 잠시 외출해 맛있는 것도 사드리려고 교대로 가는 점심시간을 일

부러 바꿔 매니저와 동료들에게 미리 양해도 구했다. 괜히 가슴이 콩
닥거리고 발이 동동거렸다. 설레는 마음이 불안해져 가만히 진열된
옷을 다시 펼쳤다 개기도 했다. '아버지가 날 어떻게 바라보실까?' 시
간이 가까워지니 더욱 긴장되었다. 함께 일하는 동생이 갑자기 분주
한 내 행동을 보며 자신이 하겠다고 나섰지만 불안한 마음을 들킬까
괜히 그 행동도 조심스러워졌다.

이리저리 고개를 돌려가며 주위를 훑는데 마침 아버지가 걸어오
는 게 보였다. 그런데 '웬 아주머니?' 문현동 아주머니가 곁에 있었다.
반가움이 부끄러움으로 변했다. '저 여자는 왜 데리고 왔을까? 아직
도 만나고 있는 건가?' 그냥 숨어버리고 싶었다. 동료들이 물으면 어
머니도 아닌 저분을 뭐라고 해야 할지 벌써부터 고민되었다. 키가 큰
편인 아주머니는 도도했던 모습 그대로 여유 있는 걸음과 눈빛을 보
내며 고객 동선 중앙을 모델처럼 걷고 있고 아버지는 옆에서 보필하
는 것처럼 따르고 있었다. '그냥 퇴근 후 밖에서 만날걸.' 후회가 몰아
쳤다. 외출할 마음도 순식간에 사라졌다. 아직도 아주머니는 본인의
가정을 지키며 아버지를 흔들고 있는 건가? 나 또한 여자로, 성인으
로 자란 지금, 이제 저 여자가 좋게 보이지 않았다.

아버지는 매장 안에 서 있는 나를 발견하고 환하게 웃었다. 그리
고 기특한지 연신 내 머리를 쓰다듬었다. 간단히 인사를 끝내자 문현

동 아주머니가 말을 꺼냈다.

"향이 여기서 일하니? 언니 티셔츠 하나 살까 하는데 어디 있니?"

"네, 티셔츠요? 여기서 보시면 돼요!"

나는 아주머니를 티셔츠가 걸린 행거로 적당히 안내하고 다른 고객이 들어오자 얼른 맞이하며 곁을 떠났다. 이내 매장 안이 다시 고객들로 붐비고 아버지와 아주머니는 동료의 안내로 티셔츠 구매를 마무리했다.

"향아, 바쁘네? 아빠 갈게. 수고해!"

"네, 아빠. 조심히 가세요! 안녕히 가세요."

일부러 바쁜 척하며 아버지와 아주머니께 인사했다. 뒤돌아서 가는 두 분의 모습에 배신감이 솟구쳐 울컥해 입술을 깨물었다. 그동안 일을 하며 어느 정도 표정 관리에 능숙해져 불행한 과거를 덮고 감정을 억누르며 꿋꿋하게 살았었다. 그러나 새삼 잊었던 과거가 떠오르니 고요했던 마음이 갑자기 소용돌이쳤다. 그러고 보니 이 찜찜한 기분도 참 오랜만이다.

이후 아버지와는 가끔 전화로 안부를 물었고, 명절이면 아버지와 미정과 함께 서울에 계신 할머니도 찾아뵈었다. 사실 아버지께 전화를 드려야겠다고 결심한 가장 큰 이유는 할머니의 연세를 계산해보니 하루빨리 찾아뵙는 게 좋을 것 같아서였다. 그래도 할머니는 첫

손녀들이라며 우리를 끔찍이 예뻐해주고 돌봐주었으니 성인이 된 지금, 은혜를 갚는 게 당연한 도리였다. 두 번째는 장남인 아버지가 그동안 홀로 지내며 힘 빠진 어깨로 외롭게 지냈을 것 같아 이제는 든든하게 성장한 자식들이 곁에 있다는 걸 보여주고 싶기도 했다.

'피는 물보다 진하다'고 했던가. 오랜만에 만난 할머니는 우리를 발견하고는 깜짝 놀라면서도 여전히 "아이고, 내 새끼! 우리 똥강아지들 왔는가!" 하며 기쁘게 반겨주었고 특유의 애정 표현으로 그동안 못준 사랑을 실컷 표현해주었다. 그리고 아버지처럼 지난 과거를 묻거나 탓하지 않고 있는 그대로 수용해주었다.

할머니는 여전히 작은아버지 집에서 손자 둘을 돌보며 집안일을 담당하고 있었다. 당시 유치원생이었던 사촌 동생들은 훌쩍 자라 나보다 키가 더 큰 고등학생이 되었고, 특별한 추억이 있던 할머니의 등은 어느새 꼬부랑해지고 약해져 있었다. 할머니의 가냘픈 모습에 이제껏 외면했던 시간들의 잘못을 뉘우치게 했다. 얼마나 그리던 가족의 풍경이었던가? 어쩌면 어머니의 사랑보다 따뜻하고 정겨운 할머니의 사랑이 더 그리웠는지도 모르겠다. 이제 모두 제자리로 돌아온 건가….

얼굴엔 미소를 띠고 꼭두각시처럼 온종일 서 있는 백화점 일도 경력이 쌓이니 보람과 만족감을 느낄 때가 있다. 소위 진상 고객을 응

대할 때의 요령이나 단골고객을 관리하는 일 등은 업무의 피로와 함께 일상이 된 지도 오래다. 입사한 지 벌써 5년, 처음에는 본사 직영이었던 매장은 해마다 경쟁 브랜드가 들어서니 이제 중간관리 체계로 바꾼다고 했다. '중간관리'란 개인이 본사에 공탁금을 걸고 매장을 임대하는 방식으로 월 매출액을 일정 비율로 정해 본사와 백화점, 개인사업자가 나누는 방식이다. 그렇게 따지면 실제로 상품 원가는 얼마 되지 않는다. 따라서 매장에 채용되는 직원 수와 월급은 오로지 개인사업자 관할이다. 4대 보험도 의무가 아니니 개인사업자가 가입해줄 일은 없다.

나는 그동안의 경력과 고객관리 확보를 내세워 본사에 개인사업자 요청을 했으나 나이가 어리다며 단번에 거절당했다. 현재 나이 스물다섯, 매니저가 되려면 평균 서른은 되어야 한다고 했다. 그동안 월급 매니저들이 다섯 번이나 바뀌면서 직원들 면접이며 고객 대장은 내가 다 관리했는데 황당하고 억울할 뿐이었다.

한 달 후 새로운 매니저로 교체되고 내가 받던 연봉도 오르기는커녕 나이에 비해 큰 금액이란 이유로 삭감됐다. 대신 그만두지 않고 자신의 사업이 정착될 때까지 도와준다면 고용보험은 유지해준다고 했다. 다시 시작하는 마음으로 함께해 달라는 부탁에 그렇게 다시 1년이 흘렀다. 매장이 안정된 후 해가 바뀌어도 경력과 상관없이 연봉은 그대로이고 성과금도 없는 직장 일이 무료해졌다. 이건 처음 백화점 이직을 결정하며 경력을 쌓으려고 했던 목적과도 상반되었다. 열심히 노력해서 정직하게 결과를 인정받을 수 있는 곳은 대체 어딜까? 그냥 이렇게 생활수준의 진전도 없이 시간만 때우는 게 허무해 다시 고민에 빠졌다.

　며칠이 지났을까 문득 '공부'밖에 없겠다는 결론에 이르렀다. 뒤늦게 공부라니 우습기도 했다. 하지만 아무리 생각해봐도 공부밖엔 없었다. 원서를 넣어 입학한다고 해도 스물일곱에 대학 1학년이 된다. 회사에 다니며 야간 대학을 다녔던 미정에게 고민을 털어놓았다. 그 사이 학교를 졸업하고 직장에서 '대리'의 직책을 앞두고 있는 미정인 흔쾌히 가보라고 했다. 그것도 좋은 경험이 될 거라고. 그리고 이왕이면 '유아교육학과'가 취업이 잘 되니 나이를 생각해 졸업 후 취업과 연계된 학과를 고려하라고 했다. 그동안 우리는 아파트로 이사해 내 방도 생겼으니 공부에 집중할 분위기는 되었다. 또한 '수시입학'이라는 제도가 생겨 수능을 치르지 않고도 입학이 된다니 부담도 없었다. 그렇게 걸림돌 없는 조건들을 받아들여 나는 대학에 가기로 결심했다. 고민이 해결되니 결심도 단단해졌다. 이번이 '생애에 세 번 온다는 기회'가 될지도 모른다며 스스로 최면을 걸어 진로를 바꾸며 생겨난 불안한 마음도 다독였다.

드디어 9월, 수시입학 기간에 서류를 넣었고 마침내 합격통보가 왔다. 다행히 고등학교 내신 성적이 좋아 종합점수가 높았는지 입학 장학금도 나왔다. 함께 일한 매니저는 하루아침에 그만두겠다고 하니 배신감이 생긴다 했고 뒤늦게 백화점 담당자와 본사 과장이 다른 브랜드 매니저로 자리를 만들어준다며 퇴직을 말렸다. 하지만 이미 늦었다. 충분히 할 만큼 했기에 더 이상 미련도 없었다. 그렇게 나는 "이왕 합격한 거 공부 한번 해보고 안 맞으면 돌아올게요! 그때 잘 봐 주세요!"라고 여유를 부리며 사직서를 제출했다.

이제 다시 처음으로 돌아가 새로운 삶을 개척해야 했다. 그동안의 시간과 경력이 아쉬움을 남기지만 더 늦기 전에! 노력의 대가를 인정 받기 위한 새로운 도전을 용기 내 실행해보기로 했다. 스물일곱의 늦 깎이 대학생으로 말이다.

삶의 방향이란?

쌍둥이가 어릴 적, 어머니가 점을 보고 왔을 때 아이들은 교사시 키면 된다는 말에 진주에게 기대를 걸었다고 했다. 그러나 삶이 피 폐해질수록 자녀들을 교사로 만들겠다는 꿈은 멀어져갔고 내가 학 과를 고민할 때 어머니는 "초등학교 교사가 아니라 기껏 유치원 교 사냐? 꿩 대신 닭이네!"라고 콧방귀를 꼈다. 특별히 관심을 가진 학 과도 없었기에 어머니의 말에는 아랑곳하지 않고 과거 취업에 대한 기억으로 생긴 자동적인 불안감과 목마름이 본능을 충실히 따르게 했다. 더구나 전문대라는 어머니의 비아냥거림을 뒤로하고 선택한 학교의 '유아교육과'는 전국에서도 '취업률이 1위'라니 망설일 이유 도 없었다.

입학 후 몇 개월간 고용보험금을 받았고 교수님의 소개로 근로학생에 지원해 교육지원과의 심부름을 하며 조금만 수입도 생겼다. 처음엔 갑자기 줄어든 쥐꼬리 월급으로 어떻게 살지 걱정도 됐지만 '인간의 적응력'은 위대했다. 백화점을 다니며 사치하던 내가 돈이 귀하다는 것을 깨달았고, 마음이 바뀌어 그동안 모은 적금을 학비로 쓰는 것도 아까웠다. 그래서 차량 기름값을 제외하고는 푼돈이라도 틈틈이 모았고, 적립 포인트 사용 방법도 미정에게 물어보며 최대한 알뜰히 생활했다. 그리고 주말이나 방학이면 지인의 부탁으로 백화점에서 아르바이트 자리도 들어왔다. 이후 시간을 쪼개 공부와 일에 전념하며 푼돈 모으는 재미를 알게 되었고, 유일하게 공짜로 얻을 수 있는 목돈인 '성적장학금'에도 욕심이 생겼다. 더구나 노력한 만큼 당당히 보상받는 성적장학금은 내가 다시 공부하기를 선택한 목적이기에 자투리 시간을 최대한 활용했다. 다행히 꾸준한 노력으로 학과 공부에 몰입한 결과 졸업까지 무난하게 학기별 장학금도 받았다.

돌아보면 유아교육은 내 삶의 전환점이었다. '삼강오륜'을 배우며 자랐던 어린 시절, 모든 부모가 완벽할 수 없음을 이해하게 되었고 불우한 환경에서 자란 아이도 안정된 마음을 가지기 힘들다는 걸 알게 되었다. 때로는 자라면서 받았던 어른들의 눈총에 부정적인 마음을 안고 살았던 내 지난 시절이 가여워 수업을 받고 와서는 실컷 울기도 했다. 하지만 그 눈물은 그동안 외면하고자 했던 과거를 돌아보며 스스로 받아들이고 인정할 수 있는 용기를 가지게 했고, 며칠간 보냈던 고뇌의 시간은 성숙한 성인으로 만드는 자양분이 되었다.

또한 2학년 무렵, 성적장학금 제도가 바뀌어 봉사활동 학점이 의무가 되었을 땐 사회복지 단체에 가입해 정신적으로 더욱 건강하고 풍요로운 삶을 가지게 했다. 그리고 봉사를 하며 내가 궁극적으로 하고 싶은 사회적 역할이 뭔지를 깨닫는 기회도 되었다. 그렇게 방치했던 과거를 찾아 의문점을 해결하니 마음도 한결 편안해졌고, 한편으로 물러나 있는 소외된 자아도 찾게 했다. 가끔 이전의 직장에서 좋은 조건과 직책을 제의하지만 전혀 아쉽지 않으니 분명 유아교육은 내 인생의 기회가 된 건 틀림없는 사실이었다.

물론 늦은 나이에 다시 시작한다는 건 생각보다 쉽지 않았다. 백화점 경력으로 아랫사람을 두고 편히 일할 수 있지만, 새로운 일터의 도전은 밑바닥부터 경험해야 하니 내가 가진 능력을 제로 상태로 떨어뜨리고 오감을 열어 긴장해야 했다. 특히 아이들을 돌보는 일이니 항상 불안과 긴장감을 유지해야 했다. 처음 맡겨진 업무는 사무일과 청소, 잔심부름 등 기관의 온갖 허드렛일이 주요 업무였다. 당시 교수님들은 수업을 하며 유치원 교사는 '하늘이 내려주는 직업'이니 기본적으로 아이들과 맞지 않으면 일찌감치 공부를 그만두라고 했다.

그리고 주변에서는 '기피하고 싶은 3D 업종'이라고 했으니 분명 쉬운 일은 아니었다. 하지만 나는 졸업할 때의 나이를 생각해 함께할 동료들에게 피해가 되고 싶지 않아 미리 현장 분위기를 알아두고 싶었다. 며칠 후 학교와 가까운 유치원의 보조교사로 발탁되었고 학과 수업은 주·야간 교수님이 동일했기 때문에 시간도 조정할 수 있었다. 이렇게 뭔가 하려고 하면 기다렸다는 듯이 모든 일정이 조정되니 '세상엔 죽으란 법이 없다'는 말도 실감하게 했다.

해맞이로 떠들썩한 새해가 밝았을 때, 나는 2학년 2월까지 근로학생 일을 마무리하고 유치원 보조교사 일을 시작했다. 그리고 3학년 땐 학과 교수님의 유치원에서 일할 수 있는 조건이 돼 졸업 후 임용도 무난해졌다. 하지만 기쁜 마음도 잠시, 현장의 보조업무는 치열하게 시작되었다. 새벽 6시까지 출근해 1층부터 4층까지 홀로 복도와 선반 청소를 했고 오전 8시면 차량 도우미로 두 시간 동안 유치원 버스를 탔다. 아이들 등원이 끝나는 10시가 되면 5세 반에서 보육 일을 도맡았다. 그리고 틈틈이 각 층 화장실을 돌며 미끄럼 방지를 위해 바닥의 조그만 물기도 말끔히 닦아야 했고, 각 반의 아이가 다칠 때면 병원도 데리고 다녀야 했다. 눈코 뜰 새 없는 시간이 지나 오후 차량 지도까지 마치면 5시 30분. 드디어 학교에 갈 시간이 된다. 2년 전에 딴 운전면허를 본격적으로 활용한 것도 이때다. 30분을 바삐 운전해 학교에 도착하면 매점에서 간단한 저녁을 먹거나 피곤한 날엔 차에서 쪽잠을 잤다. 20분가량의 초저녁잠은 피로한 하루 일과를 신기하게도 개운하게 씻어줬다. 그렇게 6시 30분에서 10시까지 수업을 받고 나면 하루 일과가 끝이 난다.

일을 배울 땐 유치원 건물 옥상에 올라가 많이 울기도 했다. 처음 해보는 일로 경험이 없어 자존심 상할 때도 많았고 예기치 않게 닥치는 업무들에 체력 소모도 굉장했다. 울면서 깨달은 건 '성공하기 위한 첫걸음은 당연히 힘들다'는 진리였다. 남몰래 홀로 앉아 울 때면 처음 백화점 일을 하며 창고에서 울던 모습이 떠올랐고, 이내 자신감을 가지고 당당했던 경력자의 모습도 연거푸 떠올라 스스로를 다독이며 버티게 했다. 이게 바로 사회심리학자 앨버트 반두라Albert Bandura가 얘기한 '자기효능감'이 아닐까. 과거 성공했던 경험은 원동력이 되어 내면의 자아를 더욱 단단히 만들었고, 스스로를 신뢰하며 갖게 된 믿음은 굳은 의지를 낳아 다시 성공을 이끄는 데 원천이 되니 말이다.

그래도 유치원에서 일을 하며 즐거운 건 지친 일상에서도 매일 아이들과 함께 웃으며 지낼 수 있다는 거였다. '어떤 직업이 하루에도 몇 번씩 꾸밈없이 웃으며 일할 수 있을까?' 몸은 힘들지만 아이들의 순수한 미소 속에서 함께한다는 게 내겐 큰 즐거움이고 보람이니 유치원 교사는 천직이 맞는가 보다. 하늘이 선택해준 자들이라…. 이 얼마나 근사한 말인가?

졸업을 하며 나는 대학생활 3년의 여정을 허투루 쓰지 않고 결실을 맺어 상패도 받으며 마무리했다. 비록 험난한 삶들을 체험하며 빙 둘러 돌아왔지만 뒤늦게라도 그들이 말한 천직을 찾아 다행이었고 다시 태어난다 해도 운명처럼 이 직업을 선택할 것이다. 그리고 또 하나, 묵묵히 치열하게 살아낸 흔적들은 절대 배신하지 않는다는 걸 새삼 깨달으며 그렇게 나는 서른이 되던 해, '유치원 교사'라는 첫걸음을 내디뎠다.

부모의 보호자가 되다

유치원은 교사 1인 기준 유아 30명이다. 초임에 만 3세를 지도하며 설레고 즐겁기도 했지만 체력적인 건 단련이 필요했다. 아이들의 입학식과 적응 기간이 훌쩍 지나고 안정을 찾은 7월. 여름방학을 지내고 나면 또 한바탕 아이들의 일상 적응기로 다시 일주일 보내야 하지만 신기하게도 아이들은 여름 햇살을 듬뿍 받고 자란 푸른 나무들처럼 무럭 자라 있다.

퇴근 무렵, 몇 년 전부터 우리와 함께 살고 있는 아저씨에게서 전화가 왔다. 그분은 아버지를 제외한 어머니의 두 번째 남자다. 외로움이 많은 어머니는 두 번째 이혼 후 다시 다른 분을 만났다. 그분과도 티격태격하지만 안정된 직장을 다니기에 그나마 별 탈 없이 지내고 있었다.

"네, 아저씨!"

"어, 향아. 마치고 미정이랑 집 앞에서 맥주 한잔할까?"

"네? 왜요? 집에서 먹으면 되죠?"

"어… 그런데 집에서 얘기하기는 그렇고, 밖에서 했으면 좋겠는데….."

"네, 알겠어요. 미정이 퇴근하면 바로 오라고 할게요."

집 앞 호프집에 도착해 빈자리를 찾는데 아저씨가 먼저 와 계셨다. 함께 앉아 맥주와 안주를 주문하니 미정도 들어왔다.

"아저씨, 무슨 이야기이길래 엄만 집에 있고 우리끼리 밖에서 얘기해요?"

"어? 그냥! 딸들하고 집에서만 맥주 마시니 밖에서도 먹어보자고. 시원하게 한잔해!"

아저씨가 냉장고에서 나온 하얗게 김 서린 맥주병을 들자 나는 잔을 기울여 채웠다. 부풀어 오르는 거품을 잠시 가라앉히고 한 모금 마시니 하루의 피로와 갈증이 씻겨나 긴장이 풀렸다. 하지만 이 찝찝한 기분은 뭘까.

"아저씨, 말씀하세요. 엄마 기다리는데 빨리 들어가셔야죠!"

"어? 그게…."

아저씨가 말하기 어려워하니 더 불안했다. '뭐지? 엄마랑 또 싸웠나? 헤어지려고 그런 건가?' 쓸데없는 생각이 자꾸 떠올랐다 사라졌다.

"얼마 전에 엄마 검사받은 거 알고 있지? 그게 낮에 결과가 나왔는데…."

"네, 알아요. 뭐래요?"

"엄마가 유방암이란다. 수술해야 한다고, 어떻게 하나?"

미정과 나는 순간 멍해졌다. TV에서만 보던 '암'이란다. 어머니도 놀라고 당황스러워 어찌할지 몰라 그냥 집에 있기로 하고 아저씨가 대신 말하기로 했단다. 갑작스러운 일이었지만 정신을 차려야 했다.

"요즘은 수술해서도 잘 낫는다던데 치료하면 되는 거 아니에요?"

"응! 수술하고 일주일 입원하면서 경과를 지켜본단다."

"그럼 당장 병원 예약하고 수술하면 되죠?"

미정인 이제야 상황 파악이 되는지 옆에서 불안해하며 훌쩍였다.

"야! 뭐가 걱정이고? 수술하면 되지. 그거 때문에 여기서 맥주 마신 거예요? 이제 들어가요! 엄마 기다리겠어요."

"어? 알았어."

내가 대수롭지 않게 말하자 아저씨도 당황한 것 같았다. 어렵게 말을 꺼내며 세상 모든 슬픔을 안은 표정이더니 들어가기를 재촉하자 금방 평소의 모습으로 돌아왔다. 집으로 걸어오는 길, 머릿속이 복잡했지만 일단 의사를 만나 직접 이야기를 들어야 하니 다른 생각은 하지 않기로 했다.

"엄마! 암이라며? 병원 가면 되지, 왜 이러고 있노? 지금 당장 가자!"

"어? 아저씨한테 들었나? 엄마 이제 어떡하면 되노?"

"뭘 어떡해? 수술하면 되지! 드라마 찍나? 치료도 안 해보고 뭐가 걱정이고? 요즘은 암도 수술 잘 된단다! 쓸데없는 생각 말고 내일 당장 병원 가자!"

"어? 아니, 향아! 그래서 알아봤는데 부산 고신대(고신대학교 복음병원) 가서 하려고. 거기 병원비도 싸고 암연구소도 있단다. 이모들도 부산에 있으니까. 느그는 출근하면 병원 다니기 힘들잖아."

"부산? 그럼 지금 바로 짐 싸! 이모 집 가자! 병원 진료부터 받아야 수술 날짜가 나오잖아. 내일 아침에 고신대서 다시 진료받아!"

갑자기 재촉하는 말에 어머니도 엉겁결에 가방을 꾸렸고 함께 부산으로 향했다. 겉으론 대수롭지 않게 행동하려 애썼지만 불안한 마음은 어쩔 수 없나 보다. 그렇게 나는 이모 집으로 향하며 운전하는 내내 별일 없기를 빌고 또 빌었다.

어머니의 수술 날짜는 7월 마지막 주. 나도 방학 기간이라 함께 있을 수 있어 다행이었다. 필요한 걸 챙겨 내려와 입원 접수를 했고 어머니는 어제부터 금식 중이다. 아침이 되자 남자 간호사들이 병실에 들어오더니 침대를 이동하기 전 가족들은 하고 싶은 말을 나누라고 했다. 그 말이 채 끝나기도 전에 아저씨와 어머니는 손을 잡더니 꺼이꺼이 소리 내 통곡했다. 마치 마지막일 것처럼. 그 모습에 함께 한 이모와 나도 눈물이 터졌지만 잠시 후 "드라마, 영화 찍나? 그만해라!"고 애써 태연한 척 서로를 떼어놓고 수술실로 배웅했다.

아저씨는 교대근무라 이제 출근해야 했다. 이모와 나는 수술실 입구에 앉아 전광판에 뜨는 어머니 이름을 확인하며 수술 과정을 지켰다. 5시간이면 된다더니 시간이 지체되자 누르고 있던 감정이 스멀거렸다. 온갖 불안한 생각이 떠올라 눈물이 흘렀다.

그렇게 칠흑 같은 2시간이 더 지나고서야 수술실 문이 열리며 보호자를 찾는다. 불안한 마음으로 방 안쪽에 들어서니 수술 전 보호자 각서를 쓸 때 잠깐 뵈었던 의사 선생님이 계셨다. 수술은 잘 되었고 유방암 2기이긴 하나 겨드랑이 아래로 암세포가 넓게 퍼져 제거하느라 늦어졌다고 했다.

수술 후 회복 과정을 마치고 병실에 올라온 어머니는 "무통주사는 왜 주지 않는 거냐!"며 간호사에게 신경질을 부렸다. 담당의사의 처방이 자연치유가 원칙이라니 더 이상 요구는 못 하고 간호사가 나가자 온갖 짜증을 내기 시작했다.

"너희가 한번 수술해봐라! 얼마나 아픈지! 아이고 아파라! 니가 일부러 돈 아낀다고 무통 주지 말라 한 거 아니가? 여기 1인실이라고! 돈 많이 든다고!"

"엄마! 간호사가 얘기했잖아. 의사 처방이 나와야 무통이든 진통 주사든 줄 수 있다고. 병원비야 보험에서 나오는데 뭘 그라노? 회진할 때 다시 달라고 해보자. 조금 참아봐."

"야! 니가 수술 안 했다고 그라나! 꼴 보기 싫으니까 다 나가라!"

잠시 후 간호사가 들어와 어머니게 조금씩 팔을 움직이며 수술 부위 근육이 굳지 않도록 스트레칭을 해야 한다고 했지만, 아프다며 소리만 지르고 짜증만 내니 제대로 해보지도 못하고 나가버렸다. 결국이모는 어머니 성질에 못 이겨 집으로 돌아갔고, 미리 사둔 물리 치료할 물건들도 제 역할을 잃었다. 그래도 여전히 쩌렁쩌렁한 어머니의 목소리를 들으니 한편으론 모든 게 제자리로 돌아온 것 같아 다행이기도 했다.

다음 날 아침, 어머니는 소변 줄을 빼며 조금씩 움직이기 시작했고 오후가 되자 진주가 병원에 도착했다. 진주는 몇 년 전에 혼자 사는 것을 청산하고 문득 가족들이 사무치게 그리웠다며 울산으로 내려와 함께 지내고 있었다. 진주가 병실에 들어서며 교대로 어머니를 돌보는 게 어떠냐고 제안했고, 더 있다간 나도 어머니와 싸울 것 같아 흔쾌히 그러자고 했다.

그렇게 3일째 되던 날, 1인실만 고집하던 어머니는 혼자 있기 심심하다며 갑자기 다인실로 옮겼고 환자들과 암에 대한 정보를 공유

하며 병원에 더 머물고 싶다고 했다. 하지만 대학병원은 수술 후 이상이 없으면 퇴원하는 게 원칙이라니 함께 입원한 환자들에게 소개받은 밀양의 '숲 요양병원'으로 가겠다고 했다. 병실에서 스트레스와 화를 다스리는 것이 암 재발을 막는 거라고 들은 어머니는 갑자기 마음도 유연해졌다. 그동안 진주의 오랜 연애에 반대만 하던 남자친구를 데려와 인사를 시켰고, 결혼도 허락했다. 얼마 전 상견례를 마친 막내 미정도 어머니의 수술로 미루려 했던 결혼 날짜를 예정대로 진행하라고 해 갑자기 바쁘게 되었다. 미정인 신혼생활을 강원도에서 시작하는 터라 직장 일부터 집 장만까지 매주 먼 길을 오가며 분주했고, 나는 어머니의 퇴원과 요양병원 입소를 도와드리며 암흑일 줄만 알았던 치료 과정을 그렇게 마무리했다.

외로운 아이들, 가정을 꾸리다

　　퇴원 후 어머니는 한 달간 요양병원에 있으면서 필요한 게 많았다. 덕분에 주말이면 울산에서 밀양으로 잔심부름을 하느라 쉴 틈이 없었다.

　　"엄마! 그런데 가스버너는 위험하지 않아? 반입 금지잖아!"

　　"사람들 다 쓰더라. 저녁을 5시에 먹으니 배고프면 라면이라도 끓여 먹어야지. 괜찮다!"

　　"아이고, 퇴원할 때 이삿짐센터 불러야겠네. 더 가져올 건 없지?"

　　"응! 다음 주는 하루 전날 와서 자고 가! 다른 딸들도 자고 가더라."

　　또 사람들에게 잘 보이고 싶은가 보다. 모범생 미정이만 효녀고 두 딸년은 '웬수덩거리'라 하더니 급한 김에 자주 다녀가는 딸을 효녀로 둔갑시켜 자랑이라도 하고 싶은가 보다. 하는 수 없이 일주일 후 어머니와 주말을 보냈고, 병원 근처 아랫마을에 있는 찜질 숯가마도 다녀오며 몇 가지 일정을 함께했다.

　요양시설은 깨끗했다. 한 방에 두 명만 거주했고 원룸처럼 꾸며졌다. 암 환자만 입원하는 곳이라 식단도 신선한 야채와 과일이 끼니마다 올랐고 죽부터 고기류까지 뷔페식으로 다양하게 제공되었다. 예전에 사회생활을 시작하며 미정과 나는 질병보험 하나 없는 어머니가 걱정돼 하나씩 넣어둔 게 있어 병원비 부담은 크게 없었다. 마침 정권도 바뀌며 암 치료 본인부담금도 5퍼센트밖에 되지 않았으니 이제 수술비가 없어 암 치료를 못 하는 경우는 없다고 했다. 그래서인지 대학병원 1인실 입원비도 생각보다 적게 나왔고, 지금 있는 요양병원비도 한 달 100만 원이지만 실비 혜택이 있어 괜찮았다. 하지만 어머니는 다른 사람들은 100일 동안 지원받는데 자기만 30일 혜택이라며 보험이 부실하다고 뒤늦게 투덜거렸다. 이후에 나왔던 보험에 혜택이 추가되었나 보다. 보험에 전혀 신경 쓰지 않고 살았으니 우리도 알 수가 없었다. 받은 진단금을 보태 더 있으라니 그건 싫단다. 우리더러 어떡하라고. 늘 부정적인 편견으로 현실에 불평만 하니 더 이상 해줄 말도 없었다.

　퇴원 후 집으로 돌아온 어머니는 식단 조절과 운동으로 건강을 되

찾았고 며칠간 독서를 하며 안정된 모습을 보였다. 오랜만에 편안해 보이는 어머니를 보니 집안이 따뜻해진 것 같아 기분이 좋았다. 하지만 시간이 지날수록 불교 방송을 들으며 해탈할 줄 알았던 어머니 마음은 욕심과 짜증으로 다시 채워졌다. 이야기 중 아저씨가 혼인신고를 하지 않아서 법적 부부가 아니라는 이유로 직장에서 나올 배우자 병원비 혜택을 놓쳤다고 하니 딸들 시집 때문에 하지 못해 손해를 봤다며 신경질을 부리기도 했다. 그렇게 어머니는 사소한 것에도 쉽게 짜증을 냈고 뜻대로 되지 않으면 신세 한탄부터 하는 이전의 모습으로 돌아왔다.

진주는 울산으로 와 휴대전화 영업 일에 정착했고, 나도 유치원 일을 하며 언제 그랬냐는 듯 평범한 일상이 흘렀다. 그해 겨울, 미정도 결혼식을 올렸고 아버지도 어머니와 이혼은 했지만 상견례나 가족행사에 모두 참석해 가장의 역할을 하며 자리를 지켰다. 물론 어머니 곁에 아저씨가 계셨지만 나는 아버지 자리를 지켜드리고 싶었다. 돌아보면 갑자기 나타났다 사라지는 어머니보다 묵묵히 우리를 키워준 아버지의 노고를 잊지 말자는 게 내 주장이었다. 주변에선 부모가 오래전 이혼하고도 매번 행사에 참여하는 걸 의아해했지만 만약 아버지를 다시 찾지 않았다면 없었을 일이다. 그동안 아버지도 밤에 하시는 일을 그만두고 지금은 개인택시를 운행하니 보통의 생활을 하고 계셨다. 아버지를 다시 찾은 건 정말 잘한 일이었고 비록 껍데기에 불과했지만 우린 겉으론 흠 잡을 데 없는 가족 형태가 되었다.

다시 모인 가족! 각자 방황하는 시기가 있었지만 흘러간 시간은 자신의 자리를 찾게 했다. 진주는 미정의 결혼식에 남자친구를 데려와 친척들에게 자연스레 인사시켰고, 집안 행사를 거들며 아버지께도 기쁘게 결혼을 허락받았다. 미정이가 떠나니 이제 집엔 서른이 된 쌍둥이만 덩그러니 남았다.

'사람의 욕심은 끝이 없다'고 했던가. 어머니가 진주의 결혼을 다시 반대하기 시작했다. 어머니의 변덕은 가족 누구나 알고 있기에 스스로 풀릴 때까지 기다리기로 했다. 진주와 남자친구는 어머니의 환심을 사기 위해 노력했고, 기회가 되면 집에 찾아와 인사도 자주 했다. 때로는 유기농을 먹겠다고 아파트 뒷산 공터를 개간해 만든 어머니 밭일도 도와가며 비위를 맞춘 결과, 4년 후 드디어 진주도 5월의 신부로 10년의 연애를 마무리했다.

동생들이 결혼하니 시집과 친정이란 새로운 역할도 생겼다. 그새 미정도 아이 둘을 출산하며 울산을 오갔고, 5월의 가족 행사나 명절이 되면 어머니가 있는 친정과 아버지가 계신 부산으로 인사를 다니느라 제부들도 바빴다. 뒤늦게 합쳐진 가족이었지만 핏줄은 무서운 거였기에 늘 그랬던 것처럼 편안했고, 자식들이 성인이 되어 만든 가정의 문화도 안정된 모습으로 형성되어갔다.

서른다섯이 되던 해, 나는 여느 때와 다름없이 주말이면 분기별로 등록한 대학교 평생교육원에서 하고 싶은 공부를 했고 휴일엔 유치원에 출근해 한 주의 업무를 미리 준비했다. 휴일에도 매번 출근하는 게 신경 쓰였는지 어느 날 동료들이 이제 연애에도 관심을 가져보라는 말에 눈치 없었던 내 행동이 괜히 미안해지기도 했다.

'올해는 연애를 한번 해볼까?'라고 결심하니 우연한 기회가 인연이 되었나 보다. 만난 지 5개월 만에 나는 기혼녀가 되었다. 당시 남편은 어머니께 인사드리며 시간 낭비 말고 빨리 결혼하라고 서두른 말에 내가 '돌싱녀'인 줄 알았다고 했다. 아버지는 내심 섭섭했는지 상견례에선 "독신으로 살 것 같더니 느닷없이 결혼한다고 했다"며 당황스러움을 표현하기도 했다. 10년 전, 삼십 대 중반은 '결혼을 못 하거나, 안 하거나' 둘 중 하나로 분류했으니 어머니는 혼기를 놓칠까 불안했고, 아버지는 '독신주의'라 생각했던 모양이었다. 결혼에 대한 특별한 기대가 없었기에 미뤘던 건데, 지인들은 '해도 후회, 안 해도 후회!'라며 재촉하니 이왕 살아가는 것, 남들도 하는 결혼을 나도 해보기로 했다.

아버지는 모진 풍파를 견뎌내고 장성한 세 딸이 가정을 꾸리고 안정되게 살아가는 모습이 기특했는지 겉으로는 표현하지 않았지만 만날 때면 환한 미소로 연신 딸들의 뒤통수를 쓰다듬었다. 그리고 딸을 닮은 손주를 보면 과거의 추억을 떠올리며 흐뭇해했다. 사위들과는 묵직하고 거친 말투로 목청을 높이며 남자들의 삶과 군대 이야기를 풀어 놓았다. 가끔 어머니가 '딸들이 각자 밥벌이하며 무탈하게 살아온 것은 모두 자신의 공'이라고 해 한 번씩 분위기가 얼음장처럼 얼어붙는 것 외에는 화목한 분위가 연출되었다. 나는 먼 발치에서 신나게 이야기를 주도하는 아버지의 모습을 보며 때론 여자들의 징징거림과 살아오며 적적했을 아버지 마음이 헤아려져 갑자기 가슴이 뭉클해지기도 했다.

여름휴가를 맞아 미정인 아이들을 데리고 울산에 왔다. 부모 속 한번 썩이지 않고 반듯하게 자란 미정이가 멀리 떨어져 있으니 막내의 애틋한 모습에 부모님의 눈빛엔 항상 안쓰러움이 묻어나 있었다. 마침 아버지도 시간이 되어 울산으로 와 모두 식당으로 갔다. 그동안의 안부를 묻고 식사를 하며 부족한 음식을 추가해야 하나 생각하고 있는데 아버지가 말씀하셨다.

"향아, 애들 고기 조금 더 먹게 또 시켜."

"네! 아빠, 2인분 더 시킬게요. 거긴 더 필요한 거 없어?"

메뉴가 보쌈이라 아이들 먼저 챙기니 양이 적어 아버지도 조금 부족한 것 같았다. 내가 옆 테이블에 앉은 진주를 향해 묻자, 어머니가 벌컥 소리쳤다.

"뭐 하러 또 시키노? 애들 이제 안 먹는다! 시키지 마라!"

잠깐 옥신각신 의견이 오갔다. 우리 가족은 이랬다. 직접적으로 표현하지 않는 아버지와 무조건 비싸니 절약부터 하는 어머니. 사소한 것에도 늘 어머니의 허락을 받아야 했다. 제부들도 어머니 성격을 이미 파악한 터라 조용했다. 또 내가 나서야 했다.

"됐다 마! 비싸면 식당에서 밥 안 먹고 집에서 먹어야지, 왜 왔노? 내가 더 먹고 싶어 그런다! 됐제?"

어렵사리 고기를 추가했고 어머니 눈치를 살피며 아버지와 나는 입 안으로 꾸역꾸역 고기를 집어넣었다. 아버지도 입이 짧은 편이라 몇 점 드시고 말았다. 남은 건 또 내 차지였다. 문득 한숨과 함께 추가로 더 먹을 생각이 없었는데 괜히 아버지를 생각해 시킨 게 후회되었다. 당당히 주문하고도 어머니 눈치를 살피며 남은 음식이 신경 쓰이는 부녀의 눈빛이 문득 참 닮았다는 생각도 들었다. 그렇게 식사를 마치고 나와 주차장을 걸으며 미정과 진주에게 추가 주문에 대한 숨은 이야기를 풀고 억지로 먹은 얘기를 하니 "내가 그럴 줄 알았다!"며 한바탕 웃음과 함께 위로가 오갔다.

아빠도 암이라고?

결혼하고 4개월이 흘렀다. 늦은 결혼이니 시댁에서도 벌써 2세 소식을 물었고 이왕 결혼한 거 아이는 빨리 가져야겠다 싶어 산부인 과를 찾아 산전검사를 했다. 서른다섯 살은 고위험 산모로 분류된다는 것도 이때 알았다. 사실 나이도 문제지만 일을 포기하고 싶지 않았기에 얼른 키워 놓고 하루빨리 제자리로 돌아갈 계획이었다. 그러나 자연임신은 쉽지 않았다. 결국 불임클리닉으로 옮겨 배란일을 체크해야 했고, 몇 번의 임신 실패로 인공수정을 준비하며 직장도 그만두게 되었다. 사실 시험관을 바로 해야 하는 조건이었지만 결혼한지 1년이 되지 않아 할 수 없다는 것이었다. 다행히 인공수정은 한 번에 성공했다. 그렇게 어렵게 가진 아이는 생명의 소중함을 새삼 깨닫게 했다.

갑자기 전업주부가 되어 집안일과 육아를 해야 하는 건 정말 어려웠다. 그동안 여러 가지 도전을 하며 성취감도 맛보았지만 티 나지 않는 집안일은 매일 연속이었고, 어린아이는 쉴 새 없이 어미를 불러 댔다. 모임이 많은 남편은 도와주기는커녕 집에서 하는 게 뭐냐는 말만 했다. 과거 자존감이 무너졌던 시절이 떠올라 아이를 재워 놓고도 억울한 마음에 잠이 오지 않아 밤마다 울었다. 하지만 뒤늦게 배운 유아교육의 중요성을 알기에, 심리학 공부도 했었기에 각자 살아온 환경이 다름을 애써 이해하려고 노력했다. 또한 '아이에게는 절대 내 아픔을 대물림하지 않겠노라'고 다짐했고, 어렵게 가진 '소중한 아이' 였음을 되뇌며 밤마다 희망을 찾았다. 스스로를 위로하며 많은 시간이 흘렀지만 결국 표정은 점점 굳어지고 독박육아로 인한 스트레스와 지친 몸은 '마음의 감기'란 우울증도 앓게 했다.

아이가 네 살이 되던 해, 어린이집 입소 등록을 마치고 나는 새롭게 뭔가를 시작할 수 있다는 기대감에 가슴 벅차 있었다. 어쩌면 '산후우울증'은 이 무렵 완전히 사라졌는지도 모른다. 아이의 어린이집 적응 기간만 끝내면 내겐 자유시간이 생기는 것, 아이가 옆에 없고 오롯이 홀로 있는 그 시간! 드디어 꿈에 그리던 시간을 가질 수 있는 거다. 상상만 해도 매일이 설레고 짜릿했다.

그러나 한 달 후, 아이의 담임선생님이 바뀌더니 이내 교사 한 명만 남고 어린이집 교사 모두가 교체되는 상황이 발생했다. 학기 중에 바뀌면 교사 경력에도 치명적인 걸 알기에 불안해졌다. 새 담임과 아이는 서로 다시 적응해야 했고 입학 몸살로 인해 아이는 입원을 병행하며 적응 기간도 더욱 길어졌다. 그러다 우연히 어린이집으로 데리러 갔을 때, 새 담임이 아이를 대하는 태도를 보고 첫 담임에 비해 적응이 더딘 이유를 알게 되었다. 결국 어린이집을 옮겨 아이의 기관 적응으로 다시 시간을 흘려보냈다.

드디어 고대했던 시간!

5월이 되니 날씨도 따뜻해지고 외출하기도 좋았다. 요즘은 어떤 교육 프로그램이 나왔는지 평소 책에 관심이 많은 나는 센터를 다니며 육아로 인한 공백 동안 바뀐 새 프로그램들을 점령하기 시작했다. 의문이 생기면 도서관에 가서 책을 찾아 보충했고 대학 도서관에선 관련 이론도 파헤쳤다. 주변에 부모교육 강의가 있으면 부지런히 참석했고 센터에서 진행하는 교육도 등록해 내 교육관과 아이의 성향에 잘 맞을 프로그램을 고민하기도 했다. 그렇게 오랜만에 만끽하는 도서관의 책 내음과 행복한 나날을 보내며 새로운 교육 날짜를 기다리고 있을 때, 갑자기 아버지에게 전화가 왔다.

"향이가? 뭐 하고 있노?"

"네, 아빠! 집에서 청소하고 있어요."

"그래, 이번 주 시간 되나? 아빠 병원 가는데 보호자가 있어야 된다네."

"네? 왜요, 아빠? 어디 아파요?"

"아니, 지난번에 정기검진할 때 위에 뭐가 보인다면서 큰 병원에 가라 해서 갔는데 암이란다. 2년마다 정기검진했는데 갑자기 암이라니, 하튼 돌팔이 새끼들! 그것도 맞는지 몰라."

"네? 알겠어요, 아빠. 내려가야죠."

아버지와 병원에서 만나기로 한 날, 부랴부랴 아이를 등원시키고 청소를 마무리한 후 부산으로 향했다. 바쁜 마음을 가라앉히고 운전을 하니 몇 년 전 아버지가 녹내장으로 수술한 때가 떠올랐다. 홀로 계신 아버지이기에 날짜에 맞춰 내려간다고 했으나 기어코 혼자 있을 수 있다며 고집을 부렸다. 그렇게 녹내장과 백내장 수술도 홀로 이겨낸 분이었는데 이번에는 보호자의 도움이 필요하단다. 자식들에게 미안한지 힘이 빠진 목소리로 넌지시 부탁했던 며칠 전 아버지 음성이 아직도 귓가에 맴돌았다.

아버지를 만나기로 한 곳은 송도 고신대학병원. 가난했던 시절, 돈이 없던 이들에게 무료로 치료해주기 위해 장기려 박사가 세운 복음병원이다. 이후에도 병원 설립의 목적을 기리며 다른 병원보다 진료비가 저렴했다. 우리 가족은 기독교는 아니지만 어머니도 여기서 수술했고, 아버지도 같은 곳에서 진료를 받았다.

병원 로비에 도착하니 아버지가 먼저 와 계셨고 함께 진료실에 들어가 의사를 만났다. 그동안 필요한 검사는 모두 마쳤고 결과도 확인된 상황, 수술 날짜와 각서에 서명만 남은 상태였다. 수술 각서는 직계가족이 서명하는 것, 수술 후 부작용과 불가항력적인 상황이 생겨도 책임지지 않겠다는 내용이었다. 나는 또다시 부모님의 보호자가 되었다. 아버지는 위암 4기 초 진행 과정으로 위의 대부분을 절제해야 한다고 했다. 처음 어머니가 수술하며 서명할 땐 슬프고 착잡해 울기도 했지만 한번 겪은 일이라 그런지 이번엔 담담했다. 진료실에서 나온 후 아버지께 입원 당일 필요한 준비물을 잘 챙겨와야 한다며 목록을 읽어드렸고 수술 전 주의사항도 함께 확인했다.

"아빠, 괜찮아요! 걱정하지 마세요! 요즘은 암도 고칠 수 있는 병이에요. 엄마도 10년째 잘살고 있잖아요!"

나는 대수롭지 않게 행동했고, 아이 하원 시간에 맞춰 올라가야 한다며 바쁜 척 헤어졌다. 지금 생각해보면 아버지가 섭섭했을 것 같다. 아버지께 걱정스러운 위로의 말도 건네지 않고 일부러 어색한 분위기가 불편해 도망치듯 나왔기 때문이다. 더욱이 병원에 있을 동안 아이 맡길 곳을 당장 찾아야 하니 머릿속이 복잡했다. 그렇게 아버지도 자신의 마음은 헤아리지 않고 진료가 끝나기 무섭게 가야 하는 딸의 태도에 아무렇지 않은 듯 행동했다.

"그래, 바로 울산 갈기가? 운전 조심하고."

"네, 아빠! 또 전화할게요. 수술 날짜 맞춰 아빠 집으로 모시러 갈게요!

"그래, 조심해서 올라가."

"네! 아빠도 운전 조심하시고요. 너무 무리하지 마세요!"

"알았어. 가봐."

아버지의 마지막 말에 여운이 남았지만 모른 채 아이의 하원 시간과 도로의 체증을 계산하며 바쁘게 시내를 빠져나와 고속도로를 달렸다. 마음이 고요해지자 지난 시절이 한 장의 사진처럼 머릿속에 떠올랐다 사라졌다. 참 많이도 힘들고 험난했다. 그리고 우리 모두 외로웠다. 하지만 모두들 잘 버텨냈고 이제 안정을 찾았다. 그런데 어머니가 암에 걸리더니 오늘은 아버지마저 암이란다. 정말 녹록지 않은 삶이다. 겉으론 평범해 보이는 가족들도 들여다보면 어렵고 힘든 건 마찬가지라던데 그래도 우리 가족의 고충만 끝이 없는 것 같다.

이번에도 시련이 오는 건가. 마음 한구석 잠시 행복했던 어린 시절 아련함도 밀려왔다. 그리고 또다시 내가 챙겨야 할 일이 생겼다고 생각하니 지지리 일복 많은 신세에 한숨도 절로 나왔다.

요즘은 '일복 많은 게 좋다'는 말도 옛말이다. 농경시대 일꾼이 많을수록 벼농사가 풍부해지니 자기 밥그릇은 타고난다고 했지만 요즘은 덜 배운 사람이 힘쓰는 일을 하는 시대니 고리타분한 말이 된지도 오래다. '이놈의 일복! 사회생활 할 때도 온갖 일들이 따라다니더니, 에라이! 일복이 아니라 지지리 힘든 고생 복이다!' 혼자 중얼거리며 다시 바쁠 생각을 하니 마음도 무거워졌다. 그리고는 '심심하지 말라고 하늘이 내려준 과제?'라고 생각하니 헛웃음도 나왔다. 쓸데없는 생각이 오락가락하며 자동적으로 운전하는데 갑자기 오기가 발동했다.

"그래, 해보자! 쭉쭉 나가보자! 하늘이시여, 저를 또다시 시험하시렵니까? 이까짓 것 묵묵히 헤쳐 나가겠나이다! 잘 지켜보시옵소서! 놀라게 해드릴 테니!"

하늘을 향해 원망도 하고 푸념도 하고 나니 마음이 후련해졌다. 그렇게 나는 입술을 깨물고 새로운 시련을 또 극복하기로 했다. 예전에 함께 공부한 동생들이 "언니의 긍정적 마인드가 부러워요"라고 말한 적이 있다. 그땐 이해되지 않았지만 알고 보니 이제껏 나를 버티게 한 힘은 '긍정 에너지'였다. 정신이 혼미하고 마음이 어지러울 때면 나는 습관적으로 한구석에 떠밀려 있는 '괜찮아!'를 찾았다. 그건 내게 유일하게 남은 지푸라기였기 때문이다. 처음엔 미약한 힘이었지만 그래도 버티고 나면 어느새 나는 강해져 있음을 느꼈다. 이번에도 멋진 나를 만들기 위해 하늘이 지켜본다고 생각하니 오히려 이상하게도 감사한 마음도 들었다. 그렇게 실소를 하며 다시 외쳐보았다.

"Thank you, Sky!"

아빠의 일상

2017년 5월, 아버지는 위암 수술을 받았다. 다행히 진주와 나는 같은 해에 아이를 하나씩 낳았고 진주도 직장을 그만두고 육아에만 전념하던 터라 내 아이도 맡길 수 있었다. 수술실 문 앞에서 전광판의 이름을 확인하며 기다리는 것은 어머니 때와 동일했다. 하지만 오늘은 혼자라는 것이었다. 묵묵히 아버지 휴대전화를 챙겨 지인의 전화를 메모하며 수술이 끝나길 기다렸다. 그때 계단을 올라 나를 향해 걸어오는 분이 보였다. 문현동 아주머니. 흘러간 시간을 말해주듯 아주머니의 이마엔 몇 개의 주름이 깊게 패였다. 그리고 과거의 세련된 모습은 사라지고 운동화와 빛바랜 청바지 차림으로 어두운 점퍼를 걸친 채 나를 반겼다.

"향아! 아줌마 알아보겠니? 오랜만이지?"

"네, 안녕하세요."

"그래, 다들 잘 지내지? 아버지가 착한 딸들이라고 얼마나 자랑을 하시던지…."

"아, 네."

"아줌마도 많이 늙었지? 그래도 아빠와는 오랜 친구니까 아직 잘 지내고 있어."

그 밖에도 몇 가지 질문을 더 했지만 나는 이 말이 자꾸 뇌리에 박혀 다른 말은 들리지 않았다. '친구라고? 정말 친구였다고?' 진주는 부모님이 이혼한 게 문현동 아주머니 때문이라고 얘기한 적이 있었다. 어머니도 우연히 아버지가 문현동 아주머니를 아직 만난다는 걸 듣고 파르르 떨기도 했다. 어른들 사이에 무슨 사연이 있었는지 알지 못한다. 하지만 내게 무거운 기분을 주는 여자인 건 확실했다. 그리고 또 하나, 아버지가 살고 계신 집과 개인택시는 세금을 생각해 미리 정리해두라고 했다. 겉으로 내뱉는 말은 거기까지였지만 정작 그 말의 의도를 궁금하게 했다.

수술이 끝나고 병실로 이동한 아버지는 문현동 아주머니와 잠시 인사를 나눴고 다시 잠이 들었다. 아주머니도 남편의 일로 일찍 가봐야 한다고 했다. 그렇다. 아직 본인의 가정은 유지한 이 여자, 정말 무섭고 대단한 여자였다. 수술실에 들어가기 전 아버지는 저 여자를 기다렸다. '문현동 아줌마 오기로 했으니까 도착하면 잘 챙겨!'라고 했다. 불쌍한 내 아버지, 한편으로는 순수해 보이면서도 바보 같은 모습에 속상하기만 했다.

일주일 후, 아버지는 퇴원했다. 집으로 가겠다고 하셨지만 위를 거의 절제했으니 당분간 미음과 죽을 단계적으로 드셔야 했기에 울산으로 모셨다. 하지만 자신 때문에 사위들이 불편해한다며 기어코 내려가려고 해 결국 병원 근처의 요양병원으로 모셨다. 아버지를 챙기다 만 것 같아 마음이 아팠다. 같은 부모지만 이럴 땐 친정부모라는 이유로 을이 되는 현실이 싫었다. 그래 맞다! 이 나라에서 제대로 살아가려면 남자로 태어났어야 했다.

요양병원에 입소한 지도 일주일, 아버지는 도저히 갑갑해서 안 되겠다며 결국 집으로 가셨다. 아무것도 없는 그 집이 뭐 그리 좋다고 홀로 끼니를 챙겨 드시며 체력을 회복했고, 며칠 후 별일 없었다는 듯 다시 택시 운전을 하며 일상으로 복귀했다.

무더위와 추위가 지나고 새해를 맞았다. 아버지 생신은 음력으로 지내 항상 1월쯤이 된다. 보통은 아버지가 울산으로 오셔서 설날 연휴와 함께 한 번에 지냈지만 날짜가 많이 떨어져 있으면 우리가 잠깐 내려가 식당에서 식사를 하고 왔다. 하지만 요즘은 각자 육아를 하며 직장에 다니느라 정신이 없어 생신 당일에 전화 한 통 하는 것도 깜빡하기 일쑤였다. 아버지 생신이 지나는 주말, 진주네와 일정을 맞춰서면 조방 앞의 기사식당에 가기로 했다. 사위와 손자들이 식당에 들어서니 식당 아주머니가 친정엄마처럼 반겼다.

"아이고, 어서들 와! 아빠 보러 왔어?"

"네, 안녕하세요!"

"아이고, 잘 왔어! 어서들 앉아. 그래, 아빠 생신이라고 왔어? 애들도 많이 컸네."

아버지는 입맛이 까다로운 편인데 유일하게 여기 음식은 잘 맞았다. 수술 후 특별히 음식을 더 신경 써주시니 아버지는 집에서 경험할 수 없는 정성을 여기서 느끼는 듯했다. 평소에 자식들이 챙겨드리지 못하니 감사한 마음에 나는 얼른 옆에 있는 편의점으로 가 음료수 한 박스를 사다 드렸다. 아버지도 흐뭇하게 바라보았다. 메뉴를 주문하고 그동안의 안부를 나누는데 진주는 이번에도 같은 장소에서 만나야 하는 불만을 털었다.

"아빠! 다른 데 가면 안 돼요?"

"왜? 아빠는 여기가 제일 맛있다. 뭐 먹고 싶은데?"

"아니, 맨날 같은 데만 오니까 그렇죠. 근처에 식당도 많던데."

아버지는 투덜거리는 진주의 머리를 한번 쓰다듬고 미소만 지을 뿐 대꾸하지 않았다. 장소를 정할 때 아버지는 우리에게 먹고 싶은 게 뭐냐고 먼저 물었지만 결국 둘러서 말하며 이 식당을 고집했었다. 진주는 정말 이유를 모르는 건가? 홀로 살고 있지만 결혼한 자식들이 아직 잊지 않고 본인을 챙기는 모습을 보여주고 싶어 그런다는 걸. 나도 처음엔 몰랐지만 문득 남편과 함께 아버지의 숨은 의도를 떠올리게 되었다. 계속 투덜거리는 진주의 태도에 갑자기 짜증이 났다.

"야! 니 먹고 싶은 건 니들끼리 와서 먹어."

그동안 몇 번을 그냥 넘겼지만 이번엔 혼자 삼킨 말이 튀어나왔다.

"아니, 음식은 맛있는데 너무 지저분하니까 그렇지!"

진주도 억울하다는 듯 하고 싶은 말을 늘어놓았다. 순간 식당 아주머니들이 들을까 조심하라고 미간을 찌푸리며 눈치를 줬다. 아버지는 심상치 않은 두 딸의 분위기를 읽고 멋쩍은 듯 사위들과 안부를 나누며 급히 화제를 바꿨다. 어차피 진주에게 아버지의 마음을 이해시키려 해도 듣지 않을 거다. 이럴 때면 상대방을 배려하지 않고 기분대로 내뱉는 진주 성격은 참 어머니를 많이도 빼닮았다.

식사 후 아버지가 병원 진료를 받고 온 이야기를 꺼냈다.

"아빠, 좀 어때요? 자꾸 맵고 자극적인 것 드시면 안 되는 거 아니에요?"

"이제 깨끗하단다. 먹고 싶은 거 있으면 다 묵으란다. 못 먹어 스트레스받는 것보다 낫다고!"

또다시 답답해졌다. 아버지는 일을 하시며 식당 밥에 익숙해져 맵고 짭짤한 음식을 즐겼다. 이전엔 싱겁게 드시며 음식이 짜다고 어머니를 힘들게 하더니 수술하고선 죽이 밍밍하다며 내팽개치고 오만상을 찌푸리며 투덜거렸다. 퇴원한 날엔 햄버거가 먹고 싶다고 하셔서 '롯데리아'에 가기도 했다. 아버지 고집도 만만치 않으니 이러지도 저러지도 못하는 상황이었다.

새해를 밝히는 명절, 아버지가 울산에 오셨다. 하루가 다르게 커 가는 손자들을 보며 흐뭇해하셨고 둘이서 놀다 싸우는 장면을 볼 때면 함께 동조해 즐기기도 했다. 때로는 딸들과 어릴 적 함께했던 씨름을 손자들과 하기도 했고 총 쏘는 놀이를 하며 죽은 척해 아이들을 놀리기도 했다. 우리에게 놀아줬던 그 방법 그대로 손자들과 놀아주는 모습에 옛 추억이 새록새록 떠올랐다. 아버지가 죽은 척했을 땐 정말인 것 같아 나도 내 아들처럼 어쩔 줄 몰라 울기도 했었다. 아버지가 당황해 일어나 장난이었다며 달래고 다시 또 죽은 척하는 모습도 그때와 같은 장면이다. 그땐 왜 그런 놀이를 하는지 정말 싫었는데 이젠 내 아이가 외할아버지께 당하고 있다. 그건, 아이들의 순수함이 귀여워 그랬던 것. 나 또한 가끔 아이한테 똑같은 장난을 하고 있으니 말이다.

저녁 식사가 차려지고 아버지는 손자들이 고사리 같은 손으로 혼자 밥을 먹는 모습에 기특해하며 다시 함박웃음을 지었다. 그랬다. 아버지는 부드러운 표현도 할 줄 몰랐고, 깊은 애정을 드러낼 줄도 몰랐다. 그냥 그렇게 환한 미소와 "이노무 새끼!"만 반복하며 뒤통수를 만져주는 게 아버지 제일의 애정 표현이었다. 그렇게 손자들에게 되물리는 사랑 표현법을 보면서 나는 그동안의 아버지 사랑을 이해하기로 했다.

아빠와 여름휴가

아버지는 수술 후 1년 동안 먹는 항암 약으로 치료를 하며 완치돼 잠시 휴식기를 가졌다. 그러나 6개월 후, 정기검진에서 다시 암세포가 발견되었다. 진료가 있는 날이면 아버지께 전화해 경과를 물었지만 괜찮다는 말뿐 자세한 얘기는 하지 않았다. 재발한 암은 8시간 동안 맞아야 하는 주사액으로 변경되었고 항암 부작용으로 속이 불편한 것 외엔 괜찮았으나, 갈수록 기력이 떨어지고 여러 가지 증상이 추가되었다. 결국 아버지는 다리 저림과 손 떨림이 심해져 택시운전도 할 수 없게 되어 운전대를 놓아야 했다.

매미 소리가 여름을 알렸다. 휴가철이 되면 도로가 조용해지니 아버지도 몇 년 전부터 이 기간엔 휴가를 가졌다. 결혼한 딸들의 보금자리를 찾아 하룻밤 묵기도 했고, 손자들의 재롱을 보며 그동안 잊고 지냈던 가족의 정을 누리기도 했다.

예전엔 울산 근교 바닷가에서 텐트를 치고 휴양을 즐겼다. 하지만 갈수록 높아지는 기온은 계곡을 찾게 했다. 그러나 계곡도 폭염과 가뭄으로 물이 마르자 강원도에 살고 있는 미정이네로 놀러 간 적이 있다. 강원도는 한반도 강의 근원지라 그런지 메마른 남부지방과 달랐다. 이후 물놀이를 좋아하는 아이들 핑계로 미정의 집은 휴양지가 되었다.

미정인 어른들이 얘기하는 '손'이 작은 편이다. 밥을 할 때도 자주 모자랐고, 외식을 할 때도 대가족을 세워두고 가성비를 따졌다. 어릴 적엔 어른들께 용돈을 받으면 자신의 돈은 절대 쓰지 않았고, 진주에게 돈을 빌려줄 때면 하루 이자를 계산해 원금보다 이자가 높은 날이 많았다. 어떻게 그런 기발한 생각을 할 수 있었을까? 진주가 제때 돈을 갚지 못하면 손님이 용돈을 줄 때 채권자가 되어 가로채기도 했다. 그래서 우리 가족은 미정을 '짠순이'라 불렀다. 미정의 절약정신은 어머니를 빼닮았다. 어머니도 자투리 비누 조각도 그냥 버리는 일이 없었다. 절약에 대한 성향이 비슷한 미정인 기회가 생기면 어머니와 정보를 공유해 틈틈이 종잣돈을 불려 목돈을 만들 계획을 세웠다.

아버지는 미정의 '짠순이 행동' 놀리기를 은근히 즐겼다. 라면도 끓여보지 않고 결혼한 꼬맹이가 살림을 꾸린다는 게 신기했나 보다. 남편과 제부들도 미정의 절약하는 모습을 오히려 귀여워했고, 치킨으로 한턱내기라도 하면 일제히 환호가 쏟아지면서 분위기도 괜찮았다. 가끔 미정과 진주가 다른 곳을 여행하자거나 각자 보내자고 제안했지만, 어느새 아버지께 여름휴가가 1년에 한 번인 '가족 여행'으로 자리 잡은 걸 생각하면 나는 그럴 수 없었다. 결혼하고부터 진주와 나는 부산에 계신 아버지를 그나마 챙기지만 사실 미정인 명절에도 내려오지 않으니 휴가가 아니면 만날 일도 없었다. 이렇게 얼렁뚱땅 미정의 집은 이미 정해진 휴가 장소가 되었고, 아버지도 날이 갈수록 약해지니 사람 많은 숙소와 휴양지보다 집에서 쉬는 게 좋다며 동생들 의견은 무시하고 하던 대로 미정의 집을 고집했다.

퇴근하고 온 남편이 저녁 식사를 하며 휴가 일정을 물었다. 정해진 날짜가 있는 나와 달리 남편은 사장과 교대해야 했다.

"방학은 보통 7월 마지막 주나 8월 첫 주니까 그때쯤 되겠지?"

"이번에도 막내 처제네 가면 되지?"

"글쎄, 진주가 전라도 계곡도 좋다며 한번 가자고 하던데 모르겠네."

"그 말은 여러 번 나왔는데 안 가드만. 그냥 강원도 가자. 아버님도 막내 처제네 가는 거 좋아하시잖아."

"전라도야 가려고 했지만 성수기라 워낙 예약이 안 돼서 못 갔지! 오빠가 춘천 계곡이 좋아서 그런 거 아냐? 뭘 둘러서 얘기하냐?"

"응! 그렇긴 하지. 거기 진짜 얼음물이더라! 가물었다고는 하지만 깊은 데도 있고, 여름인데 나도 머리끝까지 몸을 한번 담가야지!"

"일단 생각해보자! 미정이랑 진주는 각자 지내자고 하고, 아빠도 몸이 약해져서 차를 오래 탈 수 있을지 모르겠네. 아빠 얘기도 들어보고, 애들이랑 의논해볼게."

남편은 키가 크고 몸에 열이 많다. 그래서 여름이면 차가운 물에 자신의 몸을 푹 담글 수 있는 춘천의 계곡을 그리워했다.

퇴근 후 아버지께 전화를 걸었다. 매번 같은 질문과 뻔한 대답으로 바쁠 땐 전화 한 통 하기도 꺼려지지만 목소리를 듣고 나면 한결 마음이 편해져 잘했다는 생각도 들었다. 참, 그게 뭐 그리 어려운 거라고 말이다.

"아빠! 향이에요. 식사는 하셨어요?"

"응, 그래. 마쳤나?"

"네, 이제 집에 가는 길이에요. 몸은 좀 어때요?"

"응! 그냥 그래."

"식사 잘 챙겨 드시고 음식도 가려서 드셔야 해요!"

"응, 알았어."

"병원은 또 언제 가면 돼요?"

"응, 2주 후에 오라대. 그때 가면 돼."

"네, 알겠어요."

"아빠! 그리고 이번 여름휴가는 어떡할까요? 미정이네 가려면 차를 오래 타야 하는데 괜찮으시겠어요?"

"응, 괜찮아! 가야지. 미정이가 맛있는 거 해 놓는데?"

"미정이 특기는 김치찌개잖아요. 그거 먹으면 되죠!"

아버지의 휴가 일정은 이번에도 변함이 없었다. 겉으로는 또 강원도냐고 하지만 흐뭇해하는 아버지 목소리를 들으면 막내딸 집에 가는 걸 낙으로 여기고 있었다.

휴가가 시작되었다. 일이 일찍 끝나는 진주와 제부가 매번 부산에서 아버지를 모시고 출발해 이번에도 자기들이 가냐며 투덜거렸다. 다행히 오늘은 남편 일이 일찍 마무리돼 우리가 가기로 했다. 진주는 뭔가를 하고 나면 꼭 생색내는 습관이 있다. 가끔 가족행사가 끝나고 나면 서로 자신이 고생한 덕분이라며 생색을 내다 성격이 비슷한 어머니랑 자주 다투기도 했다.

부산에서 춘천까지 장거리 운행을 하며 남편과 아버지는 이런저런 이야기를 나누었다. 친구 이야기, 군대 이야기, 낚시 이야기 등 다양하다. 평소 이성적이고 차분한 아버지는 사위가 이야기를 잘 받아주니 오랜만에 신이 나는지 감정이 격해지기도 해 목소리가 오르내렸다. 하지만 휴게소에선 힘 있는 목청과 달리 가냘프게 흔들리는 몸을 지팡이에 의지해 겨우 한 걸음씩 뗴었다. 화장실을 가야 할 땐 함께 갈 수 없는 딸 대신 사위가 부축해주니 아버지는 미안한 마음에 불편해했지만, 나는 오히려 듬직한 기분이었다.

　며칠 사이 더욱 약해진 아버지를 보니 진주보다 내가 모시기를 잘한 것 같다는 안도감과 남편에겐 고마움도 생기니 문득 아버지가 우리 부부의 연결고리를 두텁게 해주는 것 같았다. 집안에서 막내로 자란 남편의 철없는 행동에 자주 티격태격하는 큰딸을 위해 남겨주고 싶었던 선물이었을까? 아버지는 내가 볼멘소리를 할 때마다 "그래도 그러지 마"라고 타일렀었다. 요즘은 아버지 건강에 대해 고민이 많아지면서 남편에게 속마음을 털어놓으면 정서적 지원자가 되어주고 있다.

　5시간이면 되는 거리를 오늘은 7시간을 넘겨 도착한 춘천, 미정이가 김치찌개를 해 놓았다. 미정이의 김치찌개는 먹을 때마다 아버지가 끓여준 김치찌개를 생각나게 했다.

　"아빠! 우리 어릴 적 김치찌개 진짜 맛있었는데. 김치랑 돼지고기 넣고 푹 끓이는 건 미정이가 아빠가 한 거랑 제일 비슷하게 해요. 난 아무리 해도 이런 맛 안 나던데."

"맛있었나? 그냥 푹 끓이면 되는 긴데 그게 잘 안 되나?"

"네, 아빠! 이거 어려워요, 이렇게 안 돼요! 깊은 맛이 없더라고요."

"그라믄 느그는 뭐 해 먹고 사노! 만날 사묵나?"

"그냥 볶아먹고 구워 먹는 것만 하고! 대충 끓여 먹는 거죠."

아버지가 내 머리를 쓰다듬으며 오랜만에 환한 미소와 웃음으로 솜씨 자랑을 했다. 나는 지난 추억이 행복한 기억으로 남도록 형편없는 요리 실력과 경험담을 일부러 늘어놓으며 아버지 비위를 맞췄다. 이걸로 아버지가 약해진 몸을 잠시 잊고 자신감이 회복될 수 있다면 얼마든지 할 수 있지 않을까. 오랜만에 집안 어른이 버팀목이 되어 웃음꽃이 피니 화목한 분위기가 물씬 풍겨 나와 행복해지면서도 먹먹하고 묵직해진 기분에 갑자기 뭉클해졌다.

6장

다른 가족도 이런가요?

가족과 함께라면
아픈 것도 잊고 싶어!

　다음 날 아침! 계곡물이 너무 차가워 아이들이 매번 실컷 놀지 못하니 이번엔 '육림랜드' 수영장에 가자고 했다. 실외시설로 물놀이터와 미끄럼틀도 있어 아이들에게 요즘 인기라고 했다. 좋은 자리를 차지하기 위해 일찍 일어나 도시락과 가방을 챙긴 덕분에 목적지에 도착한 우리 일행은 천막이 있는 그늘 아래 돗자리를 펼칠 수 있었다. 아이들은 물 분수와 미끄럼틀을 보며 벌써 흥분했지만 나는 펼쳐진 돗자리와 나중에 바뀔 해의 방향을 예상하며 좀 더 시원한 자리가 없을지 고민했다. 제부들은 튜브에 바람을 넣느라 분주했고 아이들은 빨리 들어가자며 부모들을 재촉했다. 가만히 서서 고민하는 내게 물에 들어가지 않으면 더운 날씨라며 진주가 쓸데없는 걱정만 하고 있다고 덧붙였다.

시간이 흘러 정오가 되자 아스팔트의 뜨거운 열기에 선풍기 바람도 숨이 막히게 했다. 아니나 다를까 걱정했던 상황이 벌어졌다. 건강한 사람도 한곳에 오래 앉아 있으면 힘든데 물놀이를 하지 않는 아버지는 땀을 삘삘 흘리고 있었다. 평소 땀이 없는 아버지 얼굴에 물처럼 흘러내리는 땀을 보니 갑자기 쓰러지실까 걱정되었다. 진주와 미정은 아이들과 물놀이가 한창이고, 제부들도 필요한 심부름을 하느라 바빴다. 순간 물놀이 장소에 신중하지 못한 게 후회스러웠지만 이미 늦어버렸다.

"아빠, 괜찮아요? 가서 발이라도 좀 담그세요."

"아니, 괜찮아. 가서 놀고 와!"

"아빠, 샤워라도 하실래요? 하고 나면 시원해져서 좀 괜찮을 거예요."

"괜찮아, 아빠 걱정하지 마."

동생들은 어머니를 닮았는지 물놀이를 좋아했다. 가끔 어머니와 계곡에 가면 물에서 나오지 않고 종일 즐겼다. 하지만 아버지와 나는 딱히 좋아하지 않았다. 더구나 지금은 편찮은 아버지를 모셔와 우리끼리 즐기는 건 더욱 하고 싶지 않은 행동이었다. 어차피 누군가는 풀어 놓은 짐들을 지켜야 했고, 물놀이 중 필요한 것이 생기면 바로 찾아줘야 하니 자리를 지키는 게 편하기도 했다.

더위가 절정에 이르는 오후, 아버지의 목덜미와 티셔츠가 땀으로 흥건해졌고 낯빛도 어두워졌다. 조금이라도 시원하게 해드릴 방법을 찾아 찬물에 수건을 담가 자주 바꿔 드렸고, 체온도 수시로 체크했다. 차가운 음료와 함께 수건의 물기를 이용한 바람도 거세게 해 컨디션을 살폈다. 어쩌면 남편에게 아이를 맡기고 아버지를 돌보는 게 마음 편했는지도 모르겠다. 아이와 물놀이 하며 중간에 교대를 바라지 않고 오늘따라 묵묵히 놀아주는 남편이 고마웠다. 낮 더위가 몇 시간째 최고를 유지하자 괜찮다며 고집부리던 아버지도 샤워실로 향했다. 지금 당장 집에 가자 하고 싶지만 다들 신나기만 하니 분위기 망치지 말라고 또 한마디씩 할 것 같아 그냥 참기로 했다.

"야! 니 땀 흘리고 앉아서 뭐 하노? 답답하다! 물에 들어가면 시원한데 가서 좀 놀아라!"

"아니, 괜찮다. 니나 많이 놀아라!"

"미련하다, 미련해. 쯧쯧⋯."

진주가 잠깐 쉬러 나와 음료를 마시더니 대뜸 쏘아붙였다. '누가 그걸 모르냐?'라고 말하고 싶지만 옆에 있는 아버지를 의식해 말을 삼켰다. 쌍둥이지만 좋아하는 것도 다르고 성향도 다르다. 옆에 있던 아버지도 함께 놀다 오라고 했지만 끝까지 들어가지 않았다. 한편으로 나의 이상한 고집을 인정한다. 하지만 마음이 내키지 않는데 어떡하랴? 그러고 보니 부녀가 한자리에 가만히 앉아 흐르는 땀을 닦으며 놀고 있는 가족을 보면서 대리만족이라도 재미를 느끼는 것이 참 많이 닮았다.

해가 기울 무렵, 지친 몸을 이끌고 집으로 돌아온 우리는 짐 정리와 저녁 준비, 아이들 목욕 등 해야 할 일을 나눠 움직였다. 이럴 땐 딸이 셋 있는 것도 괜찮다는 생각이 들었다. 늘 그랬듯 일의 정도를 따지지 않았고 각자 잘하는 것을 택해 일사분란하게 움직였다. 저녁을 먹으며 휴식을 취하니 아버지도 컨디션이 좋아졌고 특유의 언성과 호탕함으로 사위들과의 대화도 이끄셨다. 아버지는 친구 관계가 두터워 계중을 할 때도 한적한 식당을 빌려 온종일 즐겼고, 남자들 특유의 욕과 농담을 섞어가며 분위기를 이끌었다. 솔직히 어릴 적엔 집에서는 근엄하고 말수가 적었던 아버지가 밖에서는 완전 다른 모습에 낯설기도 했었다.

어제의 피로로 인해 무거워진 아침, 밤사이 아버지가 이부자리에 실수를 했다. 아이들과 물놀이를 다녀온 게 무리가 된 것 같아 죄송하기만 했다. 그때 미정이 다가와 남편들이 듣지 못하게 조용히 인상을 찌푸리며 짜증을 냈고 새벽에 아버지가 화장실을 다니며 실수를 한 이불을 빤 이야기를 들려줬다. 다행히 침대 시트는 젖지 않았지만 젭젭해 이불 몽땅 싸서 버릴 거라며 아버지가 빨아 놓은 이불을 베란다 한편에 두었다고 했다. 안방에는 아버지 집에서 났던 고약한 체취가 남았고, 그동안 의문만 가졌던 냄새의 원인을 알게 했다.

얼마 전 아버지와 통화하며 나눈 이야기가 떠올랐다. 일상적인 대화가 업무처럼 이어지고 전화를 마무리하려는데 새로 생겨난 부작용 증세를 알렸다.

"근데 향아, 아빠가 자꾸 항암 주사를 맞고 나면 실수를 한다. 속이 갑자기 부글부글한 게 화장실에 급히 뛰어가다가 마, 옷에 실수한다. 항암 약이 영 안 맞아."

"네? 아빠, 그럼 기저귀라도 하고 다녀야 되는 거 아니에요? 갑자기 또 그럼 어떡해요! 그렇다고 항암을 안 할 수는 없잖아요. 치료는 계속해야죠!"

힘없이 말하는 아버지의 '실수'라는 게 처음엔 뭔지 몰랐다. 민망하실까 봐 직접 물을 수도 없었고, 대수롭지 않게 대화를 나누며 넘겨짚기만 했다. 그리고 그 실수가 내가 추측한 것이 맞는지 의문만 가진 채 아니길 바랐다.

"기저귀는 무신, 괜찮다!"

아버지가 대뜸 짜증을 냈다. 내가 생각해도 수용되지 않을 말이다. 항상 깔끔하게 정리 정돈이 칼 같은 아버지께 '기저귀'라니 상상도 못 할 일이었다. 하지만 자존심 강한 아버지가 부끄러움을 무릅쓰고 이야기할 정도면 뭔가 심상치 않았다.

새벽에 잠을 설쳐 늦게 일어난 아버지는 안절부절 자식들의 눈치를 살피면서도 특유의 언성을 높이며 "오늘 아침 특별한 메뉴가 뭐야?"라고 물었다. 아버지의 질문에 미정인 못마땅한지 고개를 돌려 다시 인상을 찌푸렸고, 그 모습을 보자니 짠한 마음에 투덜거리는 동생이 괜히 야속하기만 했다. 화를 내봤자 서로 기분만 나쁘고 아버지만 불편할 거니 한숨만 쉬고 말았다. 그러다 아침을 준비하는 미정에게 다가가 아버지의 체력을 살피지 않은 우리의 행동을 먼저 반성해야 한다며 슬쩍 말을 흘렸다. 같은 부모 아래 같은 조건과 환경에서 자랐지만 한 가지 사건을 두고 이렇게 마음가짐이 다를 줄이야! 그저 오늘 아침은 힘없는 씁쓸함만 남았다.

"아빠, 속이 불편한데 계속 자극적인 것만 드시면 어떡해요! 그러니까 자꾸 설사하잖아요!"
"괜찮다! 담당의사도 먹고 싶은 거 참지 말고 무조건 잘 먹으라 했다."
"아이고, 진짜!"
아침 식사를 하며 제부들에 대한 민망함과 미정의 속상함을 대신

해 아버지께 음식을 가려 먹어야 한다는 것을 다시 한번 강조했다. 하지만 자존심 강한 아버지가 귀담아들을 리 없었다. 항암 약의 매스꺼움은 자극적인 음식을 계속해서 찾게 했고, 그로 인한 반복적인 설사는 악순환의 연결고리만 될 뿐이었다. 아버지는 상을 물리고 TV 채널을 '맛있는 녀석들'에 맞춰 다시 먹고 싶은 욕구를 대리만족으로 보충했다. 먹는 것에 대한 주의가 필요 없는 우리는 전혀 공감할 수 없으니 답답함만 쌓였고 이번 여름휴가를 괜히 미정이네로 가자고 한 것 같아 뒤늦은 후회가 몰아쳤다. 하지만 이러지도 저러지도 못하는 상황에 한숨만 늘어갈 뿐이었다.

검은 그림자와의 투쟁

아버지가 주사액 항암 치료를 시작한 지도 1년이 지났다. 그나마 버티던 체력은 이제 바닥났고 치료도 3단계로 변경되어 항암 치료를 하는 날이면 2박 3일을 입원해야 했다. 아버지도 힘든지 병원을 다녀오면 삶의 낙으로 여겼던 외출도 하지 않고 며칠 동안 침대에 누워 쉬셔야 했다. 그리고 맛없는 병원 밥을 불평하며 그동안 보지 못한 '맛있는 녀석들'을 중독으로 시청했고, 그것도 모자라 모든 요리 프로그램을 섭렵하려 했다. 컨디션이 조금 괜찮아지면 겨우 일어나 몸에 받지도 않는 자극적인 음식들을 조리해 먹고 싶은 욕구와 즐거움을 찾으려고 애썼다. 지난해 여름처럼 다시 더워지니 체력은 더욱 고갈돼 한동안 잠잠했던 '아버지의 실수'도 발생했다.

아버지가 홀로 계신 집은 우리가 떠나기 전 모습 그대로에서 이젠 달마도 그림이 추가돼 방마다 여기저기 붙어 있었다. 언제부터인가 아버지는 기력이 떨어져 그런지 꿈자리가 사납다며 염주 및 불교 서적들도 구입해 집안 곳곳에 놓아두었다. 아버지 집에 갈 때면 어릴 적 쓰던 책상들과 서랍장의 작은 옷들을 꺼내 보며 추억에 젖곤 했는데 이젠 그 물건들이 구질구질해 보였다.

"아빠, 그냥 이사해요! 걷는 것도 힘들면서 지팡이도 안 하려 하고! 그러다 넘어지면 어쩌려고 그래요! 그리고 5층까지 매일 어떻게 오르내릴 거라고 이사를 안 한다고 해요? 쓰러지기라도 하면 진짜 위험하잖아요!"

"됐다 마! 가오가 있지 지팡이는 무신. 그리고 내 집이 제일 편하다! 이사 얘기는 고마해라!"

"아니, 아빠. 요즘 혼자 살기 깨끗하고 엘리베이터 있는 빌라도 얼마나 많은데! 병원 가까이 있으면 버스도 안 타고 좋잖아요!"

"아니, 괜찮다! 이것도 운동이다. 그렇게라도 움직여야 몸이 안 굳지. 만날 누워 있으면 몸이 굳어져서 안 돼."

불편한 집에 미련이 남아 궁상떠는 아버지를 보면 답답한 마음에 짜증이 났다. 택시를 타고 다니시라 해도 언제 병원비가 또 많이 나올지 모른다며 꼭 버스를 타고 다녔다. 번거로운 교통편에 이사를 권

하면 꼭 화부터 내니 남편과 제부들도 돌아가며 설득했다. 하지만 누구도 아버지의 고집을 꺾지 못했다. 하는 수 없이 진주와 내가 나서 리모델링 업체를 선정해 벽지와 장판만 바꿨고, 베란다의 묵은 때와 갖가지 살림을 정리하며 대청소를 했다. 하지만 갈수록 힘없는 아버지를 대할 때면 걱정과 한숨만 늘어날 뿐이었다.

평일과 달리 여유 있는 주말 아침을 맞으며 식사를 준비하는데 진주에게서 전화가 왔다.

"언니야! 아빠 지금 숨이 안 쉬어진다고 응급실 가야겠대! 새벽에 택시 운전하는 친구를 불러 다녀왔는데 다시 또 숨쉬기가 불편하대!"

"뭐? 알겠어! 아빠한테 전화해볼게."

급히 전화를 끊고 초조한 마음으로 아버지께 전화를 걸었다.

"아빠, 무슨 일이에요? 숨이 왜 안 쉬어져요? 괜찮은 거예요?"

"몰라…. 아침에 일어나니 가슴이 답답한 게 또 숨쉬기가 힘드네. 병원에서 아무 이상 없다고 괜찮다던데."

"알겠어요, 아빠. 바로 내려갈게요!"

준비하다 만 아침 식사를 팽개치고 주섬주섬 옷을 꺼내 입었다.

"오빠! 아빠가 숨쉬기 힘들다고 해서 지금 응급실 가야 할 것 같대. 응급실은 보호자가 있어야 한다네. 새벽에 아빠 친구분이랑 다녀오긴 했는데 다시 전화하기 미안하다 하셔서. 오빠가 세이 밥 좀 챙

겨 먹어. 찌개랑 밥도 다 해 놨으니 냉장고에서 있는 반찬 꺼내고 밥
만 푸기만 하면 돼. 알겠지?"

휴일 오전이란 걸 알았던 걸까. 평소와 달리 고속도로가 한적했
다. 보통은 아이들의 소란과 함께 정신없이 짐을 챙겨 나와 운전을
하며 겨우 여유를 찾는데 오늘은 뭔가 홀가분한 마음에 기분이 가볍
다. 하지만 본능적 불안감은 가속 페달을 깊게 밟게 했고 나도 모르
게 속도를 올렸다. 무의식적으로 높아진 속도에 한편으로는 아이가
없음이 다행이라는 안도감도 느끼게 했다. 오랜만에 올려다본 휴일
의 아침 하늘, 청하게게 맑은 하늘에 잠시 기분이 상쾌하다가 처한
현실이 겹쳐지니 야속해졌다.
  "넌 뭐가 그리 좋아서 파랗고 맑은 거니? 난 지금 너무 바쁜데!"
  잘못도 없는 하늘을 탓하며 금방 좋았던 기분도 우중충해지니 인
간의 간사함은 어쩔 수 없나 보다.

아버지를 모시고 응급실에 다녀왔다. 코로나 사태로 외부인은 병
원에 들어가지 못해 입구에 앉아 있는 당직 의사와 간단히 상담한 후
진찰만 받고 왔다. 특이한 이상은 없다며 월요일에 담당의사와 다시
진료하라고 했다. 말 그대로 '응급실'이니 겉으로 멀쩡해 보이는 아버
지가 병실에 들어갈 수는 없었다. 내려오기 전엔 아버지랑 하룻밤 묵

을 생각으로 남편에게 미리 얘기도 했지만 조급했던 마음이 허탈해지고 아버지의 고집과 사사건건 부딪히니 짜증만 났다.

"배고프제? 아빠가 밥해줄게. 있어 봐."

"아빠, 그냥 앉아 있으라니까요! 내가 할게요!"

"아니다! 내가 할 수 있다. 가만있어 봐라!"

집에 도착하자마자 아버지가 전원이 꺼진 밥통을 열자 며칠 되었는지 누렇고 비쩍 마른 밥알 덩어리가 굴러다녔다. 떨리는 몸을 추스르며 불안하게 밥솥을 들고 쌀을 씻겠다고 부엌을 오가는 모습을 보니 또 넘어질까 걱정스러웠다.

"아이고, 진짜. 내가 한다니까!"

"됐다 마! 아직 이 정도는 할 수 있다, 마! 만날 하는 건데 가만있어라!"

아버지는 아침밥도 거르고 급히 내려온 자식에게 미안한지 손수 밥이라도 지어주려 했지만, 이마를 싱크대 수납장에 기댄 채 겨우 버티고 서 힘겹게 쌀을 씻는 모습을 보니 나도 울컥하고 말았다. 결국 내 못된 성미는 아버지의 마음을 알면서도 그 모습이 보기 싫어 돌아서게 했다.

"됐어요, 아빠! 그냥 갈 거예요. 혼자 해서 드세요."

"와… 그냥 갈라고? 밥이라도 묵고 가지."

"아니요! 세이 기다리니까 가야죠. 저도 집에 가면 할 게 많아요."

갑자기 간다는 말에 아버지의 움푹 팬 눈이 놀라 더욱 커졌고 말투도 부드럽게 바뀌었지만, 도저히 그 모습과 고집을 아무렇지 않게 대하기 힘들어 일부러 바쁜 척했다. 아니, 어쩌면 회피하고 싶었는지도 모르겠다. 매일 돌봐줄 수 없는 현실의 죄송함을 말이다. 이런 이유로 부모와 자식의 마음가짐은 다를 수밖에 없다고 했을까? 그렇게 아버지와 나는 서로의 진심은 외면한 채 평행하기만 했다.

아버지 집을 나서니 참았던 눈물이 터졌다. 이렇게밖에 표현할 수 없는 부녀 관계가 너무 마음 아프고 쓰렸다. 그냥 솔직하게 '아버지가 아파서 너무 슬프다고! 품에 안겨 한껏 울고 싶은데, 아버지의 따뜻한 품이 정말 그리웠다고!' 말하고 싶었다. 하지만 지난 시절 살가운 추억이 없으니 이유 없이 어색해지는 분위기에 괜히 이성적인 태도만 찾았다.

저녁 무렵, 또 진주에게서 전화가 왔다. 아버지가 응급실을 가자고 해 그냥 구급차를 부르라고 했다고 한다. 딸들도 살기 바쁘니 이제 혼자서 해결하라고. 아버지의 훌쩍이는 음성이 들렸다며 죄송하긴 하지만 우리도 출근하랴 자식들 키우랴 힘드니 받은 것만큼만 하자며 무리하게 다니지 말라고 했다. 충격이었다. 어떻게 이런 용기가 났을까? 어떻게 아버지께 이렇게 매정하게 말할 수 있을까? 내가 가끔 아버지 고집 때문에 힘들다며 부렸던 투정과 장녀라고 혼자만 아버지를 돌보는 것 같다는 형부의 핀잔에 진주도 기분이 상했던 걸까? 전화를 끊으니 아침에 그렇게 헤어지고 온 게 마음에 걸렸다. 예정대로 하룻밤 자고 올걸 뒤늦게 후회되었다.

그렇게 그날, 아버지는 응급실을 네 번 다녀왔다. 다행히 월요일에 한 검사 결과는 '심리적 불안' 때문이라고 했다. 아버지도 뜻밖의 결과에 허탈한 웃음을 보였고, 스스로 마음이 약해짐을 받아들여 도와준 동료들에게 전화해 멋쩍어하셨다. 자식에 대한 미안함과 씁쓸함을 말없이 삼키며 앞으로 닥칠 불안감에 어떻게 견뎌야 할지 고민에 빠진 아버지를 보니 오늘따라 더욱 가냘파 보였다. 그리고 그렇게라도 자식들에게 '너무 무섭고 힘들다!'라고 표현하고 싶었을 거라 생각하니 다시 마음이 아팠다.

가족의 내란

퇴근 후 정신없이 저녁 준비를 하고 있었다. 아이를 학원에 데려 다주고 식구들이 올 시간을 체크해 바쁘게 움직이는데 진주에게 전화가 왔다.

"응! 얘기해."

"언니야, 내 얘기 좀 들어봐? 있잖아….'"

평일의 진주 전화는 회식이나 고객 상담으로 아이를 봐달라는 내용이 보통이었다. 그런데 오늘은 아버지 보험에 관한 내용을 설명했다. 유병자보험이 새로 나왔으니 기존 암 환자도 가입이 가능하다는 것이었다. 하지만 보험료가 비싸지만 자신이 부담할 거고, 돌아가실 때 장례비용에 목돈이 필요하니 그 보험금으로 쓰는 게 어떠냐고. 벌써 그렇게까지 준비해야 하느냐고 물었지만 자기는 장례를 치른 경험이 있으니 모르면 가만있으라고 했다. 그러면서 아버지 마지막 병원 입원 날짜와 나머지 조건들을 확인했다.

"야! 안 될 것 같은데? 아빠 지금 항암 치료 중이잖아? 그리고 지난번 간수치 때문에 항암 치료 힘들다고 입원한 게 아직 1년이 안 지난 것 같은데?"

"아니다! 다 된다! 우리 보험이 이래서 좋은 거다! 니는 그냥 모르면 딱 가만있어라. 아빠 이번에 응급실도 다녀오고 해서 일부러 특약도 넣었다. 그렇게 알고 일단 가입할 거니 끊어!"

진주의 대화법은 늘 이런 식이었다. 처음엔 의견을 묻지만 나중엔 뭔가 후다닥 설명한 후 결국 통보가 된다. 몇 가지를 따져 물으면 상세한 답변도 없이 무턱대고 깐깐하다며 상대방 혼을 다 빼놓았다.

한 주의 일정에 토요일이 추가돼 일상의 긴장감을 가진 지도 두 달이 되어갔다. 아버지 집에 내려가는 날, 처음엔 잘 따라다니던 아이가 혼자 가기 심심하다며 투정을 부렸다. 아버지도 데려간 아이도 기분이 좋아야 하니 고민 끝에 조카도 데려갔다. 진주는 자신은 가지 않지만 아이가 대신 이모를 따라간다고 하니 뿌듯해했다. 다행히 아이들은 심심한 할아버지 집에서 같이 놀기 좋았고 아버지도 손자들과 있으니 밥 한 술 더 뜨시며 웃을 일도 많아져 기분이 좋았다. 매주 내려오기 귀찮은 아이를 굳이 데려가는 건 아무래도 아버지가 우리와 함께할 시간이 자꾸 줄어드는 것 같은 느낌이 들어서였다. 그래서 지금이라도 아이들이 잔잔한 추억을 쌓아 할아버지에 대한 기억을 오래 간직했으면 했다.

"엄마, 오늘도 부산 할아버지 집에 가?"

"응, 가야지! 할아버지 식사는 잘하시는지 보고 와야지."

아이들은 어릴 적부터 울산에서 어머니와 함께 계신 분을 울산 할아버지라 불렀고, 부산에 계신 아버지를 부산 할아버지라고 했다. 어느 날, 아이도 컸는지 이런 질문을 한 적 있다.

"엄마, 그런데 부산에 계신 할아버지는 엄마 아빠잖아. 그런데 할머니는 왜 할아버지랑 따로 살아?"

"그러게. 그건 세이도 친구들이랑 사이좋게 놀다가도 다툴 때가 있듯이, 어른들도 싸웠는데 서로 화가 풀리지 않아서 따로 살게 된 거야."

"아하! 부산 할아버지가 자꾸 몸에 나쁜 음식만 먹고 해서 그렇구나! 그래도 부산 할아버지 불쌍하다, 그치?"

"그러게, 그런가 보네. 하는 수 없지 뭐."

어른들의 대화를 아이는 듣고 있었다. 내가 아버지께 매번 음식을 가리지 않는다며 잔소리를 했더니 기억하고 있었나 보다. 이제 아버지는 항암 부작용으로 이도 많이 약해지고 빠진 터라 그나마 물렁한

황도만 즐기셨다. 일곱 살 된 두 남자아이로 인해 차 안은 내려가는 내내 혼란스러웠다. 아버지 집 앞에 도착해 아이들에게 품행을 단정히 하라며 마지막 경고를 하고 문을 두드렸다.

"아빠, 향이에요!"

"응, 왔나?"

아버지가 대문을 열고는 갑자기 푹 쓰러지셨다. 이제 현관문 여는 것도 힘에 겨운가 보다.

"아빠, 왜 그래? 또 어지러워? 혼자 있다가도 자주 쓰러지는 거 아냐? 어디 부딪치기라도 하면 위험하잖아!"

"몰라… 자꾸 이래 넘어지네."

"쓰러지면서 부딪치는 게 더 위험한데! 그러다 머리라도 부딪치면 어떡해! 그러니까 이사하라고 했잖아요! 뭐가 그리 이 집에 미련이 있다고 그래요!"

답답하고 속상한 마음을 토로했지만 아버지의 고집은 황소처럼 질기기만 했다. 여느 때와 마찬가지로 할아버지와 손자들은 이야기꽃을 피웠고, 나는 청소를 하며 베란다의 쓰레기를 정리했다. 나날이 쇠약해진 아버지는 장을 보기도 힘들어져 이제 필요한 물품이나 반찬거리를 배달앱으로 주문해드렸고, 박스와 포장 쓰레기는 주마다 쌓였다.

며칠 후 아버지 진료일, 가을을 느끼기도 전에 어느새 찬바람이 불었다. 요즘 따라 하루가 다르게 병세가 악화되는 것 같아 아버지께 진료 시간을 오후로 변경하라 했고 퇴근 후 부랴부랴 부산으로 갔다. 아버지가 수술하며 만난 의사는 이제 볼 수 없고 복막암 재발로 내분비계과로 바뀌면서 그동안 만나지 못한 의사가 아버지와의 관계를 물었다. 딸자식이 버젓이 있는데 이제야 얼굴을 비치니 순간 민망했다. 의사는 그동안의 아버지 상태와 경과를 차근히 설명했고 나도 궁금했던 것들을 물었다. 결론은 이제 마지막 선택만 남은 것. 호스피스 병동에 입원하거나 집에서 하고 싶은 것들을 하며 조용히 죽음을 맞이하는 거였다. 갑자기 당황스러웠다. 이렇게까지 심각한지도 몰랐다. 뒤늦게 수술 여부를 물었지만 복부 전이는 수술 중 패혈증 위험이 있어 처음부터 불가능했다고 한다.

하필 지난주, 항암 치료를 위해 입원한 아버지가 병원 밥이 먹기 싫어 이틀을 굶어 퇴원을 종용당한 터라 이번엔 치료도 받지 못한 상황. 아버지의 성미를 아는 의사도 지친 듯 아버지께 다시 병세를 설명했지만 사실을 부정하는 태도에 언성이 높아지기도 했다. 이 분위기는 전혀 예상하지 못했다. 두 분께 죄송스런 마음과 함께 낯 뜨거워 얼굴만 화끈거렸다. 그러고 보니 작년부터 나타난 아버지의 잦은 설사와 구토는 이유가 있었던 것이다. 어디서부터 잘못된 걸까? 이제부터라도 차근히 엉킨 실타래를 풀면 희망을 가질 수 있는 걸까?

진료실을 나오니 머리가 멍했다. 아버지의 '괜찮다'는 말만 믿고 상황을 외면한 게 너무나 부끄럽고 후회스러웠다. 일을 하면 얼마나 큰돈을 번다고! 아니, 뭐가 그리 멀다고! 진작 아버지를 챙기지 못한 것에 대한 뒤늦은 죄책감이 물밀 듯 밀려왔다. 내 기분을 살피는 아버지의 눈빛이 느껴졌다. 그렇다고 이제 와 '왜 제대로 말하지 않았냐?'고 탓할 수도 없었다.

어떻게 해야 하나? 빠르게 생각을 정리해야 했다. 먼저 해야 할 건 한사코 병원에 입원하지 않겠다는 아버지부터 설득해야 했다. 수시로 쓰러져 주저앉는 게 일쑤고 갑자기 호흡도 불안하다 느끼니 혼자 계시는 건 정말 위험했다. 독거노인의 고독사가 잊을 만하면 나오는 요즘, 상상도 하기 싫었다. 지금껏 외로이 사셨는데 마지막까지 그렇게 해선 안 되었다. 이제 아버지도 선택의 여지가 없었다. 어머니가 유방암 수술 후 계셨던 밀양 요양병원 이야기를 꺼내며 아버지께 추운 겨울만 다녀오자고 설득했다. 처음엔 완고한 눈빛이었지만 천천히 설명하고 타이르니 조금씩 마음이 흔들리는 듯했다. 말귀를 알아들은 어린아이 마냥 고개를 끄덕였고 표정도 편안해졌다.

"알겠다. 그럼 이번 겨울만 있어 보지, 뭐!"

아버지의 대답을 듣고 호스피스 병원 입원에 필요한 서류와 절차를 체크해 1층 로비에서 순서를 기다렸다. 의자에 앉은 아버지가 문득 생각이 났는지 다리를 들고 바지를 올려 상처를 보여주었다.

"여기 약도 좀 발라 달라 하면 안 되나?"

"아빠! 이게 뭐야? 왜 이래?"

"아니, 밥통이 뜨거웠는지 뭔가 싶어서 봤더니 이래 됐더라."

"아, 진짜! 이러고 뭘 혼자 있겠다고 그러는 거야! 당장 피부과 접수할게."

아버지의 상처는 부풀었던 물집들 몇 개가 이미 터져 짓물렀고 그자리엔 농이 나오고 있었다. 상처 부위도 넓고 꽤 깊었다. 순간 된장이라도 바르지 않은 게 천만다행이란 생각도 들었다. 피부과 의사가상처를 보며 항암 중이라 약은 먹을 수 없고 이렇게 큰 상처는 아주위험하다며 아버지께 매일 소독 후 거즈를 교체해야 한다고 주의를주었다. 번거로우면 근처 병원에라도 가서 교체하라고 했지만, 아버지가 병원을 찾아 생돈을 주며 관리할 수 있을지 의문이었다. 그렇다고 매일 내려와 봐줄 수도 없는 노릇이니 어찌해야 할까. 다시 깊은한숨과 함께 마음만 무거워질 뿐이었다.

병원 업무가 마무리되고 아버지를 모셔다 드리니 깜깜해졌다. 밤하늘은 어느새 반짝이는 별들로 박혔고 고요한 어둠이 잠시나마 휴식을 갖게 했다. 복잡했던 상황과 문제들이 어느 정도 정리되니 엉킨실타래는 풀린 듯했다. 이제 요양보호사가 있는 병원에 가면 마음은 놓일 것 같아 안심되었지만, 오늘 하루, 자식 된 도리를 제대로 하지 않고 살았던 지난날의 잘못을 모두 질책당한 기분에 씁쓸해졌다. 열심히 살겠다고 부지런히 움직였고 그게 정답이라고 이 악물고 버텼는데 정작 중요한 것은 잊고 있었다. 지금 와서 후회한들 무엇하랴. '후회'라는 단어를 다신 입에 올리지 않겠다던 이십 대의 철없던 결심에 헛웃음이 나왔다.

'어떡하니…. 오늘은 정말 후회스러운데, 후회라는 말밖에 대신할 말이 없는데. 그래, 인정할 게. 후회스럽다. 그동안의 내 행동이 정말 후회가 된다. 알고 있지? 너의 잘못을!'

그렇게 자동적으로 눈물이 흘렀고, 스스로를 책망하며 똘똘 뭉친 응어리를 풀었다. 이럴 땐 현실을 부정하는 것보다 인정하는 게 더 빠른 길이 된다. 그리고 앞으로 해야 할 일만 생각하고 무의식적으로 핸들을 돌려 울산으로 향했다.

가족과 남은 정 나누기

대학병원의 마지막 항암 치료를 마치고 퇴원하는 토요일. 아버지 집에 들러 요양병원 입소에 필요한 물건들을 챙겼다. 휴일은 집에서 지내고 병원에 가자고 하셨지만, 손자들과 맛있는 거 하나라도 더 드시라며 울산으로 가자고 설득했다.

"아빠! 일단 당장 필요한 것만 챙겨요. 어차피 환자복 입을 테니 내의만 챙기고 이제 추워지니 겨울 신발만 챙기면 될 것 같아요."

"그래도 병원에서 외출 나오려면 겉옷도 몇 벌 챙겨가야지."

아버지는 옷을 꺼내 입어보며 그새 살이 빠진 걸 또 확인만 할 뿐 결정하는 데 몇 번을 고민해야 했다. 마음이 아프지만 현실인걸, 나는 모른 체하며 물품만 챙겼다.

"아빠, 다 됐어요? 이제 가요! 필요한 거 있으면 또 와서 가져가면 되지. 안 올 것도 아니잖아요."

그 말을 내뱉으면서도 아버지가 다시 올 수 있을지 순간 걱정되기도 했지만 애써 태연한 척했다. 아버지는 여행을 간다는 생각인지 약간 설렌 듯했다. 벨트 하나도 꼼꼼히 어울리는 걸 골랐고 점퍼도 몇 번씩 벗었다 입어보며 어떠냐고 물으셨다. 왜일까? 오랜만에 들떠 있는 것 같았다. 가방을 다 꾸리니 커다란 가방이 네 개나 되었다. 병원에서는 최소한으로 짐을 챙겨오라 했지만 아버지를 말리고 싶진 않았다. 다시 가지고 와야 할지언정 그냥 원하는 대로 모두 챙겨드리고 싶었다. 우리 아버지가 지금은 비쩍 말랐지만 왕년엔 멋쟁이였다고 말이다.

늦어질 저녁 식사를 예상하고 미리 남편과 진주에게 아버지가 드실 음식을 준비하라고 일렀다. 음식 솜씨가 좋은 진주와 맛있는 음식을 즐기는 남편은 평소 상차림에 의견이 잘 맞았다. 오랜만에 식구들과 북적대며 저녁을 드신 아버지도 기분이 좋아 보였다. 진주네가 집으로 돌아가고 거실에서 TV를 보던 아버지가 갑자기 남편과 나를 부르며 앉아보라고 했다.

"그래, 너희가 고생 많았다. 내가 해준 것도 없고 미안하다."

"아빠, 갑자기 무슨 말이에요! 겨울만 있다가 올 건데 걱정하지 마세요. 피곤한데 얼른 주무세요!"

"네, 아버님! 이제 날씨도 추워지고 식사 챙겨 드시기도 힘든데 쉬고 온다고 생각하세요!"

"아빠, 나 이제 피곤해서 잘게요. 안녕히 주무세요!"

나는 갑자기 심각해지는 분위기가 싫었고 그렇게 듣고 있으면 눈물이 쏟아질 것 같아 황급히 아버지의 말문을 막고 일어섰다.

다음 날 아침, 진주가 아침밥은 자기네 집에서 먹으라고 했다. 식사가 끝나고 외출을 좋아하는 아버지를 위해 낮 동안 뭘 할까 고민하다 나는 시장으로 마실을 갈 생각을 했다.

"아빠! 오늘은 병실에서 신을 슬리퍼라도 살 겸 시장에 다녀올까요?"

"그라까? 한번 나가볼까?"

아버지는 눈을 반짝이며 좋아하셨다. 홀로 집을 나서기가 힘드니 요즘은 집에만 계셨고, 요양병원에 가면 자주 나올 수 없으니 주어진 시간 안에 아버지가 좋아하는 것을 해드리고 싶었다. 11월도 중순이 지나니 바람이 제법 찼다. 점퍼와 목도리를 꺼내 아버지의 보온에 신경 쓰며 아이들은 진주에게 맡기고 집을 나섰다. 주차 후 몇 걸음 걷자 아버지는 아침에 먹은 음식에 다시 거부 반응이 나와 급히 화장실을 찾았다. 갑자기 일어난 일에 당황했지만 화장실을 찾고 아버지가 들어가시자 마음이 놓였다. 아버지가 들어간 지 10분이 흐르고 20분이 되었다. 혹시 쓰러지진 걸까? 불안한 마음에 아버지를 부르니 인기척은 있었다.

"아빠, 괜찮아요? 어디 불편해요? 집에 그냥 갈까?"

"응? 괜찮아. 이제 가보자. 어디로 가면 되노?"

"네, 아빠. 이쪽으로 가면 돼요. 그런데 왜 이렇게 늦었어?"

"응? 아니, 갑자기 급해가 마 드가는 길에 옷에 실수를 해가 빨고 나온다고 늦었지 뭐."

혹시나 해서 만져보니 춥다고 미리 챙겨 입은 두꺼운 바지가 축축하게 젖어 무거운 얼음덩이처럼 축 늘어져 있었다. 그러면서도 벨트와 멜빵은 매무새를 단정히 맞추고 나왔으니 그런 상황을 상상했을 리가 없었다.

"아빠! 날씨가 이렇게 추운데 이러고 어떻게 다녀! 그러게 아침부터 자극적으로 먹지 말랬잖아! 기저귀라도 하라니까 하지도 않고 이게 뭐야, 진짜. 가만있어 봐. 차에서 옷 가져올게. 갈아입고 다녀야지. 감기 걸리면 어떡하려고 그래!"

아침에 진주가 끓여준 칼칼한 콩나물국이 화근이었다. 그래도 속이 메슥거린다는 아버지의 답답함을 시원하게 해주기 위해서였다. 요실금으로 오십 대 중반부터 기저귀를 하는 사람도 있으니 부끄러운 게 아니라며 남자용 기저귀도 사다 드리며 그렇게 설득했건만! 이젠 강제로라도 해야 했다. 아버지를 세워두고 뛰어가 기저귀와 옷을 챙겨왔다. 병원에 가져갈 짐을 트렁크에서 꺼내지 않은 게 천만다행이었다. 부끄럽고 미안한 마음에 약해진 아버지가 한마디 하셨다.

"이래 똥도 지리고 하는데 얼마나 살겠노. 그냥 빨리 죽는 게 낫지, 이래가 살겠나."

"뭘 그런 소릴 해! 아파도 치료받으면서 버티면 되지. 그리고 사람은 다 죽어요. 나도 죽을 건데 뭐. 아빠가 조금 빨리 가는 게 억울하긴 하지만 먼저 가서 우리 자리 잘 마련해 놔요. 아빠 옆에, 알겠지?"

아무렇지 않은 듯 대꾸하며 화장실에 들어가 옷을 갈아 입혀 드렸지만 말을 할수록 눈시울이 붉어지는 건 어쩔 수가 없었다. 이제 앙상한 뼈만 남아 간신히 버티고 선 아버지의 두 다리를 보니 더욱 추워 마음이 시렸다.

어쨌든 기분 전환하러 나온 거니 아버지를 부축해 시장을 둘러보기로 했다. 아버지 팔짱을 끼니 이십 대 시절 미정의 대학 졸업식이 생각났다. 그 시절 아버지와의 재회로 다정한 부녀관계가 되고 싶어 처음 팔짱을 껴봤다. 하지만 아버지가 당황해하며 자연스럽게 팔을 빼고 앞으로 걸어가버려 씁쓸했었다. 오늘은 팔짱을 껴도 뿌리치지 않는 아버지. 그새 아버지도 늙고 힘에 겨운가 보다. 내 팔에 힘없이 의지한 아버지의 따뜻한 체온이 느껴지면서 마음이 아팠다. 그래도 둘만의 데이트를 하는 것 같아 오랜만에 기분이 가벼워졌다. 시장 구경을 하며 실내화를 샀고 손자들의 군것질거리도 샀다. 상인들은 좋아 보이는지 "아이고, 딸이랑 시장 구경 오셨어요?" "따님이 아버지를 잘 챙기네요!"라고 한마디씩 해주었다. 우리 부녀를 부러워하는 말들에 감사했지만 그런 말을 들을수록 착잡해지는 이유가 뭘까? 그건 아마도 뒤늦은 효도라 후회만 남아서일 거다. 시장 구경을 끝내고 집으로 돌아가며 아버지의 흐뭇한 미소를 보니 피곤해도 잠시나마 나온 것에 잘했다는 생각이 들어 작은 보람도 느껴졌다.

호스피스 적응기

월요일 아침, 아버지의 입원을 위해 연차를 썼다. 빠진 짐이 없는지, 필요한 서류가 모두 준비되었는지 다시 한번 체크했다. 출근했던 남편과 진주는 잠시 집으로 와 아버지와의 마지막 점심을 함께했다. 식사 후 진주는 병원까지 동행한다고 했다. 거실에서 가방을 꾸리는데 아버지가 화장실이 또 급해졌다. 아버지의 이동 길이 남은 흔적을 닦으며 다가올 걱정에 벌써 마음이 무거워졌다. 허겁지겁 화장실에 들어간 아버지는 나오질 않고 조용했다. 마침 진주는 아버지의 입원여부를 물으려 전화한 미정과 통화하며 뭐가 그리 신이 났는지 웃기도 하고 맞장구도 치며 다른 세상이 되었다. 한 장소의 상반되는 장면에 눈살이 찌푸려졌다. 길어지는 통화에 진주의 꼴이 보기 싫어 나는 화장실 문을 벌컥 열었다. 자식들 눈치 보며 실수한 옷을 빨고 있는 아버지를 보니 마음이 아프면서도 화가 났다. 손에 쥔 바지를 빼앗아 옆에 두고 목욕 타월에 비누칠을 했다.

"아빠! 이러면 안 돼. 기저귀를 해야지. 자꾸 이렇게 실수하면 요양사분이 안 좋아하잖아! 자존심이 뭐가 문제야. 기저귀는 이럴 때 쓰라고 있는 거지. 옷에 실수하는 게 더 창피한 거잖아!"

어차피 입원하면 목욕할 때 요양사가 옆에 있을 거니 아버지가 당황하지 않도록 담담히 등에 비누칠을 해드렸다. 자식이 언제쯤 부모님의 목욕을 도와드리면 될까? 아주 먼 미래일 거라고 생각했는데 지금이라니…. 처음이자 마지막이 될지도 모른다는 생각에 기어코 참았던 눈물이 터졌다.

"아빠, 알겠지? 거기 가서도 자꾸 고집부리면 안 돼. 기저귀도 해야 해요. 알겠죠? 나 이제 나갈게. 마무리는 아빠가 해요. 미끄러지지 않게 세면대 꽉 잡고 천천히 조심히 해요."

입원하는 날은 울지 않고 보내드릴 거라 마음먹었는데 결국 나는 또 엉엉 울고야 말았다. 아버지는 두 팔을 세면대 위에 걸친 채 고개를 숙였고 아무런 대꾸도 하지 않으셨다. 아버지도 소리 없는 눈물을 흘린 건 아닐까. 한 번일지라도 부모님의 목욕을 도와드렸다는, 자식의 도리는 한 것 같은 생각이 들었지만 이런 상황은 가슴만 갈기갈기 찢을 뿐이었다.

아버지가 입원할 요양병원은 다행히 울산과 가까운 언양에 있었다. 불교재단으로 얼마 전까지만 해도 자리가 없었고 어머니도 자신이 가고 싶었던 곳이라며 아버지가 운이 좋은 거라 했다. 이전에 아버지는 염불을 들으면 마음이 편해진다고 했었다. 영적 돌봄을 해주는 스님이 따로 있고 프로그램도 다양하게 운영되니 적적하게 혼자 계시는 것보다 훨씬 마음이 놓였다.

　병원에 도착해 접수를 마치니 코로나 검사 후 결과가 나올 때까지 아버지는 1인실에서 하루 동안 격리해야 한다고 했다. 병원을 향하며 아버지는 너무 멀리 가는 것 아니냐고 짜증을 냈지만 프로그램 설명을 듣고 깨끗한 병실을 보니 이제야 마음에 드는 눈치였다. 기본적인 진찰이 끝나고 담당의사와 수간호사가 보호자와 확인 할 서류가 있다며 사무실로 자리를 옮기자고 했다. 그렇게 아버지를 두고 복도의 다른 병실들을 살피며 진주와 나는 2층 사무실로 올라가 자리에 앉았다.

　"보호자분, 호스피스 병동에서 어떤 진료를 하는지 아시죠?"

　"네, 인터넷으로 검색해서 미리 읽어 봤어요."

　"아시다시피 호스피스는 생의 기한이 정해진 분들이 오시는 곳이니 미리 연명치료를 거부한다는 내용에 서명하셔야 해요. 그런데 아버지가 아직 준비가 되지 않으셨으니 보호자라도 서명해주시고 가셔야 돼요."

"네? 아, 네. 그런데 벌써 해야 하나요?"

"네, 힘드시겠지만 말기 암 환자분들은 멀쩡하다가도 내일 당장 어떻게 될지 모르는 일들이 많아 예측하기가 힘듭니다. 아시다시피 저희가 응급조치를 하더라고 어쩔 수 없는 결과들이 있기에 굳이 괴로운 고통을 연명하지 않는다는 의미로 생각하시면 될 것 같아요."

의사의 말에 순간 '심장박동기를 한 번만이라도 해주면 안 되는 건가?'라는 생각도 들었지만 각서 위에 그 문구 하나를 추가해달라는 것도 웃기는 일이었다. 내가 머뭇거리자 진주는 알겠다며 선뜻 대답했고, 상황을 다시 짚으며 필요한 부분을 모두 얘기해달라고 했다. 이것까지 생각하지 못한 터라 그저 나는 우두커니 앉아 눈물만 훌쩍이고 있었다.

"보호자분, 아버님이 작년 여름부터 6개월 소견을 받았고, 이번에 다시 3개월이란 소견이 나와 번복이 되긴 했지만 사실 이제껏 버티신 게 기적이라고 보면 됩니다. 위암 4기 수술 후 항암 치료하면서도 많이 힘드시거든요. 지금 보면 시간이 많이 흐른 거죠."

"그러니까… 앞으로 더 사실 수도 있는 거 아닌가요?"

지푸라기라도 잡아보고 싶은 마음에 나는 조심히 물었다. 그러자 대뜸 내 질문을 가로채고 진주가 다시 물었다.

"그럼 선생님이 봤을 때 얼마 정도로 보시나요?"

담당의사는 고개를 끄덕이며 한 달이라고 나직이 얘기했다. 그리

고 영정사진과 장례 방법에 대해 미리 준비하는 게 좋을 것 같다고
조언했다.

가슴이 먹먹하고 머릿속이 새하얘졌다. 갑작스러운 통보를 연거
푸 던지는 것 같았다. 이번에 받은 소견서엔 3개월이라고 하지 않았
는가? 그럼 3개월은 버티셔야 하는 거 아닌가? 작년부터 번복된 것이
었으니 이대로 믿는 건 틀렸다는 건가? 내가 지금 한사코 병원에 입
원하지 않겠다는 아버지를 홀로 병실에 가둬두고 뭘 하고 있는 걸까?
과연 내 행동은 옳은 것일까? 다시 머릿속이 복잡해졌다.

"야, 그만 울어라! 정신 차리고! 이제부터 할 게 많다! 네, 선생님.
무슨 말인지 알겠습니다. 제가 알아서 언니한테 설명할게요."

사무실 업무가 끝나고 진주와 나는 아버지께 인사를 하러 병실에
들렀다. 조금 전과 다르게 해맑게 웃고 있는 아버지. 여기 오니 마음
이 편안해졌다며 자신이 있어야 할 곳이 맞는 것 같다고 하셨다. 도
착하기 전엔 마음에 들지 않으면 '야반도주'라도 하겠다며 으름장을
놓았는데 그새 입원을 다시 고려해보려는 내 염려를 읽었는지 괜찮
다고 하셨다. 이제 와서 아버지께 그냥 나가자는 것도 웃기는 상황이
라 다행이긴 하나, 쳐다볼 면목이 없어 착잡함에 속만 쓰렸다.

이 주일 후, 아직 잘 적응하고 계신 아버지께 나는 작은 이벤트를
열어드리고 싶었다. 그래서 준비한 떡 케이크. 아버지는 빵을 좋아하

셨지만 설사가 잦으니 밀가루는 이제 거부감부터 생겼다. 병원 직원들과 환자분들의 떡들도 개별로 담았고 답답하고 조용할 병실에서 소소한 기쁨이라도 드리고 싶어 포장비닐엔 미니 풍선 2개로 알록달록 꾸몄다. 외부인 출입금지로 입구에서 물품만 전달하려고 했으나 수간호사가 감사함의 보답으로 잠시 들어와 아버지와 사진을 찍어도 좋다고 했다. 아버지와 성장한 딸, 아버지가 맺어준 인연들과 함께 추억으로 남을 사진이 한 장에 박혔다. 덕분에 오늘은 아버지 기분이 최고가 되었다. 아버지는 "쓸데없는 짓을 했다!"며 놀라셨지만, "날 닮아 정이 많다!" 하고선 오랜만에 기세가 등등했다. 그놈의 가오! 이왕 세워드리는 것, 이 분위기에 나도 한마디 거들어봤다.

"아빠, 이 정도는 준비한 게 아니지! 내가 생신 때 커다란 현수막도 만들어 로비에 붙일 거니까 기대해요. 아빠 띠 호랑이도 넣고 알겠죠? 최성태 딸인데 그 정도는 해야지! 최고로 꾸며 줄게요!"

아버지를 따라 나도 허세를 부려 보니 오랜만에 기분 좋은 웃음도 나왔다. 걱정한 것과 달리 아버지는 빨리 적응했지만 가끔 집에 가고 싶다고 하셨다. 하지만 갈수록 심해지는 코로나 사태로 외출 후 별도의 검사와 1인 격리실에서 하루를 지내야 하는 번거로움이 있으니 병원에서는 외출 자제를 부탁했다. 과연 요양병원은 정말 환자를 위한 곳이었을까? 아니면 보호자 편의를 위한 곳이었을까? 아버지 부탁을 들어주지 못한 나는 이제 와 의문만 남는다.

아빠, 걱정하지 마요. 내가 있잖아!

입원 후 아버지는 매월 결제해야 하는 병원비를 다시 걱정하기 시작했다. 진주가 가입해둔 응급실 특약은 어떻게 되었는지 물었고 대학병원에서 지출한 병원비는 입금되었는지 확인했다. 대리를 준 택시기사도 코로나 사태로 수입이 좋지 않아 약속한 금액보다 적게 입금하니 아버지는 보험금으로 받을 수 있는 돈에 더욱 집착했다. 어떤 날은 항암 약 부작용으로 깜빡하는 게 싫어 메모를 해두고도 그 사실마저 잊어버렸다. 코로나로 면회가 금지되니 메모를 대신 찾아 드릴 수도 없고 남에게 부탁하는 것을 절대 싫어하는 아버지라 신경질만 늘어갔다.

오늘도 창문을 통해 면회하며 아버지가 천천히 기억할 수 있게 말씀드렸지만 멀뚱히 선 자식을 하염없이 기다리게 하는 건 아버지 스스로도 용납되지 않을 일이었다. 그렇게 생각이 떠오르지 않으면 매번 인상을 찌푸렸고, 치매 환자 취급받지 않기 위해 몇 올 남지 않은 머리카락을 쥐어뜯으며 화부터 내셨다. 아버지의 슬픈 모습에 아무 도움이 되지 못하는 나는 가끔 요양사의 비위를 맞추려 푸짐하게 간식을 넣어드리고 조그만 선물을 챙겨드리기도 했다. 하지만 자원봉사자의 손길도 끊겨 업무가 많아진 터라 아버지에 대한 소홀함은 자주 느껴졌다. 섭섭했지만 워낙 아버지 성격이 유별나니 답답할 땐 수간호사와 통화하며 직원들의 소홀함을 토로해 울기도 하고 위로받기도 했다. 그러면서 느낀 건 요양병원의 보호자는 '을'이 될 수밖에 없다는 현실이었다.

아버지를 찾아가는 토요일, 매번 보험금 입금을 신경 쓰는 아버지께 서류는 모두 처리되었고 심사만 남았다며 착한 거짓말을 했다. 이 상황에선 아버지 마음이 편한 게 먼저였다. 나는 어릴 적부터 거짓말을 하면 꼭 탄로 났기에 꺼렸지만 요즘에는 거짓말의 필요성을 새삼 깨닫고 있다. 집으로 돌아가며 진주에게 전화해 응급실 보험청구 여부를 물었다.

"야! 그거 아빠 혜택 못 받아! 알고 보니 가입할 때 조건도 안 맞았고 잘못하면 내가 위약금 다 물어야 된다. 내가 아빠 때문에 얼마나 손해가 많은데 지금. 니는 그냥 가만있어라!"

"내가 처음부터 안 될 거라 했는데 니가 된다며! 그리고 또 뒤에 들어간 치매보험도 아빠한테 필요 없는 거잖아! 니가 돈을 넣어야지, 왜 자꾸 아빠 통장에서 빠지는데! 아빠 명의는 빌리더라도 니가 미리 입금해 놓으라고 내가 얘기 안 했나?"

어느 날, 아버지는 매달 빠지는 아파트 관리비와 택시조합비, 대리 운전비 등 목록별로 만든 통장 여러 개를 관리하라며 내게 주었다. 매번 요양보호사의 도움을 받아 창문을 열어 통장을 건네주는 것도 번거로웠고, 스스로의 기억도 믿을 수 없기에 그랬을 거였다. 이후 아버지가 말한 날짜에 맞춰 나는 통장정리를 했고 입금 내역을 확인시켜 드렸다. 그 덕분에 진주의 얼렁뚱땅 습성으로 그동안의 보험료가 아버지 돈으로 빠져나간 걸 우연히 알게 된 것이다. 아버지가 항암 치료로 병원을 다녀오는 날이면 입원비와 약값 지출을 계산하며 더 아껴 살아야겠다고 푸념하는 걸 알면서도 본인의 이득만 챙기는 진주의 행동이 괘씸했다.

"야, 좋은 말 할 때 지금까지 아빠 돈으로 빠진 거 다 입금해라. 다음 주 월요일까지 입금 안 돼 있으면 니 보험사기로 고객센터 전화해서 두 개 다 해지할 거다. 그렇게 알아라."

"아빠가 치매는 8만 원밖에 안 되니 직접 넣는다고 했다! 니가 왜 지랄이고!"

"장난하나? 니가 비싼 보험 넣어준다고 생색내니 그렇게 말한 거겠지. 내가 절대 아빠 돈으로 넣지 말라 했는데 뭔 소리고! 막말로 치매보다 항암 중에 어떻게 될지 모르겠는데 왜 생돈을 버리노! 그 돈으로 아빠 맛있는 거나 더 사드리겠다. 야, 더 이상 시끄러우니까 잔소리 말고 입금해!"

"아, 진짜! 또 지랄이다!"

그리고는 전화가 끊겼다. 진주도 내 성격을 알기에 갑자기 불안해졌을 것이다. 몇 달 전 보험 가입으로 아버지가 이 상황을 이야기한 적이 있었다. 내가 절대 안 된다고 했는데 기어이 아버지는 진주의 승진을 위해 도움을 주고 싶다더니 가입하고 말았다. 한편으론 진주의 사정도 있겠지만 그래도 누군가는 옳고 그름의 중심을 잡아야 했다. 내 행동이 지나치다고 욕을 먹더라도 아버지만은 지켜야 했다. 다른 가정은 그 역할을 어머니가 해주겠지만 우리는 나밖에 없으니 말이다. 월요일, 약속대로 진주는 그동안 빠진 금액을 계산해 아버지 통장으로 입금했다. 그리고 더 이상 보험에 관한 이야기는 하지 않았다.

아버지가 입원한 후 진주는 언양이라 가까우니 매주 병행해 아버지를 방문하자고 했다. 비록 직접 면회는 할 수 없지만 1층 병실에 계신 아버지를 창문으로는 언제든지 뵐 수 있으니 얼마나 다행인가. 창문 밖에는 보호자를 위한 노란 플라스틱 바구니도 놓여 있었다. 높게

달린 창문 위치로 우리는 그걸 밟고 올라가 아버지를 만났고, 키가 작은 아이는 내가 안아 올려 할아버지를 만나기도 했다.

그러나 진주는 종종 주말 방문을 하지 않았고 평일에 언양으로 영업을 가게 되면 잠깐 들러 아버지가 좋아하는 곰탕을 사다 드렸다. 평일은 프로그램도 하고 직원들도 많으니 이런저런 활동으로 시간이 금방 흐르겠지만 주말은 당직근무만 하니 조용한 분위기에 아버지는 "이번 주는 누가 오냐?"며 자식들이 찾아오는 걸 낙으로 여겼다. 그렇게 귀한 시간을 나는 그냥 흘려버릴 수 없었다. 그래서 이젠 아이와 함께 토요일이면 부산이 아닌 언양으로 향했다.

창가에서 아버지께 필요한 물건을 넣어드리며 해야 할 심부름을 물었다.

"향아, 어떻게 됐노? 보험회사 물어봤나? 진주는 뭐래? 응급실 간 건 돈 안 나온대?"

"아빠! 그거 진주가 알아서 한대요. 아빠 통장에 남은 예금으로 충분하니 병원비 걱정하지 마세요! 입맛 없으면 영양제 좋은 걸로 맞고 하면 돼! 돈 걱정은 왜 자꾸 해요. 아직도 많이 남았는데."

"그래도! 느그 한 푼이라도 더 남겨주려면 내가 아껴 써야지."

"아빠, 딸들 모두 집도 있고 차도 있고. 아직 일할 날도 많이 남았는데 뭘 걱정해! 아빠 몸이나 걱정해요! 아빠가 돈 주면 자식들이 더

게을러져! 아빠가 번 돈은 아빠가 다 쓰고 가요. 알겠죠?"

아버지가 아프면서 마음도 약해지니 어린아이 같은 마음에 나도 모르게 존댓말과 반말이 섞여 나왔다. 과거를 생각하면 상상할 수도 없는 일인데 말이다. 창밖에서 인사하고 내려오며 다시 눈물이 흘렀다. 아버지께 쓸데없는 근심을 안긴 게 죄송했고 내 마음대로 되지 않는 현실도 슬펐다. 요즘 따라 왜 이렇게 눈물이 많아진 걸까? 힘없는 아버지를 뵙고 오는 날이면 자꾸만 마음이 슬퍼졌다. 갱년기인가? 아버지와 매일 통화하며 나오던 눈물이 오늘도 처음인 것처럼 새침하다.

아빠, 조금만 더 견뎌봐요!

크리스마스이브, 겨울의 행사지만 코로나로 캐럴이 들리지 않는 거리는 우울감만 가득했다. 아버지도 입원한 지 한 달을 채웠다. 요양병원에서 작은 행사를 준비한다고 해 아버지께 크리스마스 케이크와 샴페인을 넣어드렸다. 처음엔 설렘으로 잠시 힘이 생겼던 걸까? 사회복지사가 즐겁게 나눴다며 찍어 보낸 사진엔 그새 기력이 떨어졌는지 어두운 낯빛으로 침대에 앉아 힘없이 박수를 치는 아버지가 있었다.

며칠 전 은행에 가기 위해 아버지와 잠시 외출한 적이 있다. 언양 마을을 다녀오며 상쾌해진 기분 탓인지 아버지는 뒤도 돌아보지 않고 씩씩하게 출입문으로 들어가셨다. 당시 수간호사가 외식이라도 하고 오라며 살짝 귀띔했지만 코로나 사태가 다시 확산되어서 은행

업무만 끝내고 왔었다. 아버지가 미리 준비하라고 한 빵 두 봉지를 양손에 들고 흐뭇한 미소를 보이며 "빨리 나눠줘야 한다!"고 들어가시던 모습이 사뭇 아른거린다. 이제 와 갑자기 힘 빠진 아버지 모습에 맛있는 밥 한 끼 못 사드린 게 또 후회로 남았다.

기분이 우울하고 스트레스가 쌓이면 나는 일부러 신나는 활동을 찾는다. 이번 주는 아버지께 무엇을 해드릴까 고민하다 비눗방울을 보여드리기로 마음먹었다. 마침 남편도 시간이 된다며 동행한다고 하니 아이와 함께 불며 즐기는 모습을 보이면 좋을 것 같았다. 창밖에서 아버지와 인사를 나누고 비눗방울을 불어 공기에 올렸다. 남편과 아이가 함께 불어주니 비눗방울 개수도 많아졌고 햇빛에 반짝이니 무지개 색깔이 알록달록 빛을 냈다. 한가로이 여유를 가지는 모습에 아버지도 오랜만에 흐뭇한 미소를 보였다. 얼마 만에 보는 미소인가. 이젠 아버지의 미소를 그리워해야 한다는 게 슬프기만 하다.

꿈을 키우는 새해 아침. 공휴일이니 일정이 없을 병원, 조용할 병실을 생각하니 더욱 허전할 것 같아 아버지를 위해 이제껏 잘 버틴 감사함과 함께 다시 힘차게 시작하길 기도하며 새해 케이크를 준비했다. 요즘 들어 통증이 본격적으로 찾아온 아버지는 케이크를 보자마자 신경질을 냈다. 기분 전환을 위한 거였는데 괜히 나 혼자 신이

난 것 같아 죄송스럽다.

"가져가라 마! 와 쓸데없는 짓을 자꾸 하노!"

"아니, 1월 1일인데 휴일이라 직원들도 없으니까 너무 조용할 것 같아 새해가 왔다고 알려주려고 가져왔죠."

아버지의 병세는 날로 악화하여 수시로 통증이 찾아왔다. 아침마다 하는 영상통화도 언제부터인지 고통스러운 모습을 보이지 않으려 받지 않았고, 음성통화도 시간이 지날수록 부재의 횟수만 늘어갔다. 알 수 없는 불안감으로 며칠을 보내고 미정에게 전화해 언제 내려올 건지 물었다.

"글쎄, 아빠 2월 1일이 생신이니까 그때 가려고 했는데 왜?"

"아니, 그때는 아닌 것 같다. 아무래도 그 전에 내려오는 게 좋을 것 같아. 괜찮으면 당장 이번 주라도 왔으면 하는데 어때?"

"왜?"

"크리스마스 이후부터 기력이 없더니 이젠 하루가 다르게 힘이 없어지는 것 같아. 통증도 수시로 찾아오고 진통제도 3개를 병행하는데 효과가 없어. 그냥 너 혼자라도 내려와라."

"알겠어. 요즘 일이 많긴 한데, 일단 오빠랑 의논해볼게."

다급한 내 심정을 뒤로하고 의논해본다는 말에 순간 섭섭했지만 어쩔 수 없었다. 아버지는 왜 갑자기 미정이가 오냐고 물었고, "새해도 밝았는데 아빠 보러 와야지! 아빠 보고 싶어서 오겠죠"라고 대충 둘러댔다. 그렇게 미정인 2주 후 내려왔고 그사이 아버지는 다리의 힘마저 빠져 전적으로 요양보호사의 도움과 휠체어에 의지해야 했다.

주말 오후, 미정인 멀리 산다는 이유로 수간호사가 특별히 실내에서 아버지를 면담하게 했다. 미정이가 이끈 휠체어에 힘없이 앉아 더욱 수척해진 아버지의 얼굴을 보니 가슴이 찢어졌다. 남은 가족들은 창밖에서 잠깐의 면회를 끝내고 돌아서 나오는데 진주와 함께 온 어머니는 당장 장례식장과 화장은 어떻게 할 거며, 방문할 손님들의 거리를 운운하며 여러 가지 간섭을 시작했다. 진주도 나와 싸우고 만난 터라 아직 서먹한 분위기였다. 처음부터 기대도 안 했지만 어떻게 그런 말을 할 수 있을까? 가끔 아버지를 향해 내뱉는 말들이 귓가에 맴돌았다. 아니, 어쩜 내 가슴에 비수를 꽂은 것인지도 모른다. 어머니는 아버지 집이 처분되면 자신의 지분도 챙겨야 한다며 요즘은 재산 배분에만 집중하고 있으니 그저 야속할 뿐이다. 하는 수 없이 뒤를 따르며 소란스럽게 떠드는 어머니를 향해 한마디 해야 했다.

"그냥 조용히 있어라. 알아서 한다. 아무 말도 하지 마라."

이 악물고 끓어오르는 화를 겨우 누르며 내뱉는 내 기분을 읽었는지 싸늘해진 말투에 갑자기 흥분해 달려오려는 어머니를 붙잡고 상황을 말리는 진주의 목소리가 들렸다.

'불쌍한 우리 아빠!' 자신은 죽음과 싸우느라 하루하루를 힘들게 버티는데 남은 사람은 재산을 처분하는 데만 관심이 있으니 부질없는 삶에 눈물만 앞을 가린다.

아버지는 요양병원에 들어가며 평소의 내 생각을 읽었는지 "그래도 엄마한테 잘해. 느그 엄마 고생도 많이 했잖아. 아끼고 하는 건 잘하니까 보고 배워"라고 타이르듯 말씀하셨다. 그렇게 아버지를 생각해 처음 입원했을 땐 어머니를 데려가기도 했다. 하지만 아버지 앞에서 옆에 있는 직원에게 자신이 좋아하는 스님을 아는 체하며 당장 만날 수 있는지 물었고, 아버지에 관해선 장례식 얘기만 했었다. 아버지와 어머니가 맞지 않았듯 나 또한 아버지 성미를 닮은 탓에 어머니와는 영원히 맞지 않을 수 있다. 그러나 내 부모이기에, 내가 낳은 자식이 나를 보고 있기에 기본적인 도리는 할 것이다. 하지만 어떡하나, 어느 정도 거리 두기는 해야 그나마 부모와 자식 관계는 이어갈 수 있을 것 같다.

마지막 이별 : 아버지를 그리다

막내딸이 내려온 후, 3일 만에 아버지는 우리 곁을 떠났다. 약해진 아버지를 돌보려 뒤늦게 직장에 휴직계를 내고 부랴부랴 들어갔지만 막내딸을 한 번 더 보기 위해 그나마 버티신 걸까? 그렇게 갑자기 의식을 잃었다.

지난 크리스마스 무렵, 아버지는 침대 곁에 둔 이동식 변기를 사용하지 않겠다고 한사코 고집을 부렸다. 그러다 한밤중 흔들거리는 몸을 힘없는 다리로 지탱해 가다가 결국 화장실 바닥에 미끄러져 머리가 찢어졌다. 워낙 기력이 약해져 다른 병원에 무사히 다녀올 수 있다는 장담도 못 했고 다녀와서도 홀로 격리병실에 있어야 하니 상황이 되지 못했다. 다행히 머리를 다치고 난 후 특별한 증상은 없었으나 남자의 가오를 외치며 목청 높이던 아버지는 그렇게 침대에 누워 다시 일어나지 못하셨고, 나날이 병세만 악화되어갔다. 어떤 날은 욕창으로 끼워둔 베개를 불편하다고 던지며 병원을 바꿔달라고 화를 내기도 했고, 집에 가고 싶다며 애원하듯 부탁하기도 했다. 시간이 지날수록 수시로 찾아오는 아버지의 통증은 퇴원을 해도 아무것도 해주지 못할 보호자를 고민하게 만들었고, 그렇게 고통의 절규를 모른 체하게 했다. 이렇듯 지난날에 들어주지 못한 아버지 부탁은 이제 후회만 남는다.

장례식 다음 날, 춘천에 사는 미정이로 인해 '주어진 시간' 동안 우리는 또 일사분란하게 움직여야 했다. 그건 아버지의 빈자리에 대한 여운은 뒤로하고 일상으로 돌아가기 위한 현실이었다. 아버지가 남겨준 금융거래는 세 딸의 서류와 서명이 들어가야 하니 부산의 흩어진 은행을 찾아다니며 목록별 통장을 하나씩 정리해야 했다. 구석마다 있는 은행들을 다니며 어떻게 거기까지 갔는지 다시 아버지가 떠올랐고, 홀로 살던 집은 별장처럼 두고 추억이 그리울 때 지내러 오는 게 어떠냐고 의견을 냈지만 동생들은 처분하자고 했다. 이럴 땐 아버지가 가르쳐준 다수결에 의한 합의로 말없이 따르는 습성은 아직 남아 있나 보다. 이의제기 없이 나는 순순히 따랐고 결정과 동시에 집과 개인택시는 기다렸다는 듯 팔렸다.

매매 계약 날짜가 정해졌다. 아버지 짐을 정리하러 아이는 진주에게 맡기고 남편과 부산으로 갔다. 주인 없는 빈집, 주인 잃은 물건만 덩그러니 남았다. 남편은 베란다의 남은 쓰레기를 정리했고, 나는 물품을 정리하며 서랍장을 열었다. 갖가지 서류들이 보였다. 아파트 분양받던 시절의 낡은 청약서류와 대출통장, 이후 또다시 받은 대출통장과 내역이 있었다. 모든 게 만료된 서류인데 왜 가지고 있을까? 날짜를 계산해보니 두 번째 대출은 어머니가 집을 나갈 무렵이었다. 하숙방 전세금을 위자료 명목으로 챙겨갔다고 얘기한 큰고모의 말이 떠올랐다. 초등학생과 중학교 입학을 앞둔 아이들이 있다 보니 갑자기 큰돈이 없어져 아버지가 불안했나 보다. 분명 돌려줘야 할 남의 돈을 가져갔으니 아버지에겐 마음의 짐이었을 것이다. 그러나 아버지는 어머니처럼 우리에게 힘들다는 말 한마디 하지 않았다. 우리에게 왜 태어나 자신의 인생을 망쳐 놓았냐는 푸념도 하지 않았다. 새벽에 들어와 잠든 세 딸의 머리를 차례로 쓰다듬어 주었고 걷어찬 이불을 덮어주며 "아이고, 이노무 새끼들" 하고는 흐뭇하게 웃어주기만 하셨다. 그리고 부엌으로 가 매일같이 딸들의 점심 도시락을 소리 나지 않게 조심스레 준비하셨다. 지난날의 추억들이 되돌리기라도 하듯 새록새록 하다. 그러고 보니 세 자매가 하나같이 자기 자식을 향해 애틋하고 귀한 사랑을 대물림하는 모습이 어쩜 아버지를 닮았는지도 모르겠다.

아버지 소지품을 정리하며 휴대전화를 열었다. 얼마 전 울산엔 오지 않았던 눈이 언양에 내린 날, 하얗게 만든 세상이 한 폭의 그림처럼 사진으로 몇 장 남아 있었다. 아버지 병문안을 가며 하얀 눈을 본 아이가 눈뭉치를 만들며 신났던 기억도 떠오른다. 이후 할아버지 창가에 눈뭉치를 던지면 놀란 척해주던 할아버지의 모습이 재미있었는지 아버지가 떠나고도 아이는 꿈속에서 할아버지와 눈싸움을 했단다. 그리고 했던 말, "엄마! 할아버지가 나랑 눈싸움한다고 엄마 꿈에 못 갔나 봐. 오늘은 내가 엄마도 보러 가라고 할게!" 그렇게 아이는 어미를 달랬고 눈처럼 순수하게 할아버지의 추억을 담았다.

스님이 짚을 태우는 장면도 보였다. 면회갔을 때 아버지가 짚을 태우는 모습을 보며 옛날 추억이 떠오른다며 보기가 좋다고 사진을 찍어가라고 했었다. 그때부터 아버지가 힘들었을까? 이제 아버지의 휴대전화 속 남은 사진을 보며 추측만 할 뿐이다. 무거워진 기분에 아버지의 체취를 느끼려 이불장을 열었다. 어릴 적 세 자매가 사용하던 베개와 이불이 그대로 있었다. 지난번 도배를 할 때 이불장은 건들지 못하게 하시더니 마지막 추억 한 가지는 남겨두고 싶으셨던 걸까? 갑자기 눈물이 쏟아졌다. 알고 보면 우리가 쓰던 물건들을 치우기 귀찮아 정리하지 않은 게 아니라 자식들이 그리울 때 그때의 온기를 느껴보려고 한 건 아니었을까. 슬픈 억측을 하니 저절로 곡소리가 나왔다. 젊은 시절, 악착같이 고생하며 처음 장만했던 보금자리. 세 딸과 함께 행복한 가정을 꾸리길 기대하며 쌍둥이가 여섯 살 때 분양받았던 집이었다. 이후 아내가 집을 나가더니 세 딸도 어미와 살겠다고 하나둘씩 떠났고, 쓰린 추억만 쌓였을 텐데 그때의 물건들이 그 자리를 지키며 지난 시간을 기억하고 있었다.

어쩌면 아버지는 우리가 다시 돌아오길 바랐던 건 아닐까. 걸려오지 않을 안방의 전화기와 전화번호는 30년 넘게 그대로니 말이다. 그렇게 몇 년간 연락을 두절하며 지낸 딸들이 어느새 장성해 결혼 후 손자들을 낳았고, 이제 할아버지의 자리가 생기나 했는데…. 갑작스럽게 찾아온 암으로 하루가 다르게 기력이 약해진 아버지. 그러고도 불편한 집에서 이사하지 않겠다고 고집만 부렸던 아버지. 흔들거리던 몸을 지팡이 없이 5층 계단을 매일 오르내리며 자존심만 내세웠던 아버지. 이제 와 주인 잃은 물건들이 아버지를 대신해 뭔가를 말하려는 것 같았다. '너희가 갑자기 나를 떠났더라도 묵묵히 여기서 기다렸노라'고.

주변에서는 이제 마음을 다독이라고 한다. 아버지도 다른 세상에서 편히 지낼 수 있게 말이다. 며칠 후 아버지 휴대전화로 한 통의 문자가 왔다.

'예, 저는 성태 형님의 고종사촌 조○○이라는 사람입니다. 성태 형님은 저의 고모 아들이죠. 제가 지금 문자를 주고받는 분은 제가 1980년대 초반경 갓난아이 때 본 것으로 추정됩니다. 그러니 처음 뵙는 분이나 다름없죠. 성태 형님은 제가 어린 시절, 자신의 외삼촌 집에 찾아오셔서 재미난 얘기도 해주시고 즐겁게 해주셨답니다. 어릴 적부터 형님은 아버지를 일찍 여의고 어머니 아래서 고생도 많이 하셨죠. 형님은 나름대로 삶을 열심히 살다 가셨습니다. 지금 문자 받는 자제분도 아버지의 뒤를 이어받아서 열심히 잘 사셔야 합니다. 형님께서 며칠 전에 제 꿈에 한번 살짝 웃는 모습으로 보이시더니 아마도 인사를 하러 오신 것으로 추정됩니다. 우리 따님도 기운 내시고 잘 살아가시길 바랍니다.'

그랬다. 아버지는 무뚝뚝한 사람이 아니었다. 아버지의 형제들이나 우리나 잘못 알고 있었던 거다. 따뜻한 마음을 가졌고 정도 많으신 분이었다. 단지 표현이 거칠다 해서 함부로 관계를 단절해서는 안 되는 거였다. 나는 이 문자 하나로 아버지에 대한 오해가 풀리는 듯했다. 그리고 '잊지 않고 기억해주셔서 감사하다'는 답장을 보냈다.

몇 달 후, 나는 아버지가 남겨주신 돈으로 이사를 했다. 미정과 진주가 집을 넓혀 이사할 때마다 집들이 선물로 한턱내는 걸 신나했던 아버지가 떠올랐다. 하지만 나는 아버지께 그런 기회를 드리지 못했고, 아버지가 절약해 모은 유산으로 편히 집을 넓혔다. 그렇게 예측

하지 않은 죄스러움이 또 하나 생겼다. 그저 아버지가 고생하며 모은 돈이 푼돈이 되지 않게 급하게 이사를 강행했다.

그리고 이사한 집에 작은 서재를 만들었다. 지난 시절 고된 삶에 빠져 허우적거릴 때 내게 가장 힘이 되어주고 버팀목이 되어주었던 책들. 그 책들을 위한 공간을 만들었고 책장 중앙에는 아버지의 사진과 소품으로 추억의 공간을 만들었다. 매일 아침 사진으로 아버지를 만나며 예전처럼 투정을 부리기도 하고, 잘했다고 칭찬해달라고 하기도 한다. 가끔 울컥해 눈물이 쏟아지기도 하지만 예전처럼 밝은 미소를 띤 사진 속 아버지를 보며 아버지 몫까지 더 열심히 살겠노라 다짐하며 하루를 시작한다. 그리고 마지막까지 하지 못한 말을 뒤늦게야 고백한다.

"아빠, 사랑해요! 우리 아빠, 많이 사랑해. 이제 아프지 마요!"

어느덧 아버지가 떠난 지도 1년이 되었다. 아버지의 그리움으로 임종 후 6개월 만에 시작한 글쓰기가 반년을 채워줬다. 어느 정도 눈물이 말랐을 거라고 생각했는데 지난 상황을 떠올릴 때마다 또다시 흐르는 눈물은 아버지에 대한 그리움으로 더욱 무겁게 했다. 어쩌면 일찍이 가신 아버지가 섭섭하지 않게 내가 대신 억울해하며 실컷 울고 싶은 건지도 모르겠다. 임종실에서 아버지가 눈을 감았을 때, 나는 아버지를 바라보며 약속한 게 있다.

"아빠! 우리 아빠, 이렇게 빨리 가서 어떡해…. 멋쟁이 우리 아빠! 억울하지 않게, 다른 사람들에게 잊히지 않게, 아빠를 기억할 수 있는 글을 쓸게요. 아빠가 그리울 때 사람들이 추억을 떠올리며 조금 더 오래 기억할 수 있게요."

대답하지 않을 걸 알면서도 확인받기라도 하듯 같은 질문을 되뇌었다. 눈을 감은 아버지가 그것만이라도 듣고 가시며 남겨둔 여생에 대한 미련을 훌훌 털어버리길 바랐다.

아버지의 첫 번째 기제사를 올리며 옥신각신하는 우리 가족의 스토리는 오늘도 계속되고 있다. 성질머리 더러운 어미를 꼭 닮은 세 자매는 어떤 땐 친한 네 자매가 되기도 했다가 편을 나누기도 한다. 예민하고 섬세한 감정을 지닌 여자들의 입장을 알 리 없는 남편들은 돌아가신 아버지처럼 그저 방관만 할 뿐이다. 자칫 잘못하면 더 큰 사달이 날지도 모르니. 이래서 '가족'일까?

국어사전에 보니 가족이란 '혼인한 부부나 부모 자식, 형제자매 관계인 사람들'이라고 한다. 흔한 말로 혈연관계. 피를 나누었기에 억지로 떼려야 뗄 수 없는 동일한 유전자를 가진 것. 따라서 우리의 남은 생은 어쩌면 시끌벅적한 게 정상일지도 모르겠다. 때때로 본인의 감정은 자신이 풀어야 할 몫으로 남겨두고 오늘은 행복하다고 웃고 있으니 말이다.

"아빠! 이게 맞는 거지? 오늘 아빠 기제사라 애들하고 안 싸우고 나 완전 꾹 참았어! 알고 있지? 멀리서 미정이네도 오고, 진주가 아빠 좋아하는 음식 많이 했으니 맛있게 먹고 가요! 이제는 하늘에서 우리 잘 지켜봐요!"

다시
가족이라는 이름으로

1쇄 인쇄	2022년 6월 20일
1쇄 발행	2022년 6월 30일
지은이	최선겸
책임편집	정은아
편 집	윤소연
디자인	롬디
마케팅 지원	전화원, 한민지, 이제이, 한솔, 한울
경영 지원	이지원
펴낸이	최익성
출판 총괄	송준기
펴낸곳	파지트
출판 등록	2021-000049호
제작 지원	플랜비디자인
주 소	경기도 화성시 동탄원천로 354-28
전 화	070-7672-1001
팩 스	02-2179-8994
이메일	pazit.book@gmail.com
ISBN	979-11-92381-07-7 03810

The Story_Fills you